汉克·格林 著
文艺 译

卡尔之手

An Absolutely Remarkable Thing

重庆出版集团 重庆出版社

AN ABSOLUTELY REMARKABLE THING
by Hank Green
Copyright © 2018 by Hank Green
Simplified Chinese translation copyright © 2021 by Chongqing Everbook Media Co., Ltd.
Published by arrangement with Writers House, LLC through Bardon-Chinese Media Agency
ALL RIGHTS RESERVED

版贸核渝字（2020）第221号

图书在版编目（CIP）数据

卡尔之手 /［美］汉克·格林著；文艺译. —重庆：重庆出版社，2021.11

书名原文:An Absolutely Remarkable Thing

ISBN 978-7-229-15865-1

Ⅰ.①卡… Ⅱ.①汉…②文… Ⅲ.①幻想小说-美国-现代 Ⅳ.①I712.45

中国版本图书馆CIP数据核字（2021）第119997号

卡尔之手
KA'ER ZHI SHOU

［美］汉克·格林 著　文艺 译

图书策划：李柯成　王　燕
责任编辑：邹　禾　唐　凌　王靓婷
责任校对：刘小燕
封面设计：刘　洋

重庆出版集团
重庆出版社 出版

重庆市南岸区南滨路162号1幢　邮政编码：400061　http://www.cqph.com
重庆市国丰印务有限责任公司印刷
重庆出版集团图书发行有限公司发行
全国新华书店经销

开本：890mm×1230mm　1/32　印张：12.75　字数：260千
2021年11月第1版　2021年11月第1次印刷
ISBN：978-7-229-15865-1
定价：58.00元

如有印装质量问题，请向本集团图书发行有限公司调换：023-61520678

版权所有　侵权必究

谢谢老妈！

Foreword
序

瞧，我明白你们打开这本书是想看点史诗级的故事，看点有趣、神秘、冒险、九死一生的故事。不过，想要看到高潮部分（除非你们想一下子就跳到第十三章——这我可做不了主），你们得先接受这样的我——阿普丽尔·梅，不仅是人类有史以来最重要的生物之一，还是位犯了点小错、芳龄二十有余的姑娘。作为故事的主角，你们可都在我的掌控之中。

故事是我的，我会以我喜欢的方式来讲述这个故事。也就是说，你们得懂我，而不仅仅限于了解我的故事。要是情节够戏剧性，可别讶异。我会尽量忠实地讲完这个故事，不过我也承认其中肯定会有不少出于自我偏爱的描述。假如你们明白了这一点，在理想的情况下，或多或少地你们就不会站在任何一方，真正地理解——我只是（至少曾经是）个凡人。

Contents 目录

序

第一章　/ 1
第二章　/ 14
第三章　/ 19
第四章　/ 40
第五章　/ 62
第六章　/ 84
第七章　/ 101
第八章　/ 130
第九章　/ 139
第十章　/ 163
第十一章　/ 173
第十二章　/ 188
第十三章　/ 252

第十四章　/ 262
第十五章　/ 272
第十六章　/ 278
第十七章　/ 292
第十八章　/ 298
第十九章　/ 326
第二十章　/ 337
第二十一章　/ 350
第二十二章　/ 355
第二十三章　/ 362
第二十四章　/ 379
第二十五章　/ 384

致谢　/ 396

第 一 章

一个清晨,凌晨 2 点 45 分。

我疲惫地拖着身子沿着曼哈顿区 23 街向南走去,那一刻我才真切地感受到自己是个人!在这之前,我已在一家注定无名的初创公司连续工作了整整 16 个小时,这都是拜我所签的那份该死的合同所赐。

读艺术学校似乎是一个糟糕的财务决策,不过只有当你申请了巨额助学贷款来资助你自命不凡的学业时,这句话才是真理。我就是这么干的。我父母其实挺成功的,他们开了一家公司,出售设备给中小型奶牛场,就是那种接到奶牛身上用于挤奶的装置,生意做得不错。如果我读的是州立学校,就不会欠那么多债了。可惜我不想读州立学校,于是我贷了款——一笔"巨款"。从广告到美术、摄影、插画,我换了无数个专业,最终选定了一个平凡(但至少实用)的专业——美术设计专业。在这之后,我找到了第一份工作,一份让我离开北加利福尼亚州、离开父母房子里的我的那间旧卧室，并让我留在纽约工作。

这份工作是在一家注定失败的初创公司，有钱人源源不断地给这家公司砸钱，他们的梦想就是有钱人所能想到的最无聊的梦想：赚更多的钱！当然，在一家初创公司工作就意味着你是这个"家庭"的成员，所以，只要是出现了问题，只要是超过项目截止日期，只要是投资方不爽，或者没有任何原因，你凌晨3点前就是下不了班。老实说，我厌恶透顶！我厌恶这一切，因为公司开发时间管理应用程序就是个馊主意，这个软件对人们一点用都没有；我厌恶这一切，因为我知道我上班仅仅是为了挣钱；我厌恶这一切，因为公司要求员工把上班当作生活的全部来对待，而不仅是一天的工作，这就意味着我完全没有时间做自己的项目。

但是！

实际上，毕业不到一年，我已经靠我的专业在做真正的平面设计了，赚的钱也够付房租。尽管严格来说我的工作环境让人无法忍受，我花了收入的一半却只能睡在一套一居室公寓的客厅里，不过我好歹在这座城市立足了。

其实我撒了点谎。虽然我的床是在客厅，但我基本上睡在卧室——玛雅的房间里。一开始，我们没有同居，只是室友。过去的阿普丽尔，会希望我把这点说清楚。这两者有区别吗？有的，主要是我们搬到一起住时并没有在交往。如果让大家误会我们在大学时代就一直住一起的话，就有点混淆视听了。室友之间容易变得亲密，我们最终成为一对，只有一年多时间。"那假如已经碰巧住在一起了,要不要同居"又怎么提出来呢?就玛雅和我来说,这个问题是这样提出来的: "我们能不能把客厅那个二手床垫给扔了?这样我们看网飞①节目的时候,就可以坐在沙发上了。"到目前为止,我的回答都是: "那可不行,我们只不过是约会的室友罢了。"所以,我们的客厅里还留着一张床。

我告诉过你们故事会很有戏剧性。

好了,还是让我们回到一月那命中注定的深夜吧。公司那该死的应用程序下周就得在应用商店上架了,可用户界面还需要做些改动。此刻,我还在等改动后的最后批复。你们反正不在乎,只是对我来说,这些真的无聊透顶!而且,比起每天早点上班,我宁愿待到很晚。我的各级老板们连光栅图和矢量图都分不清,为了解读他们神秘莫测的指示,我绞尽脑汁……终于,我刷卡走出大楼(这是一个共享办公空间,甚至不是真正租用的办公室)。我走了3分钟,到了地铁站。

然后,我的地铁卡莫名其妙地失灵了。不过我办公桌上还有一张,而且我不太确定自己的银行账户上还有多少钱,所以我觉得最好还是走过三个街区回办公室拿上那一张要稳妥些。

人行横道信号灯亮了,我穿过23街,一辆出租车朝我狂按喇叭,就好像我不该过马路一样。伙计,不管怎么着,绿灯该我走。我朝着办公楼的方向走去,立即就看到了一个庞然大物。走近些看,很明显,它真的是……十分特别的雕塑。

---

①网飞:Netflix,是美国的一家会员订阅制的流媒体播放平台。

我的意思是说，它看起来令人惊叹，也有一点那种"纽约式的令人惊叹"，你懂的。

怎么解释我对它的感觉呢？嗯，我猜，在纽约，人们花费十年的时间去创造令人惊奇的事物，这样的事物能完美捕捉到一个概念的本质，能让世界突然间清晰了十倍。这样的事物美好、又有力量，是某些人付出大半生努力的成果。本地新闻会报道这样的故事，然后所有人都会赞叹："太棒了！"再然后，第二天，我们就全忘了，又会喜欢上一些其他的绝对完美、非同凡响的事物。但这并不会让这些事物变得不再美妙或平淡无奇……只不过是有太多人在创造太多令人惊奇的事物，于是，最后大家都有点审美疲劳了。

我看到它时的感觉就是这样——一个身高约三米的变形金刚，身穿日本武士铠甲，它圆筒形的巨大胸膛笔直升向空中，整整高出我头顶一米多。它矗立在人行道的中间，能量满格、力量爆棚，看上去好像随时会转过身来，用它那空洞的、高高在上的眼神盯着我。但它只是耸立在那里，默默地、带着几分鄙视的表情屹立在那里，就好像整个世界都不值得它关注似的。在路灯下，它的金属表面呈现出黑色哑光和镜面反光银拼接的质感，很明显是金属做的……而不是用喷漆纸板之类的角色扮演材料，整个设计相当惊艳！我停下来有大概五秒钟的时间，空气的寒冷和它的凝视让我瑟瑟发抖，我又继续前行。

然后，我——觉——得，心念猛然一动！

我的意思是，作为一名艺术工作者，我在为一份非常无趣的工作万分努力。只有这样，我才能支付高额的房租，才能留在这个地方，才能继续沉浸在世界上最富有创意、最具有影响力的文化中。而现在，在人行道的中央，就有一件艺术品、一件巨作、一件艺术家可能花了数年时间创作的艺术装置，让人们驻足观赏。而我现在就在这里，却带着都市生活历练出来的冷酷，大脑经过数小时的推敲像素效果而濒临枯竭，对如此壮观的雕塑，我竟然没多看一眼。

这一刻我记得无比清晰，所以我想有必要说一说。我走回到雕塑跟前，踮起脚尖说道："你觉得我是不是该打个电话给安迪？"

雕塑当然毫无回应。

"如果我应该打个电话给安迪，你就站着别动。"

于是，我打了电话。

不过，首先得介绍一下安迪啊！

当你的生活发生转变，你会经历这样的时刻，你一边会想：毫无疑问，我一定会继续爱、继续欣赏、继续和这么多年来我结交的这些很酷的人保持联系，尽管我们现在的生活已经大变样了；然而，你可能还会一边在脸书上取消对他们的关注，因为你会觉得反正这辈子也不会再看到那个家伙了。好在迄今为止，安迪、玛雅和我避免了这样的宿命。玛雅和我是因为同住在 30 平方米的房间里，而安迪却是住在城市的另一端。到大三的时候，我们才和安迪认识。那时候，玛雅和我选的课大部分都相同，因为我们俩确实太情投意合了。小组作业时，我们俩自然总是在同一组，可是肯尼迪教授要求按三个人分组，也就是说我们得随便找个人来当"电灯泡"。不知怎么的，我们就被安迪缠上了（或许，从他的角度来看，是我们缠上他了）。

我之前就知道安迪是谁。对他粗略的印象基本就是"那家伙挺自恋的"。他骨瘦如柴，样子略怪，皮肤像打印纸一样苍白。我觉得他对头发的要求就是让发型师给他弄得像从来没有理过发一样。他总是口出妙语，大多数时候，他的俏皮话的确挺好笑，也挺有见地。

我们要做的项目是为一款虚构产品进行全方位的品牌设计。包装可做可不做，但需要提交几种徽标方案和一份风格指南。后者有点像本小册子，要告诉大家这个品牌会如何呈现以及在哪些情况下将采用哪种字体和色彩。一般来说，我们以为会为一家虚构的时尚公司做设计，该公司主打符合风尚的平价牛仔服装，特点是服装上配有毫无用处的口袋或装饰。可实际上，设计对象几乎总是一家虚构的啤酒公司，就因为我们是大学生。我们花了不少钱去培养对啤酒的品位，并对此自命不凡。

我相信玛雅和我就是奔着那个方向去的，而安迪简直固执得无可救药，他竟然说服了我俩一起去打造"泡泡桶"这样的视觉形象——一个酒桶风格的泡泡糖。起先，他的论据很蠢，他说反正我们毕业后也不会去做时尚酷炫的工作，所以也没必要把这个项目当回事儿。不过等他当回事儿的时候，就说服了我们。

他说："伙伴们，让一件酷的东西看起来很酷是容易的，所以大家都会选酷的东西。可是最终，酷的东西总会变得乏味。我们何不弄点'傻傻'的东西，但看起来又很惊艳呢？比如把滞销的东西变得很火爆？这才是真正的挑战！这才叫本事！让我们露一手真本事吧！"

这一刻我记忆犹新，因为在那时我才意识到安迪原来还是很有几把刷子的。

到项目结束时，我禁不住有点瞧不上班上的其他同学了，因为他们把紧身牛仔服和精酿啤酒的制作搞得太严肃了。我们最后的成品相当不错！安迪在插画方面才华横溢，我以前就知道这一点，但没想过有多重要。再加上玛雅的书写和我的配色，我们的设计作品最终看起来棒极了！

这就是玛雅和我与安迪相识的故事。感谢上帝，我们因此而相识。坦白地说，玛雅和我的关系，在最初需要这样的一个"电灯泡"来缓冲。肯尼迪教授爱死了我们的"泡泡桶"项目，还把它放到了课程网站上。从此，我们就有点铁三角组合的调调了。我们甚至一起做了一些兼职项目。偶尔，安迪还会来我们的公寓强迫我们玩棋类游戏。然后，我们却花一晚上的时间谈论政治、梦想或焦虑。事实上，安迪显然有点暗恋我，但我们仨都并不在意，因为安迪知道我是有主的人。而玛雅，在我看来，也未曾把安迪当作情敌。就这样，毕业后我们的友情也没有破裂，我们继续和安迪·斯堪姆特混在一起，因为他是那么的有趣、搞怪，又蠢又聪明。

所以，凌晨 3 点接我电话的那个人就是他。

"天哪，阿普丽尔，现在才 3 点。"

"嗨，我这有点东西，你可能想看看。"

"不能等到明天吗？"

"不能，这个东西很酷。把相机拿上……杰森有摄影灯，对吧？"杰森是安迪的室友，两个家伙都想当网红。他们会给一小拨观众直播自己打游戏的情景，还开了个播客，播一些电视节目中的精彩片段，还有他们自己拍摄的类似场景并上传到油管视频网站。就我看来，这就像许多富二代无可救药的毛病一样，尽管铁证如山，他们依然坚信这个世界真正需要的是另一款白人喜剧播客秀。虽然这不怎么中听，但我那时候就是这么想的。当然，我现在知道了，如果自己制作的节目无人观看，那种无足轻重的失落，是多么容易就能感受到。我后来还收听了"调查谋杀"这档节目，实际上挺搞笑的。

"等等，到底发生了什么事？要我做什么？"他问道。

"你要做的就是：到格拉梅西剧院来，带上杰森所有的视频装备，你完全可以做到，而且你不会后悔的，所以别想着回去打你的变态虚拟现实游戏……我保证，这儿更棒！"

"你说的都对，可是阿普丽尔，你打过'樱花五仙女'吗？"

"我要挂电话了……你 5 分钟后到这儿。"

我挂断了电话。

在等安迪的时候，有几个行人从我身边走过。曼哈顿区的治安情况肯定没以前那么好了，不过好在纽约依旧是座不夜城。同时，它也是这样一座啥也不在乎的城市："看啊，我操心的土地，你目光之所及，它是多么的贫瘠。"过路人扫了一眼雕塑，然后继续前行，我之前差点就这么做了。我尽量让自己看起来在忙点什么。曼哈顿是够安全，但这并不意味着凌晨 3 点，一位 23 岁的女性独自站在街头不会遭到随意的骚扰。

在接下来的几分钟，我得与这座雕塑待一会儿。曼哈顿从来不会黑漆漆的，周围的灯光很明亮，但四周倒影重重，雕塑又这么大，让我不太能够确切地理解它。它真的很大，可能有几百公斤重。我取下手套，戳了它一下，发现接触到的金属居然不冷，这让我很是吃惊！确切地说，也不暖，但很硬。我敲了一下它的盆骨，却没有听到期待的叮当声，而更像是"砰"的一声，然后是低沉的嗡嗡声。我开始想这是艺术家有意为之吧……是想让纽约人与这个物体互动……去发现它的属性。上过艺术学校的人就是这样，总是会去思考目标和意图。看见艺术品——评论艺术品，简直就是我们这类人的默认状态。

最后，我不再评论，就只是接受它，并开始真的喜欢上它。我并没有仅仅把它当作其他人创作的作品来看待，而是真心喜欢美好的艺术……就是欣赏作品本身。它与我以前看过的作品非常不同，采用"变形金刚"这个题材，也真的是很勇敢。就像让我做一些看起来像机械机器人的作品，我会感到害怕，因为没有人希望自己被别人与主流的事物相比较，这是最糟糕的结局。

但这件作品的内涵更加丰富，它像是来自一个与我之前看过的作品完全不同的地方，不管是雕塑，还是其他什么。我完全沉浸其中，直到安迪从后面把我拍醒。

"这他妈的……"他背了个背包，挎着三条相机背带，还拿着两个三脚架。

"是啊。"我回答道。

"这东西——酷毙了！"

"我知道……可怕的是，我几乎错过它了。我刚才只是想着，'哦，这又有一个他妈的酷炫纽约作品'，然后继续走我的路。但我突然想到我从来没有听说过或看到过这样的东西。然后，你知道的，你一直在找有轰动效应的事情，我就想着你可能想来点独家新闻，所以我一直替你守着呢。"

"你是说，当你看到这个美轮美奂的作品时，第一个想到的就是我——安迪·斯堪姆特！"他一边说，一边用拇指戳着自己皮包骨头般的胸膛。

"呵呵，"我调侃道，"其实，我就是想着帮你个忙，这就是了，所以你也许应该感谢它？"

安迪听了有些泄气，然后递给我一个三脚架。"好吧，先把这些东西架起来。我们得赶在'第六频道'的人员醉醺醺地意外发现它之前，抢先一步拿下独家新闻。"

5分钟后，相机就架好了。由电池供电的摄影灯发出刺眼的光芒，安迪把麦克风夹到了领子上。他看上去没有在学校时那么呆了，不再戴蠢蠢的棒球帽，也不再留那乱糟糟（或者说不同寻常）的发型，而是换了一头小卷发，很配他的脸型。尽管他高出我二十多厘米，与我也几乎同龄，不过他还是看上去比我小五岁左右。

"阿普丽尔。"安迪说道。

"嗯？"

"要不你来吧。"

我可能咕哝了些让人听不懂的话作为回答。

"我指的是你站在相机前。"

"哥们，这是你的梦想，可不是我的。我可对油管屁都不懂。"

"我的意思是，就是，呃……"回过头来看，我想可能他那时就有些觉得这真的会是一件了不起的事。虽然关于这一点，我从来没有问过他。当然，当时也没想到有多么的了不起，但的确是件大事。

"嗨，可别以为你让我成为网红，我就会喜欢上你。我又不想出名。"

"好吧，可你又不知道怎么操作相机。"我能感觉到他在找借口，但又不知道原因是什么。

"我不懂在相机背后该怎么操作，可我更不懂在相机前面该怎么做。你和杰森一天到晚都在网上混，而我勉强有个脸书账号。"

"可是你有 Instagram[①]的账号。"

[①]也称照片墙，是一款移动社交图片分享应用。

"那不一样。"我傻笑道。

"不是吧。我很清楚你对自己在 Instagram 发的东西很在意，你不是在胡闹。阿普丽尔，你生活在一个数字化的世界，你是一个数字化的女生，我们都知道要如何去表现自己。"哦，安迪这么直率，愿上帝保佑他。当然，他是对的。我试图对社交媒体表现得不屑一顾。事实上，我也的确更喜欢逛美术馆，而不是在推特上打发时间。但其实，我也并没有自己表现的那样超然世外。对于各种精心打造的互联网人设，我感到厌烦，而其实这也是我精心打造的互联网人设的一部分。即便如此，我觉得我俩都能感觉到安迪扯得有点远了。

"安迪，你到底为什么要这么做？"

"就是，"他深吸了一口气说道，"我就是觉得，如果是你的话，会让艺术家感觉更好一些。我他妈的像个混混，我知道自己长啥样子。人们不会把我当回事的。而你的打扮，你的颧骨，都让你看起来就像个艺术家。你是那种一看就知道自己在说什么的人，而你的确也知道自己在说什么。美女，你的口才很好。要是我来的话，肯定会成为一个笑话。再说，你是发现它的人。所以，我觉得你站在相机前更合适一些。"

与我的大多数设计专业同学不同的是，我有很多对美术的思考。要说设计与美术不同在哪里？嗯，我认为，美术更像是一门自我存在的艺术，美术追求的是其本身；设计是做其他事的艺术，设计更像是视觉工程。在学校，我一开始聚焦的是美术，但第一学期结束的时候，我决定换个专业，因为也许有一天，我想找份工作。所以，我转到了广告学，可是我很讨厌这个专业。于是，又换了几次，直到我最终屈服了，选择了设计专业。可是，相比学设计专业的其他同学而言，我依然花了很多时间和精力去关注曼哈顿区域内的美术圈子。这也是我为什么无论如何也要待在这座城市的部分原因。这听起来傻乎乎的，可是作为一位生活在纽约市二十出头的女性，这一点让我觉得自己有分量。即便我没有在搞真正的美术，但至少在这座城市里，我在朝着这个方向努力，彻底远离我父母那平淡无奇的挤奶设备事业。

最后，安迪没有一点妥协的迹象，而我也判定这没有什么大不了的。于是，我把麦克风夹在了我的衬衣里……麦克风线因安迪的体温让人感觉暖暖的。灯光快亮瞎我的双眼，让我几乎看不到镜头。天气很冷，寒风飘起，我们独自站在人行道上。

"你准备好了吗？"安迪问道。

"把那个麦克风给我。"我一边说，一边指着地上打开的包。

"你的厕所加急了吧，你不需要另一个麦克风。"

我没听懂他在说什么，但后半句是懂的。"不，我需要，嗯，用来做道具……这样，我可以……采访它？"

"啊！酷！"他把麦克风递给了我。

"准备好了。"我说。

"好，开始拍了。"

第 二 章

"好,开始拍了。"

如果你离上网这件事儿足够近,你肯定听到过安迪说的这些词儿……不管你会不会说英语,不管你的生命中是否拥有过一部电子产品,无论你是一位来自中国的亿万富翁,还是一位新西兰羊牧场主,你都会听过这些词儿,尼泊尔的武装叛乱分子,也听过这些词儿。因为这是有史以来浏览次数最多的视频,浏览次数比地球上的人数都多。谷歌估算,有 **94%** 的世人观看了"纽约卡尔"这段视频。

安迪编辑后的视频……大致呈现出这样的状态:

我一团糟,因为连续 22 小时都没有睡觉。脸上基本是素面朝天,上班的着装也基本是"随便穿",外面套了一件牛仔夹克,里面是一件白色连帽衫,牛仔裤的膝盖上还有洞,所以一点都不暖和。我的一头黑发散落在肩头,尽管灯光直射我的眼睛,我也使劲不眯着。想想这些条件,就觉得我看起来还行。也许是因为这个视频我已经看过太多次了,所以都不觉得尴尬了。我的眼睛黑黝黝的,甚至当太阳出来以后,我的眼睛看上去也是瞳孔占了绝大部分。在杰森 LED 设备的灯光下,我的牙齿闪闪发亮。不知道为什么,我看上去喋喋不休的。可能因为缺觉,我的头开始昏沉,声音也哑哑的。

"大家好!我是阿普丽尔·梅,我现在身处 23 街和莱克星敦大街的交会处,旁边有一位奇特的不速之客。他大概是今天凌晨三点前到访的,一直守卫在格拉梅西剧院旁的红辣椒墨西哥烤肉店前,就像一名来自未知文明的远古勇士。他冷冰冰地凝视,看起来却挺慰藉的。就像是,比方说,我们每个人连自己的生活都没搞清楚……甚至连这个三米高的勇士,我们也搞不清楚。生活的重担让你垂头丧气了吗?别担心……你一点也不重要!你也许会问,他这样盯着我,我会觉得更安全吗?我告诉你:不会!但也许,安全并不是这一切的重点!"

我说这句话的时候,有一对情侣从旁边走过,在这样的一个漫漫长夜之中往家赶。他们回头望了一眼相机,却没有多看一眼这个古怪的巨大机器人。

相机的角度突然变了。(这是因为我咕哝了几秒钟在想词,所以听起来挺傻的,安迪向我保证他会剪掉我像个傻瓜在说话的这一段。)

"他的名字叫作'卡尔'!你好,卡尔!"我踮起脚尖,把假话筒对着卡尔。我身材娇小,还不到一米六,所以显得卡尔更加高大。卡尔当然是一言不发。

"一位沉默寡言的机器人,可你的外表很有分量啊。"

又一次叫停,然后我转过身,盯着相机。"这就是静止的、结实的,摸上去还有些暖暖的卡尔,一位身高三米的机器人,可纽约人似乎觉得没那么有趣。"

停!

"纽约人觉得他是什么呢?一件艺术装置?公寓里撵走游手好闲的房客时一并扔出来的得意设计?附近拍电影时忘掉的道具?这座不夜城是否已经变得如此淡漠,甚至连最奇特、最出奇的事件也引不起它的注意了?不,等一等!有位年轻人停下来看了,让我们问一问他是怎么想的。"

停!

然后安迪就对着我的假话筒了。

"请问你是……?"

"安迪·斯堪姆特。"安迪看起来比我紧张多了。

"你能证明红辣椒的外面站着一个三米高的机器人吗?"

"我能证明。"

"你能证明事实上这并不正常吗?"

"嗯哼。"

"你觉得它意味着什么?"

"我不知道,真的。现在想想,卡尔有点吓到我了。"

"谢谢,安迪。"

停!

"全世界的公民们,现在你们看到了。这个巨大庄严的、令人生畏的,还有点暖暖的男性机器人已经降临在了纽约市,他一动不动,对一段一分钟的视频来说,他的出现已经足够有趣。"说这段台词的时候,拍的都是机器人的近景。尽管他一动不动,却充满了动感,外表之下活力闪现。

在整个拍摄过程中,我都在想创作这件作品的艺术家,她一定是位同道中人。她将整个灵魂倾注到如此非同凡响的事物中,可是这样的作品却可能被整个世界所忽视。我试图进入她的思想,探索她的创作意图,同时,我也想向全世界呼喊:来欣赏这件作品,欣赏它对美丽和形式的无知吧!我还想向全纽约的人呼喊:来欣赏一下酷毙了是啥样吧!我希望人们醒来,花点时间来看一看这件不同寻常的人类杰作。如同后知后觉的欢闹。

"怎么样?"

"啊,很好!太棒了!你看起来美极了,又聪明,网友们会爱上你的。"

"哦,这正是我一直想要的,"我面无表情地说道,"我突然觉得特别累。"

"嗯,累也说得通啊。你为什么还没回去睡觉?"

"除开这个巨型机器人吗?你知道的,我又加班了,又一次紧急集合处理危机事件。"

"可你至少有份工作。"

安迪在尝试自由职业,没有学费还贷压力的人都会这么做,因为他老爸就是腰缠万贯的好莱坞律师。

就这样,卡尔就不在我们的话题中了。在我对工作发牢骚的时候,安迪又拍了几组近镜头,他告诉我有位新客户想让其公司的徽标看起来更"计算机化"。为了尽可能近地凑到机器人的脸前,我甚至站到了安迪的肩头,并尽力把相机端稳拍了些辅助镜头素材。我们一直在谈论工作和生活,然后就差不多四点了。

"啊,阿普丽尔,这真他妈的超级古怪,谢谢你在这么冷的一个夜晚,把我叫出来和你一起拍一个机器人视频。"

"谢谢你能来,哦,不,我才不会去看你剪片子呢。我要回去睡觉。你要是胆敢在中午之前给我打电话,我就把你插在卡尔头上的那个尖东西上。"

"别客气。"

"明天见。"

在乘地铁回家的路上,我把手机调成了勿扰模式。那一晚,可能是我后来"挂掉"之前睡得最香的一晚。

CHAPTER 3

第 三 章

下午两点,我醒了。玛雅起床时,我还睡着。她推开门,又轻敲了几下,手里端着一杯咖啡走进房间。她的行为既让人有些恼怒,又令人觉得可爱。这个房间因我的喜好,乱七八糟得让人惬意。地上散落着几件衣服,桌子上放了好几个杯子,两个床头柜上摆满了书。

有些人总是喜欢把周围的一切整理得干干净净,对此我真的不能理解。对我来说,偶尔专心地打扫一下,比经常性的清洁,高效多了。再说,我心里就喜欢乱糟糟的。几乎就像是,我必须让周围的一切乱糟糟的,这样,我的艺术创作和念想才能保持纯净。设计时追求极简,其他事情则一塌糊涂。这就是我的风格。当然,玛雅总会帮我,以免我彻底脱轨。

在个人生活上,玛雅可比我井井有条多了,但我们俩都不是有洁癖的人,所以住在一起也没什么问题。她显然已经起床几小时了,她的一头长发绾成一个精致好看的发髻,让我一直很着迷。

她这样的打扮意味着她待会儿可能有重要的事要做。她好像已经告诉过我是什么事了，可就算她说过，我也记不起来了。是不是见工作上的客户？我们仨之中，玛雅是唯一一个在一家还不错的设计公司工作的人。薪水不高，不过也算是一只脚迈进了门。此外，她已然化好了妆。

玛雅不仅管家有方，在处理人际关系问题上，也比我高明很多。我们这段关系中，所有的别扭都是因为我。她曾想和我聊一些严肃的话题，都被我阻止了。如果不是因为我，我们的关系可能早就很亲密了。

"我给你拿了杯咖啡来。"她温柔地说，想着我还没有完全醒。

"在一起住了这么多年，你都没发现我从来不喝咖啡吗？"

"才不是，"她把咖啡搁在我的床头柜上，"在非常、非常不开心的时候，你就会喝咖啡。"

她坐到了床边。我转向她，脸上是一个大大的问号。

"阿普丽尔，那个机器人的事情变得有点古怪了。"

"你知道卡尔了？"

"你怎么给他起了个这么蠢的名字？"她凶巴巴地问道。

"你知道卡尔了。"我肯定地说道。

"我知道卡尔了——"

"安迪是不是一直在打扰你？"在她继续说之前，我打断了她，心里有些恼怒安迪为什么不能等到今天。确切地说，是下午晚些时候。

"别打岔,你接着睡会儿吧,"她要求道,"安迪打了一天电话,他快疯了,他想让你查看邮箱。邮箱里有一堆重要的邮件,里面有本地新闻台和娱乐界经理及经纪人发来的消息。我觉得这个事你得知道,不过我想这些事情也不着急。"

在我认识的人中,玛雅最会说话。就好像她能先在脑子里写好文章,然后逐字逐句地念出来一样。我记得,她曾跟我解释过,说生活在美国的黑人都是这样。

有一天晚上,已经很晚了,都不适合再接着聊天了,她跟我说:"但凡一位黑人与白人相处较多,就会被要求为所有黑人代言,可我很讨厌这样。这真蠢!而每一位黑人,不管想要的是什么,都开始响应这样的白痴号召。不过,我的焦虑最终让我讲话更加谨慎了,我当然不能代表所有非裔黑人,但要是有人认为我能代表,那我还是有责任尽力做好。"

她聊起这种话题的时候,我永远不知道该说些什么,因为我是一个在白人社区里长大的白种人。于是,我的回答只能和大家在此种情景下的回答一样:"确实挺难的。"

"是啊,"她回答道,"每个人都有不容易的地方,不过还是谢谢你。"

"天哪,我希望你不会觉得在我面前,你也需要代表所有黑人,我希望你不会,呃,一直小心翼翼的。"我说道。

"不会的,阿普丽尔,"然后,过了好一阵,她才继续说道,"我跟你在一起时的小心翼翼,是有不同的原因。"

我吃了一惊,却不敢问她这句话是什么意思,于是我吻了她一下,然后我们就睡了。

不管怎么说,玛雅的口才对维持一段关系相当有帮助,因为在这段关系中,我总是下意识地在漫不经心和认真对待这两者之间摇摆不定。她还能用她的眼睛和身体说话,不过大多数时候,她还是选择用嘴。这一点,我可不介意。

"玛雅。"我刚喊了一声,她就把食指轻轻地放在了我的嘴唇上。

隔着她的手指,我问道:"嗯,我们现在可以亲热一下吗?"

"不,你该喝了咖啡,然后去查看邮件,在你刷牙之前,别再和我或其他任何人说话,因为你的嘴现在闻起来,臭得像有几万亿个微生物在里面。我得把你的手机拿走,你看完邮件,才可以要回去。"

她站起身,都没亲我一下。

"可是我——"

她走向门口,声音大得淹没了我的声音:"别说话!看邮件!"然后关了门。

10分钟后,我稍微清醒了一点,就坐在床上,打开手提电脑。已读邮件是蓝色的,未读邮件是白色的,然后,"重要未读"的白色邮件有满满五页。我有点茫然不知所措,于是便直接搜索andyskampt@gmail.com,页面一下子清爽了很多。他一共给我发了15封邮件,其中一封的标题是"先读这封",另一封写着"其次读这封",第三封也是较近一封的标题是"不!这封!先读这一封!"

以下就是安迪发给我的邮件,直接从我的收件箱复制粘贴的。

不!这封!先读这一封!

对不起,我今天发的所有邮件就像是疯子写的。我很珍惜我们之间的友谊。让我们永远把友谊放在第一位。

安迪

先读这封

好啦,哇哦!迅速给你说一下过去 6 小时发生了什么。事实就是这样,不是猜想!卡尔不仅仅在纽约出现,地球上几乎所有城市都有一个。至少有 60 个卡尔,从北京到布宜诺斯艾利斯,全球各地的人都在晒卡尔的照片。就像我们俩一样,人们都是偶然发现了卡尔,全球的人都在社交媒体上发相关的照片和视频,而我们拍的不知怎么的是最火的。全球卡尔可能是某个国际性的街头艺术项目,你(或者说我们)的报道可以说是独家。每个卡尔都是突然就出现了,没有人看到安装的人,也没有人找到任何监控录像。我相信最后还是能找到,但目前都没有。

每个人都称其为"卡尔",因为他们不知道还能叫他什么。卡尔附近的人行道上,也未贴有泡沫板声明是哪个艺术家的作品。新闻台都在用我们的视频(未经我们的许可,这一点我后面再说)。有几家新闻媒体已经联系我了。我们的视频已经有百万级的浏览量了!人们爱上你了!

别去读评论。

我拿了个更好的相机,又到卡尔那儿去了一趟,拍了一些白天的镜头。我去的时候还没有多少人,但现在已经是人山人海了。卡尔已经变成网红了!

你今早给我电话后,我到现在都没睡,现在我觉得就像是有条小狗在眼睛里咬我的眼球!

安迪

其次读这封

嗨,你以前知道我爸是律师吗?嗯……说这个有点别扭,不过情况是:"我们的"视频已经有百万级的浏览量了,已经赚钱了,所以我们需要算一算怎么分。

不过,我认为没办法算清这个视频中谁的贡献是多少,可以说我们两个缺了任何一方,这个视频都拍不成,所以,我的建议是关于视频的所有权,带来的收益我们五五分成。同时，我也建议我的YouTube频道"Skamper2001"的所有权，收益也五五分成，这个账户名称，我11岁时就注册了，而我这辈子都会后悔我当时是怎么取的啊。最后建议：我们应该继续合作拍摄关于卡尔的视频，不过，这一点，我们可以稍后再谈。

我让我爸起草了一份合同来说明这视频的所有权我俩各占一半，因其带来的收入，也有权各享有一半。这基本上也意味着未经你的许可，我不能用这个内容做任何事，反过来，你也一样。我知道这么做有点傻，但他是律师，律师就是这么干的。我爸还让我向你建议：在我们起诉各大网站未经许可使用我们的视频时，他将作为你的律师，为你代言。我告诉我爸，让他把火力压一压，所以现在他的火力还收着呢。

再告诉你一声，到目前为止，视频已经挣了2千美元。可以说，我们有钱了！

安迪

我迅速扫了一眼收件箱的其余信息，顿时有些后悔自己曾将邮箱公布在我的作品网站上。收件箱里确实有不少来自娱乐界经理和经纪人的邮件。有些人发来邮件告诉我，他们有多么喜欢我的视频。也有些人发来邮件想让我知道，如果我要拍油管视频，我本可以做出很多努力来改善我的外在形象,而说真的,我为什么不这么做?

相比一些寻常古怪的邮件,其中有一封,则显得特别古怪。即便你从未且但愿此生都不会遇见这些陌生人,但他们却可以如此的讨厌,如此的有控制欲,可以让人如此的难堪,这简直令人惊奇!我们每个人对于完全陌生的人竟有如此大的影响力,可以让他们感觉糟糕,感到害怕和弱小,这样的影响力真是惊人。这并不是第一次有人让我有了这样的感觉,但通过网络却是第一次,这种感觉已足以让我想要从整件事中暂时隐退。不过,就一会儿。

还有一封是来自我爸的。(其实,是来自我父母的,他俩关系好得简直让人崇拜,发邮件的时候都是一起写的。我敢保证他俩是在沙发上挨着坐一起写的邮件,就像我们三个视频通话时那样。他们应该定做一个专属的有两个键盘的特殊平板电脑。)这封邮件就是一条长长的短信,说他们认为这个视频很棒啊,我看起来很疲惫啊,他们等不及在汤姆的婚礼上看到我啊,我有没有睡够啊之类的话。

在这些邮件中,有且仅有一封信,对整个故事而言一直至关重要,其标题是"你说它是暖暖的?"我直接把邮件的内容复制出来如下:

你说它是暖暖的?

梅女士:

你好!

我是米兰达·贝克威思,加州大学伯克利分校材料学在读研究生。今早我看了你的视频,发现真的是既有趣又引人入胜。我尤其感兴趣的是你提到"卡尔有些暖"。当然,我相信你的生活现在肯定挺离谱的,但因为我懂一点材料,又看过卡尔,所以对我来说,如此笨重又有光泽的东西,却能够低导热,这挺不正常的。

基本上来讲,卡尔看上去是金属做的,但纽约现在是一月,天气应该很冷,那在这样的环境温度下,金属摸起来应该是很冰凉的。最初的报道显示这些卡尔都是非常重的,所以不可能是覆膜塑胶做的。那还有什么东西既摸起来不冷,又够重和闪亮,我是真不知道了。

除非他摸上去是真的暖,那这种情况下,有可能是他体内有什么能量让他保持温度。

在旧金山湾区也有一个卡尔,但看起来我没什么可能摸一下他了,所以我就想问问,你是否可以满足一下我的好奇心,为我解惑一下。卡尔摸起来温乎乎的感觉是像摸泡沫塑料的感觉吗?还是说他温乎乎的感觉是像摸一个盛满热咖啡的杯子的感觉?

他是否具有其他一些可能解开这个谜团的特征,你有注意到吗?

占用你的时间了,谢谢!如果你无法回复我,我完全理解。

　　　　　　　　　　　　　　　　　　　米兰达

▸

那是我当天回复的唯一一封邮件。

关于：你说它是暖暖的？

米兰达：

　　你好！

　　谢谢来信！关于卡尔的奇事，这一点并不引人注意，但现在经你提起后，确实感觉挺怪的！他摸上去不暖，摸起来就跟没有温度一样。在没有提示的情况下，我也说不清楚，但我现在可以描述这种感觉了，摸到的就像是硬硬的、光滑的泡沫塑料。就像他本身没有热量，但我摸他的时候，我手上所有的热量并没有传递出去，而仍留在我的手上。我还用指关节狠狠地敲了他一下，他发出"咚"的一声，然后是有点低沉的嗡嗡声，一点受力感都没有，就像是敲在了彩绘的砖墙上。

　　我想我现在也不太容易靠近纽约卡尔了，所以接下来可能也帮不上什么忙了。我觉得制作卡尔的人，不管是谁，已不是用古怪可以形容的了。

　　　　　　　　　　　　　　　　　　　阿普丽尔

写完这封信后，我认为事情做得差不多了。

"玛雅！手机，请给我手机！"

"这件事挺怪的，对吗？！"她喊道，人未到，声先至。

"有什么损失吗？"我一边问，一边招呼她把手机给我。

"嗯……你突然爆红了！安迪想跟你聊一聊，聊很多事，怕是能聊个三四年！你父母也打电话来了。"

我给爸妈回了电话。他们挺好的，只是小有压力，因为我年长一点的哥哥汤姆，几个月后要在北加利福尼亚州结婚了，我父母一直在帮忙筹备婚礼。汤姆是学数学的，他在旧金山的一家投行工作，典型的成功人士。我一直期望他和其他投行人士一样，搬到纽约来，可是他并没有这个打算。

不管有多难，都要百分百地靠自己，对此我深信不疑。我的童年很幸福，只是我不是那种非常快乐的小孩。我的父母一直很支持我，对我也没有什么期望，这几乎是每个孩子都想要的。我们聊了聊汤姆，他们很喜欢汤姆的未婚妻，婚礼的安排很顺畅，虽然要做的事情依然很多。他们也想知道关于卡尔的事情，于是我说了一通，其实大部分情况，他们已经知道了。他们又问了一下我工作的事情，言下之意是如果我缺钱花，可以给我一些。尽管他们经常这样做，我却总是不接招。他们说很喜欢这个视频，为我感到骄傲。哪点值得骄傲了？谁知道。父母就是这样的，对吧？

然后我给安迪打了电话，他听起来……慌慌张张的。

"阿普丽尔·梅，这事简直太离奇了！"

我皱着眉头远离手机。"你现在给我淡定点。"

"视频已经有 300 万的浏览量了，人们觉得你太棒了！你还没有看评论区，对吧？"

"我连视频都还没看。"

"天哪，你简直就是唯一还没看过视频的人了。现在故事更离奇了，还没有找到任何监控录像，倒是有个摄像头把那个地方拍得很清楚，但早上 2 点 43 分的时候，突然就卡掉了，5 分钟的时间，什么也没有发生，恢复正常后，卡尔就站在那儿了。军方分析人士称，每个卡尔都是在同一时间点安装的，安装时可能有电磁脉冲破坏了当地的电力系统。更离奇的是安保摄像头录制的静止画面并不是随意的。摄像头录下了音频，媒体能接触到的每台摄像头都录下了一段低唱，非常的清楚，如果音量开得够大，可以听出来是英国皇后乐队的《现在别阻止我》。"

"我喜欢这首歌。"

"真的假的？"

"真的，为啥不？"

"不，我都没有听说过它。不过，当然，你要是听，就听得到。没人知道怎么会有这样的音乐出现……通过某种极度高能的无线电脉冲？可能吗？"

"嗯，是挺怪的，不过，安迪，这跟我们也没多大关系吧？

我的意思是说，我们拍了视频，我也很开心是我们发现了纽约的卡尔——"

"只能用'纽约卡尔'！"他打断我道。

"咋啦？"

"纽约卡尔，那是位于纽约那个卡尔的名字。而不是'纽约的卡尔'。现在大家都叫它'纽约卡尔'，在孟买的，叫'孟买卡尔'，还有'香港卡尔''圣保罗卡尔'。所有不会说英语的人，都把在他们城市出现的卡尔叫作'卡尔'。"

"你对术语这么挑剔干吗，反正我的观点不会改变。又不是我们创作的卡尔，我们只不过发现了他。而且……我们发现的还只不过是 60 座之一。"

"我跟我爸说了，他唠唠叨叨地说了大概有 10 分钟，包括叙事传播、模因传播、文化神话，他完完全全让我相信了一个主张，虽然我现在根本复述不出来，其中我记得最清楚的一点就是……我挣了 1 万美元了。"

然后是一阵沉默，后来我终于说道："呃……酷？"

"新闻台特别想采访你，但他们找到了我，因为目前他们只能找到我。每个小时都有 5 分钟左右的时间，是各路专家学者在胡扯关于卡尔的事，可是要让这个故事有趣，他们能说的也太多了。新闻台没办法采访卡尔，但可以采访你。我爸说如果你愿意接受采访，他可以帮我们和各大网站签一份价值 1 万美元的授权协议。"

"等等，是总额吗？还是一个网站 1 万？"

"一个网站1万！他们完蛋了，因为他们已经在用我们的视频了。我爸可是抓住了他们的痛点。"

我的脑子有点跟不上了，但我能意识到1万美元乘以我能想到的新闻网络的数量，乘积足以削减我相当一部分的学生贷款。我可以辞掉我那份垃圾工作，我可以有时间在晚上做一些我自己想设计的东西。

"我必须上电视吗？"

"你就该上电视！"

"可我上电视说什么呀？"

"你就回答问题好了！"

"我需要做头发吗？"

"阿普丽尔·梅，这可是5万美元左右的生意。"

"好吧，我上。"

在接下来的30分钟，我定下了当天的两个网络新闻访谈，盘算着应该说点什么才能体现出价值来。在我出发前，我和玛雅把所有的空余时间都花在了浏览卡尔的信息上。信息并不多，其实安迪提供给我的最新信息已经够全面的了。上新闻这件事，让我有点胆战心惊，老实说，该说点什么，我一片茫然。"我看到了这个东西，觉得很酷，但我不知道它是什么，我和朋友就拍了个视频。"就这几句，最多19秒，这可值不到1万美元啊，可我不知道电视节目到底是怎样运作的。其实电视台多半就想在我们不会告他们剽窃的前提下继续使用我们的视频。

最后一点时间，我用在了维基百科上，查找《现在别阻止我》这首歌。在卡尔现身的地点，安保摄像头拍摄的静止画面中都离奇地响起了这首歌，虽然只是勉勉强强能听到。

《现在别阻止我》是英国摇滚乐队皇后乐队演唱的歌曲，收录在其1978年的专辑《爵士乐》中，1979年作为单曲发布。这首歌由主唱佛莱迪·摩克瑞握词，1978年8月在法国滨海阿尔卑斯省阿尔卑斯贝尔市的超级熊工作室录制，是该专辑中的第12曲。

好怪啊，我想，"握词"这样的错别字一般不会出现在维基百科中啊。作为互联网的好管家，我编辑了页面，把"握"改成了"作"，然后重新上传了。

《现在别阻止我》是英国摇滚乐队皇后乐队演唱的歌曲，收录在其1978年的专辑《爵士乐》中，1979年作为单曲发旧。这首歌由主唱佛莱迪·摩克瑞握词，1978年8月在法国滨海阿尔卑斯省阿尔卑斯贝尔市的超级熊工作室录制，是该专辑中的第12曲。

"嗨，玛雅，你能打开一下维基百科'现在别阻止我'那一页吗？"

"打开了。"

"你看到错别字了吗?"

"嗯……第一段有两个。"

"两个?"

"对啊,'发布'和'作词'都写错了。"

"改一下。"

"嗯,好的,主人!"

"赶紧的,这事儿有古怪。"

玛雅把两个错都改了,我们一起重新上传了。

《现在别阻止我》是英国摇滚乐队皇后乐队演唱的歌曲,收录在其1978年的专集《爵士乐》中,1979年作为单曲发旧。这首歌由主唱佛莱迪·摩克瑞握词,1978年8月在法国滨海阿尔卑斯省阿尔卑斯贝尔市的超级熊工作室录制,是该专辑中的第12曲。

"好吧,"玛雅说道,"你专门让我找错别字后,要是我还看不出来有些人把第一个'专辑'这个词写错了,说出来都没人信。我真他妈的挑剔。"

玛雅确实是这种人。

"我再来改一次。"我说道。

我把错别字都改了,重新上传。

《现在别阻止我》是英国摇滚乐队皇后乐队演唱的歌曲,收录在其 1978 年的专集《爵士乐》中，1979 年作为单曲发旧。这首歌由主唱佛莱迪·摩克瑞握词，1978 年 8 里在法国滨海阿尔卑斯省阿尔卑斯贝尔市的超级熊工作室录制，是该专辑中的第 12 曲。

"'8月'的'月'字又错了！"我叫道，更加抓狂了。我打电话给安迪。

"哈啰！"他接了电话，依然语无伦次的。

"你现在能打开一下维基百科'现在别阻止我'那一页吗？"我直奔主题。

"好啊！"电话里能听到他正在四处找他的电脑。我只好等着。

"好啦，正在打开……嗯……"我听到一阵键盘打字声。

"第一段你看到错别字了吗？"

"嗯……有啊……'作'写错了。"

"没了？"

"这是个测验吗？"

"你看到'发布''专辑'或是'8月'有错吗？"

"今天已经够怪的了，阿普丽尔，你还想让它变得更怪啊。"

"回答我的问题！"

"没有，其他词都是对的。你知道维基百科是怎么操作的，对吧，页面是可以改的。说不定有人刚改了。"

我重新编辑了页面，所有的错别字都还在，但也没有新的错别字了。"把错别字改一下。"

"阿普丽尔，差不多两个小时后，我们就该去城里参加美国广播公司新闻台的拍摄了。维基百科上的错误多了去了，我们今天可没有时间把它们全改完。"

"噢，上帝！安迪，叫你改，你就改！"我吼了起来。

"我在改……我发牢骚的时候就在改。错别字还在。噢，真挺怪的，这回'发布'又错了。呃，等等，你刚才说过这个词。你怎么做到的？"

玛雅插话进来："把免提打开。"我打开免提。

"安迪，我是玛雅，我们也遇到了同样的情况，只不过我第一次就看到了两个错别字，可能是因为阿普丽尔和我的 IP 地址是相同的。每次我改一个就会发现一个新的，而且改的也没变。维基百科的日志显示没有人正在做改动。事实上，根据日志来看，3 小时前，有人批注说安保录像里的歌就是这首歌。自此以后，就没有人做过改动，包括我们的改动，也没有记录。

"在你们俩通电话的时候，我试图纠正最后发现的那个错别字，然后就没看到其他新的错别字了。似乎是我们进入了一个死胡同。还有，我们现在没时间把这个问题搞清楚了，因为在接下来的半小时，阿普丽尔必须弄一下头发，然后搭地铁去曼哈顿了。"玛雅命令道。

"我们真的还是要上电视吗？"我抱怨道。

"是的。"玛雅和安迪异口同声地回应。

"但你们不觉得现在这个问题更有趣吗?"

他俩也这么觉得,但 1 万美元还是更重要些。

稍后,我迅速冲洗了一下,在用直板夹拉头发的时候,我从浴室朝玛雅喊道:"错的都是些什么字呢?"

"作词、发布……,"她想了想,然后把头探进浴室说道,"专辑和 8 月。"

"握旧集里。"我说道。

"嗯?"她坐到马桶上问道。她并不是想上厕所,只是浴室里没有其他地方可坐。

"错的字凑起来是:握、旧、集、里。"①

"我就是你?"玛雅说道。

"呃,我很肯定我才不是维基百科里那个鬼编辑呢。"

"阿普丽尔,我们今天没时间解开这个谜了。"

"呃……"我有些泄气地说,"你怎么可以……这样?"

"怎样?"

"你难道不想把这件事搞清楚吗?"

"你一个小时后就会出现在全国新闻里了,嗯哼。确切地说,许多老年人都会看到你的,你得看得过去啊。"

"这太可怕了!"

她笑了起来。"你真的知道你现在正在做什么吗?"

---

①译者注:原文是 written(作词)少了 I,release(发布)少了 a,album(专辑)少了 m,August(8 月)少了 u,所以分别是 I,A,M,U。

"嗯哼？"

"阿普丽尔，想想这个故事，有位女士很喜欢一个乐队，就做了些非常棒的粉丝作品，这个乐队来信问她是否愿意做一些官方性质的衍生产品。于是，这位女士不仅没回信，还再也不听那个乐队的歌了。你可记得你就是这么干的吗？"

"我已经翻过那一篇了，想想我居然陷进过那种调调里，我都觉得难为情。"

"真的吗，"她怀疑道，"其实，关键问题是你讨厌为钱做事，即便这件事本身是有趣的。我是知道的，用钱推着你走是不行的，也许你比一般人更不习惯这样吧。"

"不是这样的，"我回应道，感觉有一点受伤，"安迪可以做'自由职业'是因为他打造作品集的时候，他爸可以给他付房租。"

玛雅笑了起来。"没错，有些人就是比你拥有得多。见鬼，我也比你拥有得多。可是你也比很多人拥有得多啊。但是无所谓，你就是你，你不喜欢按常理出牌，可常理就是有人愿意出1万美元请你做件事，你就去做啊，即便这件事挺有压力，挺让人害怕的。"

"我不怕上电视。"我辩解道。

"不，你怕的！"她还击道。

我想了想，发现她是对的。

"你怎么知道？"

"因为上电视是挺吓人的啊。不只是你，所有人都会这么觉得。但是你不应该为了钱去做。你不应该因为害怕就不去做。你应该因为这件事挺奇怪的而去做。你会看到人们无法看到的事情，你会知道这些事情是怎么运转的，你会告诉我这一切，我会对此着迷，我们会一起取笑那些怪怪的新闻人士，然后我们就去弄清楚这该死的维基百科里的古怪。而且，一周的时间，你就可以挣新崭崭的 5 万美元，这多爽啊！我可是真的为你感到开心。你就按照你应该做的顺序，去做这些该做的事情就好啦。"

玛雅的自控力对我来说，简直就像一门外语。我亲眼看到她运用自控力，我知道自控力的真实存在，可对于我的脑子来说，自控力始终就像是胡说八道。

"也就是说，我们现在不用搞清楚维基百科里的这个古怪了。"我替她结了个尾。

"不用。我会思考这个问题，然后你一回家我们就开始研究。"她站起身看了一眼我的头发。

"我的头发弄得怎么样？"

"不算别致，但好消息是不管你怎么拾掇，"她指了指我的头发，又说道，"其余的部分，"——指我的脸蛋和身材——"天生就够火辣。"她说这些的时候，目光充满了柔情。我不止一次地觉得我俩已陷入一种互相欣赏的节奏，这种节奏既美妙舒适，又十分可怕。

第四章

　　那一夜，我终于明白电视访谈真是一种打发时间的可怕方式，也是挣两万美元的绝佳方式。我很快就发现其实没必要在家里化妆，因为上电视新闻的绝大部分准备时间都花在让出现在电视新闻上的面孔好看上了。因此，我一走进大楼，就有人将我的脸涂成一张全新的面孔。有趣的是，我和安迪双双接受采访，可他的"美颜"时间都花在了在皮沙发上吃免费的甜甜圈上。

　　要说我不看电视简直是贬低我的立场。我不仅不主动看新闻，连社交媒体上的新闻简报也不看。我以为（或许是想要以为）我生活在一个肥皂泡般的世界中，有线新闻上发生的那些事都与我无关。

　　我需要速成，学到的第一件事就是：

　　电视新闻花了很多时间和金钱来打动人，因为其本身并不吸引人。我看到内部是怎么回事后，它的光环一下子就消失了。电视新闻演播室就是普通的房间，只不过里面有些人而已。有些人很酷很友好，有些人则慌慌张张、大喊大叫的。演播室与我们走进的每一个满是人的房间没什么区别，只不过恰好有一半装饰得花哨显眼，另一半则仅仅是混凝土和台架。简直就像是一个仓库撞进了三星级酒店的大堂，然后就一团糟地摆在那里。

我突然想到一个关于电视新闻人的不错隐喻：一半是乏味的正常，一半是独特的滑稽模仿。这似乎是在取笑电视新闻人，并将其"电视新闻"化，他们的说话方式是如此特别，如此标准化，完全不像正常人讲话，虽然在电视上听起来挺自然的，但在现实生活中，谁要这么说话，基本上就会"哇喔，等等，停！……你为什么要这样说话？"

在这里我们要跳过这个故事的一段时间线，但需要指出的是，我现在已经上过很多次新闻了，我已经是有思想的人了。

首先，我上新闻的原因是玛雅帮我分析的：这件事很奇特，又没做过，而且还有人愿意出 1 万美元让你跟他们聊 20 分钟，那去做就是了。我不喜欢把人标价，但最终其实人人都有自己的价格，而我的价格呢，是 1 小时 3 万美元不到。

即使在"卡尔降临之前"，我也想过，如果有平台让我展示，我会说些什么。艺术不就是这样吗？我指的可不是应用程序的界面，而是艺术。

一流艺术的核心就是一种平衡，一方面要反映文化，另一方面又要从文化中抽离出来，表达对文化的看法。最好的状况是艺术家能够表达一些尚未被表达过且需要表达的文化内涵。这个目标挺高大上的，但并不虚无。在艺术学校，我花了四年时间在两种之间转悠：一方面相信自己可以做到（或者我甚至需要这样做），另一方面又觉得自己应该更现实一点，把艺术留给真正的艺术家。

但在某些胡乱遐想时，我觉得自己可以是真理的化身，我还想过如果有一天有机会发表街头演讲，自己会说些什么：比如收入不平等已经失控，比如所有人其实都非常相似，所以如果我们不再厌恶彼此，就太好了！比如将非暴力犯罪人判处监禁是愚蠢的，吸毒成瘾是一个健康问题，而不是犯罪问题。

哇，我终于有机会了，然后我多半会说："不，呃……可能这只是种说法，一种展示的方式，我们并不知道我们不知道什么。呃，就像是新闻，发生了这么多重要的事情，这样看起来，就像是一切都不重要。还有，人们居然要看新闻，这是为什么啊？"

这就是我接受有线新闻访谈中的原话，直接引用的。策略不错！阿普丽尔。我真的知道我在说什么。

第一步：围绕一个观点胡说，听起来像个傻瓜。
第二步：侮辱整个机构和欣赏这个节目的观众，尽管这个机构正在播出你空洞的沉思结果。
第三步：？？？？
第四步：赚钱了！

访谈过后，安迪爸爸打电话来教给我一些关于处理媒体关系的窍门。哦,谢天谢地!他其实是想让我去上个相关的课程,但我秒懂了。真正的诀窍在于你百分之百地知道你想要传递的那个观点,同时,还要知道什么时候该闭嘴,而我最大的问题总是在第二点上。我总是很有力地结尾,然后狗尾续貂地说,"呃",就像是我还有很多话要说一样,而实际上并没有。看回放时,听到那些"呃",我真是恨死自己了,简直想啪啪打自己那张蠢脸。

不管怎样,我做了五六个这样的聊天访谈,做到第六个时,已经轻车熟路了。连着四天,每天早上4点醒来,为录制《早安美国》等节目的访谈做准备。玛雅能下班的时候,她也会赶过来,安迪则总是在场(因为那是他爸协议中的一部分)。这个过程既让人筋疲力尽,又令人陶醉,还很使人分心,使得我们无法给予卡尔和维基百科里的古怪足够的关注,毕竟,不是说多想一想这些,就能想得出来的。

现在你可以到油管上去看到不少这类访谈节目。每个人对所有事情的看法是多么彻底的错误啊,所以谁在初次登台时不是看起来傻兮兮的呢。人们与我争论说,这无关艺术,而事实上,是政府经费用错了地方。最流行的说法是(我简直无法辩驳):卡尔是一部新片或一款新电子游戏的公关噱头,还有可能是为了发布一张失传了的皇后乐队专辑的营销方式。都是当真的!忘记自己的错误总是很容易的。

原来专家学者们并不想谈论发生了什么,而是想用发生的事情来谈论他们每天都在扯的相同道理。后来,我才发现,几乎每位专家学者都是无偿地谈论新闻，他们之所以这样做，不是想改变世界，也不是想做点有趣的事情，他们做这些节目就是为了露个脸，把自己的名声传遍全世界。

不过，我说自己起先并不情愿做这些的时候，我觉得我说的是真的。首先，我想与互联网保持我原先设定的距离。但没过多久，事情就不受我的控制了。其中有件事是这样的：一天，我和玛雅正坐在我的床上（客厅那张），我俩都在看手机，看网飞上的一个烘焙节目，既可怕又惊奇。那时，我仍旧以为所有的关注和恶名都是短期的，所以在我的网页上依然保留了自己的电子邮箱地址。我查了一下邮箱，就看到这封信：

> 你好残忍！
>
> 我们今天在推特上的互动让我感到幻灭。
>
> 从你的电视访谈和 YouTube 视频来看，你像是一个真诚的人，甚至有可能是一个好人。可我现在发现我错了。我早该明白的。我就想告诉你：你很垃圾！
>
> 玛丽

我马上回了信，因为我不仅那天没在推特上对玛丽恶语相向，我连推特账号都没有。要说这件事太奇怪了，我完全同意。在纽约市，待在自己的泡泡里，是很容易的，这是一个自我的世界。

Instagram 是唯一与我的特长相契合的平台,包括艺术、设计和镜头感。我还喜欢分享我阅读的书籍的照片,比如路易莎·梅·奥尔科特①的照片,或者是知名艺术家或名人的传记。一个女孩想表现得既玩世不恭,又人情练达,除了这些,她还能秀些什么呢?

好在玛雅帮我找到了那个推特聊天记录,还真有个人冒充我对玛丽说了些不三不四的话。

我问玛雅:"怎样才能把一条推文从推特上撤下来?"关于社交媒体,玛雅比我懂得多一点点。

"你可以举报吧?怎么了?"

"有人冒充我,可我不知道怎么举报他们。"

她拿过我的电话,查看起来。

"哦,亲,因为你还没登录呢,你得先登录。"

"我都没有推特账号。"

"这样啊。我想那就是有人假冒你,这也不奇怪吧。"

"啥?"

"人们会搜索你,关注你,与你掐架,或者就是看看你在做什么。一旦在网上找不到你,就有一小撮人会整个假账号。既然也没有真的存在,你就不能举报假冒行为。"

"那为什么其他人不举报他们呢?"

"因为没人……关心?我可以举报他们,可我不知道有没有

---

①美国作家,其代表作为《小妇人》。

用。我想只有被假冒的人举报,他们才会当回事吧。"

"什么?!"我有点惊到了,"也就是说,除非我注册,我还举报不了了?"

"没错。"

"也就是说,为了不让其他人冒充我,我还得上推特?"

"你说的很对!"

"这不公平。"我就事论事地回答道。

"我禁不住想知道你什么时候才会发现一切就是这么着的。"她笑着说道。

于是,我注册了推特,把账号与油管账号关联起来,然后推送了一些信息。当天晚些时候,我就有了500个粉丝,500个真实存在的人在等着看我发出的每一个字……一次只发几十个字。另一方面,在这一周我的 Instagram 账号的关注数疯涨。我有了较过去十倍的关注者。我既感到兴奋,又觉得压力山大,这种复杂的心理活动让我觉得怪怪的。我有点抓狂,于是认真浏览了一遍自己的网页,删了一些我觉得不太满意的东西。过分装饰的东西都得去掉。对每个帖子我都考虑得更多,我觉得如果不是真正高质量的帖子,就不能贴出来。突然间,我的帖子就变得更精彩了(当然也费了不少劲)。

七天了,我已经不再给公司打电话请假了,我干脆就没去。别这样,这份工作还是可以的,如果现在因为不露面而没了工作,以后就很难找到另一份工作了,可我偏偏就这么做了。好在那时我已经挣了几万美元了。可收入来源很快就开始枯竭。我们的收入不是来自出场费，而是来自对我们拍摄视频的使用，可人家已经付过钱了，虽然人家很乐意让我们不停地上节目，但不会再付钱了。假如他们不再付钱了，那我就有更重要的事情要做了。

维基百科里的那个古怪，那个最终以"佛莱迪·摩克瑞序列"而闻名的谜团，依旧全然是个谜。我在维基百科上浏览了这个序列几十次。每一次，在重置前，编辑过的结果仍然会产生同样的那三个错字。在维基百科的该页面上出现了一条批注，评论说有一个顽固的错字怎么都改不了，这至少说明还是有人注意到了。

日子一天天过去，搜索创作卡尔的艺术家／营销公司／神秘政府机构的行动愈演愈烈。但对事实的了解远远不止这些的我，搜索的方向与其他人的方向自然不同。

用谷歌搜索"IAMU"肯定没什么用。这不太可能与国际海事大学联合会（International Association of Maritime Universities）有关，更不可能是艾奥尔市政公用事业协会（Iowa Association of Municipal Utilities）。它更像是一种暗示，只不过这个暗示太过模糊，以至于我们都猜不出来。

"我们在互联网上问问怎么样？"我说这话的时候，我和玛雅又是坐在客厅里我的床上。太阳已经下山了，玛雅和我都沉浸在各自的手提电脑中，中间都没时间停下来去开灯。不上班的生活真是太爽了！借着她屏幕的光亮，我基本上能看见她。

"啊？"玛雅一边应道，一边在电脑上猛敲键盘写工作邮件。

对卡尔这件事，玛雅的看法，更像是某一天，当她穿着可爱的礼服在豪华的鸡尾酒会上，与一帮高管闲聊的趣味谈资，而非是一种颠覆生活的力量。她对商业和工艺总是很热衷，这一点极其宝贵，也可能是她的工作是我们仨中最棒的原因。

"I-A-M-U，我可以发个推文，把这个古怪的维基百科线索公布出去，让其他人也来猜一猜。俗话说，一万个人的脑瓜总比三个人的脑瓜强！"

我已经开始打造我的推特账号，关注一些有关卡尔和政治的帖子。我也培养出了一个贪婪的新兴趣，就是推特涨粉，这简直成了趣味游戏。看着粉丝数字噌噌地涨，我的大脑很愉悦。

"我不喜欢这个点子。"玛雅依旧专注在电脑上，头都没有抬一下。

"为什么？因为你希望我克服强迫症吗？"

最近我萌生了不少蠢点子，也一直缠着她征求她的意见，而她每次的回答短得就一个字，给我的感觉是，她已经差不多受够了这场闹剧。

"不是，阿普丽尔。"她转向我，"因为这件事很古怪。这件事已经够古怪、够难对付的了，如果你这么做，就会更古怪、更难对付了。再说，要是答案引出来的是一件大事，那可怎么办？你想放弃做大事吗？"

我清楚地感觉到，她加上最后一部分是觉得这一点能说服我，而不是她认为这一点是个好的论据。

"可是，其他人也会发现这个的，然后他们就成了首先说起这件事的人！我觉得全世界的人应该知道这件事，而我想成为告诉他们的那个人。"

"你是想成为第一个公布这个谜的人呢，还是解决这个谜的人呢？"玛雅继续迎合我新近培养的自大，好让我按她的想法去做。

我觉察到了。

"啊，好的，我懂啦，我完全被精神分析了！不过我两者都想要，假如我现在就把这件事发条推文，我有百分之百的机会成为其中一个。"

我开始学某样东西的时候，就会沉迷其中，对推特就是这样，对油管快这样了，甚至对新闻媒体也有点这样了。我内心深处就想发篇关于"佛莱迪·摩克瑞序列"的推文，这样我就有更多的机会去使用和了解这个平台了，就是，嗯……看看会发生什么。这个发推文的原因挺可怕的，但也挺正常的。

"好吧，可能我们三个脑瓜不够，但我也不认为现在需要一万个脑瓜。我们相信的还有谁？"

"呃……"想不起还有谁的我，心里有些发慌。我们有个铁三角，两个我信任的人，加上我。在这个铁三角中，再加入任何一个人，就感觉不对，加一万个却没有这种感觉。加谁呢？我爸妈？我哥？大学同学？中学同学？没有人像是老练的解谜高手，没有人跳入我的脑海。

"好吧，"我最后说道，"有几个人我在网上联系过多次，她们看起来挺酷、挺有趣、挺给力的。她们好像在筹备一个关于我的视频的小社团，她们……"，我停了下来，有点说不下去。

"她们……咋啦？"玛雅充满疑问。

"她们称自己为'卡理的天使'①。"

玛雅开始发出咯咯的笑声，然后是放声大笑，我也放声大笑起来。一直以来的那种感觉，那种她其实宁愿谈点其他任何事的感觉，终于烟消云散了。

"我知道，"我接着说，"出于某种原因，这些人基本都是女的，而那些男的似乎也不在意这个称呼。"

"可是，卡理？"

"我猜就是双关吧？"

她笑了起来："无法辩驳。你觉得其中会有你认识的人吗？"

"不会，但我看到不少同样的名字在不断地涌现。还有一个'卡理的天使'的推特账号，她们都关注了，我与这个账号也有过互动。奇怪的是，其中还没有任何一个人无意中发现了维基百科里的那个古怪。我想，我可以给她们的账号发私信。"

玛雅有点上心了。"那她们是你的粉丝，还是卡尔的啊？"

"两者都是吧……一想到我有粉丝了，就觉得怪怪的。我给她们发推文，她们真的挺兴奋的！"

"是啊，推特就是这样。"

---

①模仿好莱坞影片《霹雳娇娃》，又名《查理的天使》，英文名 Charlie's Angels，这里是 Carlie's Angels。

"我说这些的时候,是不是完全像个傻子?"我问她。

"也没,只不过你从 0 分迅速蹿到 60 分,有点奇怪罢了。"她听起来一点也不热心。

"是因为我弄清楚其他事情有多慢吗?"我们在一起住了那么久才勾搭上,这算是较为直白的影射了。

我爬了过去,越过她的手提电脑,亲了她一下。

"你有点手腕呢,你知道吗?"

"嗯哼,那你呢?从来没有过吗?"

"先不急着做这个决定,我们以后再说吧。"她说。

第二天一早,我就得搭飞机去洛杉矶参加安迪爸爸为我们安排的午夜脱口秀。尽管我们上节目不再有收入了,可安迪爸爸认为上节目可以带来其他机会,而且他也希望我们在洛杉矶见一些人。玛雅没办法翘班,所以我们得干点道别的事。

那一晚我没怎么睡,并不是因为我能整晚不睡觉,而是因为我们搭乘的飞机早上 6 点左右起飞,也就是说我得 4:30 就起床。这真是太糟糕了,因为我在飞机上根本睡不着。至少,我曾经这么以为。

后来,我和安迪上了飞机,开始找位置。我俩没坐一块儿,我的座位号几乎到了最后。我走到舱尾,看到有人坐在我的位置上,周围也没有空位。噢!现在是凌晨 5:45,所有人都醒着,一直没睡着,每个人都难受得要死。我们查对了一下票,可我们登机牌上的座位号居然是一样的!我叫来空乘人员,他看起来比我这一辈子都更清醒些,他露出无比灿烂的笑容告诉我,我可以去坐商务舱!

然后他们就把我带到了飞机前舱,我"咚"的一声坐到了一个快秃顶的中年男人旁边,坐商务舱的可能都是这号人吧?还没起飞,我就得到了一杯橘汁香槟酒,但座位前方的显示屏坏了,只显示了一堆数字和颜色。我拍了一张屏幕的照片,发了一条含有照片的推文:

@可能不是阿普丽尔:在去洛杉矶的路上,升到商务舱!可我面前的屏幕是坏的,我要退这部分钱!

实际上,我已经是社交媒体网红了,因此,只要我感受到了任何不便,我就得让全世界都知道!

起飞后不久,我就发现其实在飞机上睡觉并不困难,困难的是在难受的椅子上睡。而我的座椅简直可以称为一张床。宝贝儿,坐商务舱曾是个梦啊!

我们降落的时候,离节目开拍只有几小时了,所以我们得赶紧冲出机场,而这并不容易,因为有一群学生走到了我和安迪面前,每一个人都想与我们单独拍张合影。

安迪爸爸总算把我们拽出了孩子堆,朝行李提取处走去。有个西装革履的人站在扶梯的底部,手里举着个牌子。看到牌子上写着"马歇尔·斯堪姆特"(安迪爸爸的名字),我有一点点失落。不过,我马上掏出手机拍了一张他的照片发给玛雅,同时意识到因为降落后这一通乱,我都还没发信息给她。

去演播室的路上,全是安迪的戏,他表现得异常兴奋。对整件事,他比我更投入。

好吧,也不完全是。

安迪喜欢的是这件事带来的场面,他信奉娱乐文化的方式与我迥然不同。他对娱乐文化的欣赏已经超越了对内容的喜爱,发展为对构成内容制作的所有元素的崇拜。而大多数时候,我依然把它当作必须完成的、累人的差事。我对出镜不太感兴趣,我感兴趣的是它能为我带来什么。我们对这件事在看法上的分歧,已经开始造成一些摩擦。

那晚的午夜脱口秀,在休息室就发生了这一幕。

"阿普丽尔,你知道吗?你没必要讨厌所有的东西。"

"你看到过我看性感女人照片时的表情吗?"

"你知道我在说什么。也就是说,这是我们一生中唯一一次这么酷的时刻,而你呢,却看上去像是想去拉屎!"

"别提我的屎。"

"有这么多人想上电视,想得要死……想做你正在做的一切,想得要命。客观来说,你获得的也是贵宾的待遇,在国内飞来飞去,我们可以说是出名了,而你是铁了心地讨厌这一切!"

"安迪……"我顿了顿，让自己保持平静，"我是不看电视的。我从来不看电视。我们马上要聊的这个人，我也完全不认识。更重要的是，从'卡尔降临之前'到现在，我每天就没有睡够五个小时以上。我不喜欢坐飞机，这些奢华也让我不舒服，我的生活完全颠倒了。我他妈的都忘了自己的例假时间了，刚才还向一个陌生人要了根卫生棉条。"

"这里的卫生间里居然没有备卫生棉条？"

"我压根就没想到要去找，因为我没见过这样的世面！"

就这样，我俩又大笑了起来。

"对不起，安迪，我就是不知道自己在做什么。我觉得他们让我假装成某种人，可我不是。为什么所有人都在问我的看法？我就是个无名之辈。可我有时候又喜欢这种重要的感觉。我喜欢人们认为我的意见很重要。只不过……我不知道是不是很重要。"

安迪想了好一阵儿，然后说道："阿普丽尔，我认为你表现得很棒！"

我凝视他的眼睛，一些怼他的蠢话几乎就要脱口而出了，不过我还是忍住了，只说了句"谢啦，安迪"。

就是在那一晚，对我来说，一切都变了样。在这番对话之后，我领悟到：我永远不可能像安迪那样热爱娱乐业，不过他是对的，这个机会十分难得，而我的缺乏兴趣给了我一种势能。老实说，对于上有线新闻和上晚间网络节目的区别，我一窍不通。对我来说，电视节目就是节目而已。我根本不知道我要做的会是件大事。

鉴于之前一周积累的经验，加上我对电视效应的免疫力，再加上电视效应带来的吸引力，出于这些原因，我在电视上突然表现得相当精彩。

以下是当晚的实况。（有趣的是，我居然能够逐字逐句地复述出其中一些对话，要知道，当时可是有大约 12 台摄像机对着我呢。）

"大家好！现在有请阿普丽尔·梅和安迪·斯堪姆特，纽约卡尔的发现者！"

伴随着掌声，我们走上了舞台。我们之前接受的访谈大多数是新闻类的，这一回可有点不同。

"上一周过得怎么样？"

我倾向于做主角，所以我先开口了："挺怪的，帕特。非常、非常的怪！"

"我不叫帕特。""帕特"笑着说。

"老实说，我开始把所有的新闻人都叫作帕特，因为我记不清楚你们。"

安迪插话进来："阿普丽尔对电视台比较陌生。她把一生都献给了阅读 19 世纪 60 年代的小说。"

观众席发出了笑声。

"不对，哥们！我一生花了不少时间沉迷于性感美照。"我故意扯回我和安迪之前的谈话。观众席上的笑声更大了。

主持人把话题扯了回来，插话道："现在，纽约卡尔的故事变得越发离奇了。据估计，如果是一场市场推广活动，要做成这件事会耗费1亿美元以上。"

安迪回答道："是啊，弄个电磁脉冲装置，中断安保摄像头运行，这种操作不仅贵，还违法啊。"

"有报道称亚洲有几个城市的卡尔，已经不对公众开放了。你认为有什么会让人们担心的事吗？"

"当你面对无法理解的事情时，我想最自然，也最无趣的方式，就是害怕。"我说道。然后，我觉得有点无聊，又有些自命不凡，于是便换了一个话题。"有没有人也认为卡尔挺帅的？"

其实在访谈前，一般会彩排一下。主持人会告诉你要问什么问题，有时候，甚至会预先写一些梗，好让你到时看起来不会像个呆子。主持人都擅长即兴表演，可嘉宾往往不行，所以会希望嘉宾按着稿子来。

如果你盯着片子看，你会发现我问这个问题的时候，安迪的眼珠子都瞪圆了。他惊慌失措了！

可"帕特"连眼皮都没眨一下。他说："灯光打对了的话，不是没有可能哦！"

观众又是一通笑。

"我的意思是，即便卡尔是用于市场推广的，那也是非同凡响的雕塑作品。我们很容易忘记花了多少时间去设计电影中的大型战斗机器人这类作品。看起来千篇一律，可是创作它们需要几千个工时。它们看上去很棒，所以我们喜爱它们；它们看上去很棒，是因为多少人的努力付出啊！"

"帕特"点头表示同意，然后换了个话题："你们两位现在的生活变化大吗？"

终于又回到稿子上的问题了，安迪如释重负，回答道："嗯，对我来说，现在走上街头，会有人认出我，这感觉怪怪的，我和阿普丽尔当初拍这个视频的时候，还以为只是闹着玩呢，根本没想到现在会上午夜脱口秀节目。"观众席又是一阵笑声。

"对我来说，关键是有钱了！油管视频已经赚了 5 千美元左右了。大家继续点那个链接吧！"我直接对着镜头说道。

安迪又抓狂了。

"赚了有那么多？""帕特"问道。

"是啊，"我回答道，"还有一些网站未经我们的许可就播放了我们的视频，所以安迪的律师爸爸，基本上都向这些网站要了一笔数额不小的许可费。这周我已经还了 42% 的助学贷款了。"我朝摄像头眨了下眼。

接着我们自然也聊了每个人脑海中的疑问。"帕特"开玩笑说，卡尔也许是外星人送来的，而我呢，因为知道其他人都不知道的维基百科里的那个序列问题，所以开始自信满满地说，我知道这个故事还更有料。当然，我并没有告诉任何人这个"料"是什么。我显得挺傲娇的，但人们要么喜欢这种类型，要么就喜欢表现得讨厌这种类型，在关注度的游戏中，两者同样有用。我就是这么干的，尽管我并没有意识到。

这就是这个世界比较蠢的地方：看起来比较酷的技巧，反而是不关心自己是否显得酷。所以，你在扮酷的同时根本不关心酷不酷。我不太在意电视节目的严肃性，而电视节目带来的自由度、安全感和自信心也是一个冲击。我花了一段时间才意识到我感受到的其实是权力。

有些人觉得我早熟，有资格这么讲话，但这没有关系，因为那些人还是会看节目，而收视率正是预约我们的这帮人最看重的东西。还有一些人认为我让人耳目一新，又挺机智的。说实话，我喜欢这个评价。我挺上镜的，我的推特粉丝越来越多，人们一直在谈论我，倾听我的看法，我喜欢这种感觉。

大部分权力其实更像是一种比平均水平更舒适的生活。人们通常并未意识到自己有多强大，这个看法根深蒂固。比如：美国的一位普通中产阶级人士就是占全世界3%的富有人口中的一员。也就是说，他们有可能是世界上最有权力的群体中的一员。但对他们来说，他们觉得自己十分普通。

只有当某个人觉得自己拥有的权力与周围人的权力不同的时候，甚至更为重要的是，与其先前拥有的权力不同的时候，才会彻底地感到被权力赋能。而且我也不会掩饰，这个奇怪的新平台以及随之而来的这种奇怪的、全新的自信心，不仅仅是让我有点陶醉，而且已经上瘾了。人们说权力让人堕落……可他们没说有那么快啊！

一辆凯迪拉克旗舰SUV凯雷德送我们回酒店。我靠在软塌塌的、散发着新车气味的皮质后座上，全神贯注地查看推特和脸书，看看有没有关于卡尔的新闻。安迪则既没有被我刚才的表现逗乐，也没有恼怒。

"你为什么就不能按他们说的去做呢？"

"因为那会很无趣。没错，你说得很对，有不少人恨不得像我现在这样，所以我还不如做得有趣点。"

"你这样……"他努力地在脑海中搜索一个恰当的措辞，最后说道："你这样显得对这一切不够尊重。"

"安迪，我就是想这样。我不想尊重。我告诉过你，我从来没有看过这类节目。我几乎只在网飞上看90年代的喜剧片。假如波利·肖尔①打电话来请我上他的节目，我肯定会兴奋得要疯掉。我不过是对这些事情的重视程度与你不同罢了。"

"可难道你看不到其他人都因此很重视,很尊重这件事吗？"

"没有，安迪。老实说，我一辈子都在努力不要那么想。我认为这就是很多人最后搞得去尊重很糟糕的事情的真实原因。我并不是认为我们刚才录的节目很糟糕，我相信人们喜欢这个节目，这个节目也让人们很开心。但我不够了解这个节目，所以没法在意啊。"

我开始感觉不太好了，可我还是不想放弃我感受到的自由度和权力感。

---

①好莱坞喜剧演员，2003年自编自导了电影《波利死后》。

"我都不知道我是不是多余的……我为什么要来这里啊？"他低声咕哝了一句。

我一把抓住他的脸，他有点脸红了。"安迪，别犯傻。你来这里是因为你是其中的一分子。你到这里来也是参加录像的。"

"嗯哼？"

"就像你昨天说的"——安迪昨天说过——"我们的油管频道已经有5万订阅用户了。我们应该录制更多的视频。我们应该控制这个故事。"

"你当真的？"

"我觉得是。"

"可是……"他没必要把我之前为了不拍视频而对他说过的所有原因再还给我。

"不要用我的论据来反驳我……你赢了。"

"现在10万了，"他说道，"过去两天又翻倍了。"

我向前凑到司机背后，对司机说："能送我们去一下卖相机的地方吗？"

那一晚，我们制作并上传了第二段"阿普丽尔与安迪"的视频，内容是关于卡尔出现后我们的生活状态。我确保了所有人都认识到安迪是这个频道的另一个主人（因为在第一段视频中，我曾假装他是个路人，所以每次做节目的时候都有点乱）。我开玩笑说我讨厌电视，但至少有免费食物可以吃。我泛泛地提到了卡尔，当然，我完全没有提及"佛莱迪·摩克瑞序列"。我想，卡尔事件不可能一直霸着新闻,所以,如果我们想要把这件事持久化,我们必须开始差异化自己。

我想着是不是可以转化为一档艺术设计节目,我可以做演说的工作,安迪可以做摄像和编辑的工作。我们甚至可以让玛雅加入进来,写写剧本,做做插图什么的。往回看那时的想法可真奇怪,那时我们对自己的设想,那时我们都觉得"哦,我们真没用,我们这么美","我好想念那种生活啊,即便要我消灭濒危动物,我也要回到那种生活中去"。太怪了!

我们在拍视频的时候,我们录的节目在东海岸播出了,我一下子收到了5千条短信。我一条都懒得回,连玛雅的都没回,因为我觉得我们很快就会通话的。大众的关注,加上缺觉,再加上和安迪拍视频的兴奋,我觉得头昏脑涨的。我已经领会到了如闪电击中般的快感,我们正在捕捉那样的快感,至少捕捉到了一部分。

不过,可能最让人精神振奋的是第二天早上我们没事儿做!安迪爸爸想让我们认识一家经纪公司,聊一聊经纪人都做些什么,不过这个安排也是在下午3点左右。这意味着,我们终于可以睡个好觉了!真正的,一点不假的,独自一个人睡在一张大床上,美美的,随便说梦话!

我甚至都懒得熬夜和安迪一起看《西海岸》了。我拖着疲惫的脚步走进酒店的房间,脱下该死的鞋,该死的胸罩,该死的裤子,把自己淹没在酒店房间优质的高支高密棉制床品里。

第 五 章

当然,我没能如愿。我看了一下手机,并没有回复一些人发给我的短信,而是浏览了一下推特,看了看人们对我的评价,好的也好,坏的也罢,都看了一遍。然后,我打开了收件箱,就像个傻瓜。

我读了玛雅和我哥写的信,并回了信。我哥说为我感到骄傲,说一想到能在他的婚礼上见到我就感到激动。我父母也写了一封,真心希望我照顾好自己。然后,我想起了写给加州大学伯克利分校那位女士的信。我查了一下,看她是否回了信。她果真回了,而且都是 12 天前了。可我完全没有看到,因为她的回信已经被其他所有事给淹没了,这段时间,我已经完全忘记了我们有过交流。

这其实是极其幸运的一件事,因为这样一来,在过去近两周的时间里,我得以享受幸福的自由,而不是被焦虑所碾碎。我几乎都要幸福地去睡觉了,虽然可能是最后一次这么幸福地去睡觉,再正常地度过一晚。嗯,当然,不能说正常,但也绝非像现在这样。

我把米兰达的回信原封不动地粘贴到这里了（我只改了一些错字，因为如果我不改的话，米兰达会崩溃的）。

▼

关于：你说它是暖暖的？

阿普丽尔：

你所描述的卡尔的特性，比如坚硬、有回声、很闪亮、足够重、极低的导热性等，这听起来不是怪，而是不可能！目前的已知材料，完全不具备这些特性，很难想象会有材料能够具备这些特性。我设法接近了位于奥克兰的卡尔，自己观察了一下。他的热性能完全说不通啊，导热性显示为0，一点没有！所有接触到他的能量直接被弹回来了。通常来讲，这不可能！我想，肯定是我的仪器不够灵敏。我接触他的时候，还有一帮游客在自拍，所以如果我不想太过惹人注意，就没办法停留太长时间。我的主要研究领域是非标准半导体，所以这件事有点超出我的专长了，但我询问了相关人士，我所问到的人中，没人认为这是可能的。我们实验室就是研究能量是如何流动的，我们研究了大量的材料。卡尔的材料像是气凝胶，但密度又比铀还大，这说不通啊。

不管怎么说，我们只剩下三种可能性。

1.我忘了我所熟知的一个命题中非常基础的一些东西，而我问过的其他人也全都忘了，包括那些比我更聪明、更有知识的人。

2. 有人建造了一种新型材料，其特性与目前存在或应该能够存在的所有材料都不同，然后把它放到了人行道上，让所有人看到。

3. 卡尔来自外星。我说的外星可不是"怪"的意思。

我不知道你有没有听说过奥卡姆剃刀定律，即"简单有效原理"。简直是胡扯！假如世上有可以客观衡量简单性的工具（熵有关的除外），我还没见过呢。哪个解释才是最简单的，每个人都会有不同的意见。所以，当我说"外来"这个假设是最简单的解释时，这是由我的偏见造成的。但我同时也意识到这是最不可能的解释，因为迄今为止发生了那么多的事情，还没有一次是因为"外来"这个原因。

所以，看起来，在对事物的解释上，"外来"的成功率为0，也就是说，完全不可能。可是我没有更简单的解释了。我不是唯一了解这些情况的人，可是我还没听到任何靠谱的人提到"外来"。说句良心话，我其实也没有说过，因为这听起来很荒谬，而且不可能。

无论如何，我认为我们可以排除"艺术装置"这种看法，因为即便它是可能的（虽然并不是），用这样一种全新的材料制作64个三米多高的机器人，至少要花费数十亿美元。

没错，我不认识你，但我觉得在这一点上我是有责任的，因为我可能在把这个坏消息告诉给你，你极有可能做了首次接触。如果你不是书呆子，我的意思是说你是第一个发现外星技术……也有可能是外星生命的人。所以……我是不是该恭喜你呢？

我异常荣幸能收到你的电子邮件。不过，我建议你更改电子邮箱地址，你应该做很多事情。你与卡尔的首次接触已经发生了，没法改变。我当然愿意说有90%的概率我是错的，而你的生活将在几周内恢复正常。但你可能有10%的概率成为地球上第一位与另一个世界接触的大使，真的是件大事。所以……可能需要做点准备工作吧。

如果你想聊一聊，可以在Skype上找我，我的用户名是CAMiranda。

米兰达

我立刻开始写回信，但写了半句之后，就打开了Skype看她有没有在线。她在线。我加她为联系人后几秒钟，她就把电话打过来了。我点了接听，她的脸就出现在我的屏幕上了。

她坐在桌旁，看样子是在办公室里。有点偏蓝的荧光灯照在她纤细的、恣意生长的金红色头发上。她褐色的大眼睛兴奋地盯着我。

"阿普丽尔·梅!这太棒了!"

"你还在工作吗?"我的思维还在东海岸的时间上,但现在其实已经是西海岸的十点以后了。

"在实验室,是的,但不算是真正意义上的工作。潮汐和光谱仪可不等人啊!你知道的。我住在学校,所以基本上谈不上回家。"

她看上去很阳光,精力充沛。Skype 没有美颜功能,而她看上去挺好看的,比我想象的还要惹人喜爱。坦白讲,我一生都在努力让自己不要显得那么好看,可惜成效有限。现在,两个好看的人在聊天,对我来说,这真是太迷人啦!

"呃,我得先道个歉,我才看到你的信。然后,呃……"我不知道该怎么说了。

"就是啊。我发出信后,来来回回想了 600 遍,但这个问题一天没得到解释,答案反而就越发明显了。"

"明显了?"

"是的,我的看法是没有人说出来的原因是每个人都在这么想。"

"是这样的,今晚我上了一个午夜脱口秀,很快就会播出了,主持人其实开玩笑说卡尔是来自太空的。但是,也不能因为这是简单的答案,就意味着这就是答案啊。你确定你没有……"我的口气软了下来。我不想对她无礼。

"我同意。在这点上我懂你。就像我在邮件里说的,用'外星'来解释一件事的成功率为 0。我的看法是'外来',我对我的假设就是这么叫的,即使它不一定代表是其他星球的智慧生物,但也需要当回事,因为,我找不到其他的解释了。"

"你说'不一定代表是其他星球的智慧生物'是什么意思呢?"我问道,已经觉得自己在对话上慢几拍了。

"嗯,我唯一知道的是这些卡尔真的远远超出了事物运作的方式。我不想用'外星'这个词,因为很多事情我并不知道,但人类技术是不可能实现的,这肯定不是自然而然发生的。就像是,卡尔不会是从种子变出来的一样。所以,我可以给出的最模糊、最泛化的描述就是'外来'。意思是说,基本上来讲,这件事说不通。"

"所以你并没有说卡尔来自外星。"

"是的,但我的意思是卡尔很有可能不是人类或是自然的产物。"

"所以你的确认为卡尔是来自外星的!"我又开始抓狂了。

"不,阿普丽尔,我……我不知道!这确实挺让人兴奋的,但是外星生物是对一个很宽泛的情况的很具体的解释。宇宙不仅仅存在人类和外星人,也许他们还是人类做的,但是来自未来呢,也许是通过时空的一种投射,也许证实了我们的宇宙其实是仿真的,而现在有人改变了代码。一般我不会仅仅因为我想不到符合目前资料的其他思路,就假装某个解释是正确的。"

尽管她看起来有点腼腆，同我说话又兴奋得很紧张，但看起来却是很自信的样子。

"好吧，米兰达，说到目前的资料。还有更猛的，因为我们还没有告诉过任何人。"

她的眼睛，无法想象地睁得更大了。

我让她体验了一把维基百科的那个谜。

我们检验了整个序列之后，她说道，"这太不可能了，还很荒谬！I-A-M-U！"

"我知道。我已经绞尽脑汁想了好多天了，所以我也不期望你……"

"是元素。"她打断我。

"啥？"

"元素。I, Am, U——这些都是元素，代表碘、锔和铀。"

"好吧，关于这是啥意思，各种猜测加起来，可以列的清单都有8万多米长了，现在又多了一种。"

听了这话，她有点沮丧，我本没想这么快地打击她的首个猜想，所以觉得有些不安。我的意思是，米兰达是搞科研的，能想到的解释肯定是科学方面的。于是我说道："我的意思是说，这个猜测还是很有趣，我们就从来没有这么想过。"

她脸上又绽放出笑容。

"所以说，这个维基百科的问题有没有让你的假设……更成立或是更不成立？还有就是，有没有个时限，到那时我们就能确定到底是不是呢?"

她瞪大了眼睛,想了一会儿,然后说道:"这个维基百科的事儿是挺怪的,但材料那事儿更怪。但也许维基百科的情况只是因为我对互联网的运作不太懂。我不懂的地方,我得去问问知道的人。可是根据我对物理学的理解,那材料不仅仅属于未知技术,而且还不可能。你的第二个问题很棒!我不知道什么时候我们才能确定,也许永远不会。有时候,有些谜会缠绵好多个世纪。所以,我也不知道。但我想破了头,都想不出第二种解释。"

我们一直坐在屏幕前,互相干瞪眼好长时间,直到她觉得太尴尬了,于是说道:"所以……呃……"

"所以,你是说以这个假设来看,至少我们私下里说,你觉得卡尔是……外来的?"

"很难说,对吗?"

"是的。"

这个答案给人的感觉就像是在教堂里诅咒人一样怪。我没有觉得特别的震惊。我的感觉更像是我居然听了一通这样的话,我一定是个傻瓜。

米兰达继续说道:"有时候我们必须这样做。有时候我们必须接受一个不够完美的理论,然后……"她突然安静了下来,眼神迷离,扫视着房间。我保持着安静,因为假如我说点什么,似乎会打断某种亲密神圣的氛围。

"阿普丽尔,要是卡尔是来要些东西的呢?比如,他们想让我们给他们一些东西。这些元素的资源都不太多，也许他们需要点什么！"

我显然完全不得要领。对米兰达来说，事情似乎来得太过突然，她的脑子转得飞快，而我甚至还在想确认卡尔在做的可能是件真事儿，还在想确认卡尔是活的，卡尔是……外来的。我竭尽全力跟上她的节奏。

"但是，嗯，我们没办法给卡尔铀啊。"

"为什么？"

"嗯，因为是铀啊，布朗博士①想弄点，结果被恐怖分子给枪杀了。"

"那是钚，不过不管怎样，都有数量问题。碘比较容易，实验室就有。我搞不到铀，但是你可以在亚马逊上买粗铀矿石，提纯前并不危险。锔，我就不太知道了。锔是超铀元素，有辐射，还很稀有。我得研究一下才知道。数量和纯度在稀有材料中都是最难获取的。"

她叽里呱啦语速飞快地说了一通，提到"研究一下"的时候，我都能听到她一边说一边在打字。

"噢！锔首先有了进展，"她暂停了一小会儿后说道，"大部分烟雾探测器里就有，所以理论上你可以在沃尔玛买到。"

"米兰达，有没有可能卡尔并不想要铀呢？已经开始有人问

---

①《回到未来》系列电影的主角之一，在电影中他发明了第一台时光机。

我卡尔是否危险的问题了。假如卡尔是来找放射性材料的,可能对他们的形象不太好。"

"我的意思是说,我不知道,这只是个想法。"

我虽然有点想放慢谈话节奏,可她大脑里的聪明才智被我扔的扳手打断时,我又觉得不安。

"我的意思是说……"我想说点什么来鼓励她,因为我很难不喜欢她,她就像个孩子,一个有天赋的孩子,"这或许可行。只不过,在我们开始囤积铀之前,我觉得我们应该更有把握些。"

再一次,当我还在说话时,她同时也在打字了。

"噢!天哪!"她说道,似乎被什么给吓到了。她这样说,也吓到了我,让我第一次觉得也许卡尔真的是来这里伤害我们的,会不会她发现了这样的事实:将锔、碘和铀混合起来,可以做成炸弹毁灭地球。

"一切还好吗?"

"嘘……"她示意我不要说话,她嘘我的腔调就好像我是个想要支冰棒的五岁孩子,而她正在和一个非常重要的客户通电话。她那边不时传来点击鼠标、打字、点击鼠标、打字的声音。我就呆坐在那儿,因为很明显,米兰达正在解决的问题远远超出了我的能力范围。我没再说话,整整一分钟后,她一字不差地接着我们刚才的话头说了起来。

"啊哈!"她喊道,吓了我一跳,"对不起!哦!阿普丽尔,我的天哪,对不起!我居然嘘你了!天哪!"她的脸红了,然后她似乎想起了正在发生的其他事情。"阿普丽尔，一切都好着呢。只不过卡尔说'I AM U'的时候，绝对是指的元素，因为维基百科这一页除了最初的那个错别字之外，其他的都恢复正常了。然后……"她说到这儿的时候，开始用笔在她的手上急匆匆地写字，同时说道，"引用部分有九个数字，有九个数字不见了。"

她举起手，手上潦草地写着："127243238"。

"你怎么这么快就搞清楚了啊？"

"我有个方便看 BBC 节目的代理 IP。我可以用我的 IP 和一个英国 IP 同时打开这个页面。一旦我注意到有数字不见了，对比后找出不同点就很容易。"

"这样啊，那这串数字是什么呢？要是电话号码的话，数字也不够啊。"

"嗯……应该不是。它们是这些元素最常见的同位素。碘-127，镅-243，铀-238。你知道什么是同位素吗？"

"不知道，但也许我没必要知道？"

"是的，也许这一刻不需要。可以说，卡尔是在要元素，虽然有更常见的元素，但他要的是最常见的同位素，所以，如果我们将担任他的信使，那我们的任务就容易多了。"

"你现在是在说真的吗？"

"你指哪方面？"

"你只用了 5 分钟就解决了一个谜团，而这个谜团足足折磨我的脑细胞两个礼拜了，我简直不能相信我从来没有看过那些引用数字!"

"没人会注意到引用部分的,所以别往心里去。有时候,你只是需要一双好奇的眼睛。"

"是啊,一双听说过锔的眼睛。"我甚至都不知道锔这个元素。又隔了一两天我才看到了这个词的拼写,才了解到它是以美洲大陆命名的元素,因为发音相近。

"阿普丽尔,眼睛是听不到的!啊,你今晚上电视了,对吗?挺兴奋的吧?"

"我的天哪!才不是呢!"

她笑了起来。"嗯,我猜也不是。"

"嗨,米兰达。"

"怎么?"

"你想和我去沃尔玛吗?"

那时已经是午夜了。我们的节目正在电视上播放,但现在那似乎是世界上我最没兴趣关注的事情了。相比维基百科里的这个谜团,我曾痴迷的陌生人对我的评价,已经完全不算什么了。我约了米兰达见面,约她从旧金山开车过来见我,在我和安迪结束与时髦经纪人的会面后,在好莱坞卡尔处碰头。米兰达对要见到安迪也很兴奋。

我钻进了酒店房间里又大又软又丝滑凉爽的被单里,关掉了所有的灯,闭上眼睛,看着自己眼睑里的景象,大概一个小时过去了,我最终放弃了睡觉。

米兰达是对的:我以前也这么想过。在发生了无法解释的事情时,你会把那家伙的GIF图片贴出来,然后在旁边写上"外星人",就是这么干的。我在想:《现在别阻止我》这样的音乐;查不到卡尔出现时的任何视频镜头;没有一个卡尔被移动过,虽然也没人似乎真的费力尝试过;几乎两周过去了,并没有人出来邀功或者宣扬这样一项巨大的物流活动。

我猜很多人都想到了"天外来客",当然已经有不少人在网上这么说了。但是没有人愿意做在有线新闻上宣传"卡尔来自外星"理论的怪人。你一说"外星人"这个词,你的头发首先会竖起来,眼睛也会鼓出来。

是的,这个念头一直在那儿,只不过又会有一个正常的念头冒出来,在想"我的脑子在犯傻啊"。

可是米兰达看起来并不傻。她看起来真的又酷又聪明,知道很多关于材料共振和导热性之类的事,听起来既重要又合理。她也很清楚也许卡尔不是来自外星的。至少在私底下,按他是来自外星来操作,也许不是个坏主意。

我其实有可能对这样的猜测心存疑虑,但我记得触碰卡尔时的感觉,那感觉确实挺怪的,像是我以前从来没有接触过的物体,像是我家遭闪电击中我身体有一半触电的那种感觉,像是我把电视机插头拔了,可电线还是带电的感觉。没那么痛,就是全新的感觉。

我能想到的另一个可能就是卡尔是某个高度机密的军方在操作，但这么做的目的又是什么呢？哪个政府会干这样的事儿——同时放许多的机器人在这么多的地方，还在维基百科留个奇奇怪怪的线索引到三个化学元素上？这样做有什么好处啊？难道就是想说："嗨！我们能做到耶！够吓人吧？！可别惹我们哟！"这也说得过去……但如果是这样的话，总有人出来邀功，对吧？我已经觉得我的眼珠子要鼓出来了。

在这么棒的床上我居然睡不着，我总算想明白让我抓狂的真正原因了。并不是因为在浩瀚的宇宙中我们或许并不孤单，也不是因为我的生活正在不断地发生变化，更不是因为我需要一个新的电子邮箱地址，而是因为我需要做个决定。那种一旦做了就不能回头的抉择，它会让你的人生完全不同，即使那条道路很清晰，可依然让人深感不安。

选项1（理智的选择）：我可以尽量从这一切中抽身出来，停止拍电视，绝对不要到南加州的沃尔玛去见一个奇奇怪怪的研究科学的女生，好一起去买烟雾探测器。再也不要在网上做任何事了，还清贷款。用视频授权带来的收入买个有大门的大房子。毫无疑问，如果情况真的是那样的话，这样的收入会在我的余生源源不断地涌来，我就可以和聪明的人夜夜笙歌，直到终老。

选项2（不理智的选择）：继续拍电视，让我的推特和

Instagram活跃起来，发表意见。基本上来讲，利用这份突如其来的运气，在平台上发声，也许会带来不同。怎样的不同呢？我不知道，但我确切知道不会再有这样的机会了……永远不会了。

鉴于睡不着的其他原因可能还有很多条，所以很难意识到这才是让我抓狂的真正原因。一旦我想清楚了这一点，我就明白唯一可做的事情就是做一个决定，然后这样或许可以让我在枕头山中睡着。

我的大脑满是恐惧，迷雾一团，又兴奋无比（这样复杂的情绪给我的印象也是够深啊），在如此复杂的情绪中，我做出了决定。通常情况下，这是更容易做出的选择，也是更难以面对的选择。

做好选择之后，我马上想找个人说服我不要这样选，所以我打了电话给玛雅。

她没接。

回想起这些看似不起眼的时刻却完全改变了你的生活，而且或许改变了整个人类历史，这实在是不可思议。现在就是这样的时刻：那一晚，玛雅没接电话，也没有直接转到语音信箱，所以说，她的电话是开着的，她只是没有接听。

我发短信给她说"我想聊点事"，然后，我最后看了一眼那张华丽的大床，拿起了我的手提电脑，走出房间来到走廊，敲响了安迪的房门。然后我又敲了一次。当我敲第三次的时候，门开了，安迪站在门口，整个人看起来像是我刚夺走了他人生中最美好的东西，我确实是。

"我有条新闻。"我说道。

"这让我充分想起你上一次用新闻叫醒我的时刻。"

"结果并不坏呀。"

"你现在也许就在让我觉得结果并不好。求你了，不管发生了什么，难道，难道就不能等6小时23分钟吗？"

"不能。"我推开他，把灯全打开，然后走进了他的房间。尽管安迪在这个房间才待了不过几个小时，这里已经是一片狼藉。"哇，你包里有炸弹吗？"

"我找不到牙刷。"他抱怨道。

"好啦，我要告诉你几件事情。"

我们坐在他的床上，我拿出手机，把与米兰达的往来邮件读给他听。

我读完后，他仍然非常安静，最后才说了句："卡尔是外星人？"

"我知道，我明白这听起来挺荒唐的，呃，也可能不是外星人。我的意思是说，外星人！这不会是真的。"

"嗯，外星人显然是有的。问题是他们是否有这样的技术和愿望来拜访。"

"外星人显然是有的？"我问道，有些慌乱。

"是的，我的意思是说，阿普丽尔，你知道宇宙里有多少个星球吗？理论上讲，就像地球上曾经飘落过的雪花那么多！或者是类似的什么东西，我不知道，反正数量挺庞大的，重点是智能生命只发生一次的概率基本为零。"

"哦,那就是说这没什么大不了的啰?"我斗胆问了一句。

"你是在开玩笑吗?如果这是真的,那就是有史以来所有了不起的事件中最了不起的一件啦!"他简直是在朝着我大叫道。

"哇喔,好吧,是的,好吧,是的,是的。"我差点又要说"好吧"了,但我意识到我的表现有点开始像是脑子坏掉了。所以,我改口说道:"我知道这似乎不太可能,但我还有消息。"

"你是对的,现在看起来其他任何新闻都无关紧要了。"

"我和米兰达用 Skype 通了话,我把'佛莱迪·摩克瑞序列'的事告诉她了,然后她搞懂了。"

"什么?!该死的!阿普丽尔,你!"

"你为什么对我发火啊?!"

"我不知道!我不认为我发火了!我认为我在做一个不可思议又不愉快的梦。或者说,如果我不是在做梦,我就是太不知所措,太累了。这件事可以让人不知所措,对吗?"

"当然。所以,你还是想知道的,对吗?"

"我的意思是,好吧。"可是他听起来一点都不确定。

我把米兰达的想法悉数告诉了安迪,她在维基百科里引用部分的发现,还有居然可以在亚马逊上买到铀。

然后我说:"这就是说,如果你以前认为我们搞了个独家新闻,我们现在则有一个非常不同的机会,而我的建议是抓住这个机会。"

"啥意思?"

"我的意思是说,假如我真的是和外星生命体有了'首次接触',这件事比做一个爆红的油管视频的影响可大了去了。"我用米兰达的词描述道。

"然后呢?"

"然后人们就会一直讨论这个事情啊。也许我们还能在这个故事中占更大的比重呢。"

"我们?"

"是啊,我们。"

"阿普丽尔,如果,如果,假如……,是颗大的,巨大的,有木星那么大的。假如,假如这是真的,涉及的人肯定比我们俩更多。这条爆炸性的新闻一旦传出去,每个国家的领袖都会上新闻,就没人会听你说什么了。"

"没错,"我顿了顿,"除非我们现在就拼了命地走在故事的前面。还有,除非我们现在就在其他人之前搞明白'佛莱迪·摩克瑞序列',并采取行动。"

"哦,你觉得还有其他人也知道这件事吗?"

"已经有人在维基百科那篇文章的对话页上说起这件事了。如果我们先着手这件事,我们就不仅仅是纽约卡尔的发现者,我们还是与外星文明'首次接触'的发起者,外星文明与人类沟通的首个系统的发明者。"

"阿普丽尔,你确定这不是个坏主意吗?"

"不!事实上,我相当确定这就是个坏主意。但我也研究了其他可能性，就剩下这个解释，最悬的解释，听起来一点也不好玩。"

"我简直无法相信我是试图劝你不要做这件事的人……"

"我自己也是啊！所以，别劝了！"

"你知道也许卡尔不是外星人的吧？"

"是的，但我们可以假装他是，做些如果他是外星人，我们该怎么做的决定。我们不是要去讨论这个话题或把它说出去。如果事实证明卡尔不是外星人，我们就是投资了错误的现实。但假如他是呢，那我们就会领先大家三步了！"

"这会是一件好事吗？难道不应该是像总统一样领先三步，而不是若干……我们到底是什么啊？"

"我不知道，"我老实说，"我们来过一下流程看看。"

于是，我们就按照在学校学的那套做了：我们创建了一个品牌，品牌建设是设计师要重点考虑的事情。用香水、汽车轮胎，或是屁股风味的泡泡糖来做例子，问一些关于它的问题，那些你不应该问的问题。这个汽车轮胎会穿什么样的礼服去参加毕业舞会呢？这个香水最喜欢什么电影呢？这样做的成果是你对一个产品的了解，就像是把它拟人化地去了解。

反过来说，当人成为品牌的时候，就很容易了，对吧？他们已经是人了……所以，在一开始就结束了。除非你正在做的品牌建设是一个简化的过程。你开始理解那个该死的轮胎的本质。所以，个人品牌建设也会极大地从简单中获益。人多复杂啊，而品牌却很简单。

市场营销最要紧的是思考而不是执行。我们必须想出卡尔的品牌概念是什么，我的品牌概念是什么，这些身份有什么关联，我们必须现实地思考我应发挥的作用。我不会是总统的身份，我不会是国防人员或科学家的身份。但是，我们对"我"的定义一定依赖于我们对卡尔的想象。我们决定：卡尔代表权力，代表未来，代表"另一个世界"；我代表人类，代表脆弱，代表"卡尔降临之前"的世界。我将会平衡卡尔，在到处出现"这是件天大的事"和"天哪"的惊呼声中，在这样的惊天时刻，我可以成为一个平衡器。由这样一个小人物，这样一个不装腔作势的平民，这样一位把这一全新的现实处理得很好的人出面，你们也就不用太担心了。这是我可以融入的一个重要角色，这个角色对我们很有用，能赋予我们力量。

我们基本上还是沿用的广告宣传活动的套路，但这次可不是设计个徽标，或是选择字体和色彩方案。实际上，我们几乎没做过这类事。几个小时工作下来，我们拟定了一个方案和三个不同的剧本。前两个的重点就是隆重推出阿普丽尔·梅，介绍阿普丽尔·梅是谁，告诉大家她是个聪明、善良、犀利的女人，对世界的美好和奇妙保持开放的心态。等有时间的时候，我们可以把资料上传上去，但最重要的是，这些资料定义了我们希望"我"成为谁。

在这些视频中，我们会放一些关于卡尔的小片段，去暗示他可能来自何方，还会指出有些国家的政府已在其国内封锁了卡尔的附近区域，但没有选择移动雕塑，也许是因为搬不动。总的来说，视频更多是关于我的。

然后，我们编了另一个视频剧本，一旦有人理解了"佛莱迪·摩克瑞序列"，就发布视频。这个视频会展示我们解出这个序列的过程，包括去商场买烟雾探测器，以及如何把我们努力的成果呈现给卡尔。然后……当然，剧本到此为止了，因为我们也不知道接下来会发生什么。

以后人们可能会谴责我是个太有心机、太过算计的营销人，把这个局势当作发财出名的机会。我会否认，争辩说这件事发生在我身上，简直匪夷所思，但这是个谎言。这个谎言也是我们精心设计的营销策略的组成部分。如果从外面来看这一切还挺自然的话，那么，我猜想这说明我们干得漂亮！但我们确实深谋远虑。我喜欢在机场被人拦住要求合影，我喜欢赚钱，我喜欢成为焦点，而我担心这一切会结束。老实说，不仅仅是担心，在内心深处，我想我是恐惧这一切会结束。那一晚，在某个时刻，我瞥见了我最最可能的未来。在未来的某一天，关于我最有趣、最重要的事，将是我多年前做过的一件事。到那一天，我会继续做无聊的用户体验设计，在聚会上，在求职面谈时，遇到的人会说："哦！你就是阿普丽尔·梅啊！"那感觉就像是我曾经是个人物，但现在再也不是了一样。

那就是我在逃离的现实。因为我们特别小心翼翼，所以我不会说我没有考虑将逃向何方,我认为这样做会带来回报。但有件事是我没有料到的,那就是在创建"阿普丽尔·梅"这个品牌时,我简直是在创造一个全新的我。在你成为你假装成为的人之前,你只能这样假装啦。

我们把我们所有的社交媒体网站、剧本、分镜头、文案编辑修饰一通,然后从自动售货机里买了点冷冰冰的馅饼来吃,做完这一切之后,已经是早上十点了。

我手机的短信提示音响了,是玛雅发来的:"怎么了,亲爱的?"

可我实在是太累了,不想回短信。我走回自己的房间,倒头睡了三个小时。

第 六 章

我们还是要和安迪爸爸碰面，所以在下午一点起了床。我俩没精打采的身体扛着我们更加空荡荡的大脑，慢吞吞地走到了来接我们的车前。一路上我们继续酣睡，下车后，如行尸走肉般地进入了一座玻璃和钢混结构的大楼。安迪爸爸马歇尔·斯堪姆特就在这里办公，他是一家经纪机构的律师。我一开始不太懂这家机构是做什么的，现在总算明白了，就是一家把名气（以及虚张声势的天赋）转化为钱的公司。经纪机构有经纪人，经纪人就是为职业娱乐人士或创作者接活的人。如果你曾经遇到过一名经纪人，以下就会是你感受到的（就好处来看的话）：

1. 你不会遇到比经纪人更高效的人了。
2. 如果他们跟你说话，是因为你能帮他们赚到钱。
3. 他们都是混蛋，但如果你运气够好的话，可能找到一个专属的混蛋经纪人。

4. 对不起，这听起来很荒谬。

于是，与安迪爸爸的会面，结果变成了与詹妮弗·普特南的会面，她显然是个大人物。

这座大楼就像个新闻工作室，建造的目的显然是要给人留下深刻的印象，不过这里给人的印象确实挺深的，但对于我来说，深刻的印象主要是因为有了下面这段插曲。我们在一个小吧台等待了5分钟，其间喝了点加了黄瓜的自流井水，然后一个衣着时尚的年轻男子叫了我们的名字，我们就跟着他走向过道。从一开始，我就一直掉在队伍的最后，但是走了约三米远后，我停了下来，因为即便是半死不活、筋疲力尽的我，在过道上也没有错过辛迪·舍曼①的杰作。

我过去一直猜测最伟大的艺术作品都掌握在私人收藏家的手中，藏在某个地方，只有少数人才能够欣赏到。我明白这是艺术运作的方式，对此也没有意见，但在以前，这个观点对我来说很抽象，就像是我从未期望过在博物馆或在线图册以外的地方能看到真正伟大的艺术作品。但在这里，就在我的眼前，就是一幅至少价值数万美元的照片，而且物有所值。

我猜想这些经纪机构会以不同的方式来吸引不同人群的注意。也许有些人会因为内部专属的电影院或刺绣花纹的墙纸而动容，

---

①美国知名女摄影师、艺术家，以自己出演所有摄影作品中的主角为特点。

而另一些人或许喜欢每张桌子上都摆放一大盆活的兰花植物。

而这幅照片的目标对象就是我这号人,我们会不由自主地认为,噢,好吧,这个地方挺靠谱的。

在我待在那里一动不动地盯着这幅照片看的时候,我们队伍的其他人当然是继续前行。过了一会儿,他们才发现我不见了,最后,那位长相可人的帅哥助理就回来找我了。"阿普丽尔,对不起,我们把您丢下了。"他的声音温柔又好听,都让我以为把我留在后面真的是他们的错了,"您正在欣赏的是辛迪·舍曼的《无名剧照》第56号作品,属于她的《无名剧照》系列。每张照片拍的都是她本人,但她又赋予自己不同的角色,意图是彰显我们的文化已经建构了性别的观念,如果我们任由这些观念的摆布,就会受其控制。"

他说的这些我都知道,但因为我觉得他人挺好的,并没有朝在走廊里站得像个呆瓜一样的我大嚷大叫,所以,我就让他说完。我猜想这家公司让每位员工都懂点艺术,这样,整个公司的形象会看起来更吸引人。我不是说过这很奏效吗?

"谢谢。"我说,因为我不知道还能说点什么。我们离开照片,开始往前走。

"公司藏品丰富,有些作品是客户送的,有些是公司高层管理人员收藏的,租借给我们展示。这幅舍曼的作品,我想是普特南女士提供的。"

我们行进的过程中,又路过了很多非凡的艺术作品。走廊的墙面呈现出画廊般的白色，每六米左右就有一幅照片或画作，或采用综合媒材创作的作品展示。我估摸着，在去往詹妮弗·普特南办公室的路上，我们路过的作品至少价值200万美元。

在我们穿过这片区域时，当代演艺事业正在我们的四周如火如荼地开展着。很明显，有很多的电话声，有不少快速敲击键盘的声音，但几乎没有闲谈。我们路过的人中有一位年轻的女士，我记不起她是谁了，但一看就相当有钱、有名。即便你以前从未见过这些人，你还是能分辨出来，这一点实在有趣。高端时装看上去就是和普通的衣服极为不同，但我之所以能分辨出来，主要还是因为她后面跟着的三个人都摆出一副非常明显的架子，简直就是在宣告"谁都别想要个自拍"。

当我走进全世界最有手腕的经纪人之一的办公室时，也是这样的氛围。

"罗宾！你找到她了！太好了，阿普丽尔，欢迎你！"她的声音其实并不大，但很有力度，令人惊讶的有力！她相貌平平，中等个头，一头灰色短发，但身材保持得很好，她的声音是她最具有特色的地方，这是位很会施展魅力的女性。

她的办公室并不大，但视野很好。架子上全是书、各种电子游戏碟、DVD碟，甚至还有棋类游戏，看上去更像是个成绩展览室，而不是存放她珍爱之物的地方。架子上满满当当的，所有这些物品，每一件都是她促成的。这个房间坐我们四个人还是挺舒服的，但再来一个人的话，就有点局促了。

罗宾站在门口说道:"梅女士刚才在欣赏舍曼的作品。"

"阿普丽尔,你真有品位!那是几个月前,我在一场拍卖会上拍下的。在公司的墙上想办法找了块好地儿,尽管事实上大多数人都不太关注舍曼的作品了。"一想到她可能为那张照片花费了5万多美元,现在却这样说给人的感觉好怪啊,但我什么也没说。"不管怎么说,这一周够刺激的吧!每一个动态,我都在关注。太棒了,你表现得棒极了!昨晚的表现真是太出色了!你又一次燃爆了啊!"

我愣了一下,随即想起了才上的午夜脱口秀。那感觉就像是想起了高中的英语课。

"谢谢!呃……"我突然想起我完全不知道方案是什么,而我实在累得不想假装,所以就直截了当地问道,"我们来这儿是做什么呢?"

"哦!马歇尔,"她指的是安迪爸爸,"跟我说过你们两个,我们就想可以约你们来谈一谈,聊一聊你们接下来的想法。肯定会有很多很多机会,这些机会之门已经打开,我们想确保的是我们得走进去!"

她说话的语速比我遇到过的任何人都要快,但又是"断奏"的形式,简直像首说唱诗。听起来很怪却不赖。但我还是注意到了,她很快地把"你们"换成了"我们"。

"呃……"我看了看安迪,他耸了耸肩。我理解为"姑娘,你想怎么着就怎么着吧"。

于是我就不管不顾了。

"昨天晚上,有些信息突然暴露了,可能事情就变了。据可靠消息称,要不了多久,就会有当权者公开确认这些卡尔不是来自地球的。"

我的话在空中飘荡了好一会儿。詹妮弗·普特南看着安迪爸爸,安迪爸爸担心地看着安迪,安迪又看着我。如果我能看自己,我也会看着自己,但是我不能,因为我无法看着自己。我有一股冲动想向下看着自己的手掌,但我知道那样做是不对的,所以我就看着普特南,而在这个时候,她也转过来看着我了。

"罗宾,我需要你把我接下来两个小时的安排都取消掉。"

"好的,普特南女士。"即使这不寻常,他们也没露出一点迹象表明这并不寻常。罗宾离开并轻轻地带上了门。

"到底是什么消息?"

"有一位来自加州大学伯克利分校的材料科研人员一直与我联系,说卡尔的材料特性是不可能的。不是说怪,也不是说贵或者是新,而是根据我们已知的一切,就是不可能的。"

"你相信她说的?"

"她看起来……可以信赖吧?"我说道,但有点感觉自己或许就是个傻子。但即便普特南半信半疑,她也没有表露出来。"而且,我还没有告诉你整个故事。我需要你向我保证,百分之百地保证,你不会把我将要告诉你的事告诉给任何人。"

"如果你需要的话,我可以让罗宾迅速起草一份保密协议,但如果我的口头保证就够了的话,我向你口头保证。"普特南说道。

于是,我把"佛莱迪·摩克瑞序列"的事告诉了她,还有米兰达的发现,以及我们打算拍个相关视频的计划。但我并没有告诉她我们认为这个序列是为了要物理材料,而且我们打算提供这些材料。坦白说,在我的内心深处,我明白这样做既自私又愚蠢,而我不想让他们说服我不要去做。

我现在并没有长大多少,但在很多方面已然不同。因此,我很容易意识到我做了些不错的决定,同时也做过糟糕的决定。但这样的意识同样告诉我的是,即便在当时我知道这是个坏主意,我也控制不了自己。知道是个坏主意并不总是能降低你去做的概率。假如我曾经审视过自己在这件事情上的动机,我可能不会喜欢我的发现了,所以,我就没有去审视。

我把序列和我们的发现告诉普特南之后,她说:"嗯,形势确实已经变了,但问题没变。阿普丽尔、安迪,从这件事,你们想获得什么?如果你们的看法是正确的,可以说,你们可以拥有一切!"

你们一定听说过好莱坞经纪人给年轻新星许的各种愿,所有的一切,太阳月亮星星,你想要的一切,都可以实现!只要你在他们指定的地方签个字!但这样的话从詹妮弗·普特南的口中以她的方式说出,我信了。舍曼的照片,她对国内电视节目的信心,她所拥有的其他任何人都不了解的内幕,这些元素构成的整体威力席卷了我,就像是糖果、圣诞节的早晨和初吻,这些美好的感觉融为一体。

于是，我对她施展了电梯游说①。

"我们已经想出了一个策略。我们想让阿普丽尔·梅的形象构成对卡尔形象的缓冲。卡尔是很强大的，而我是弱小的。卡尔是很瘆人的，而我是可爱的。卡尔来自另一个世界，而我是人类。我们想通过打造阿普丽尔·梅这样的形象来帮助人们应对卡尔这一现实。然后，一旦我拥有了这样的话语权，我会用它来把人们团结起来，我会促成小小的改变，促成更好的和谐世界。"

其实我并不确切地知道我想促成的小小改变是什么，那像是我一旦拥有了这种权力才能想出来的某件事。

不管怎么说，普特南喜欢我说的每个字，可安迪爸爸斯堪姆特先生可不这么认为。有时候我就在想，如果当时他不在房间里的话，事情会变成什么样呢。成名就是这样，那些能如实告诉你成名现实的人，往往是那些如果你全力以赴，他们就能赚到很多钱的人，所以他们不会愿意告诉你那些肮脏的真相，而这些真相正是斯堪姆特先生那时想告诉我的。

"阿普丽尔，这个决定可不一般啊。卷入这样的事……事态会完全不受你的控制。人们会不明来由地憎恨你，不管原因是好是坏。流言会让人们分裂，这样的事，远远超出了大部分人能处理的范围。你说起自己的时候像是把自己当作一个工具，可你也

---

①尤指在电梯里用很短的一两分钟时间，通过吸引人的技巧向对方推介。

是一个人，还是一个不断演化的人。这件事会影响你的一生。"

普特南没有朝着安迪爸爸，而是对着我说："这些担忧我绝对也有。在你没有采取行动前，你永远都不会知道事态会变成什么样，而名气也不应该是为了名气而去追求名气。话虽这么说，我觉得还是有比较安全的方式来处理这件事，而你现在就在这儿，真是太让人高兴啦。我们需要聊很多事情，而且你该知道你可以在任何时候退出。"

"詹妮弗，不完全是那样的，"斯堪姆特先生说道，"一旦他们投入这件事，就很少有机会退出了。"

此时此刻，我脑子里充斥着的大量多巴胺和肾上腺素，正在把我的精疲力竭转变为头昏眼花。"我们怎么能拒绝呢？我们干！"我转向安迪，打我们走进这间办公室，他还没说过话呢。

他看向自己的脚，停了一秒，然后说道："不管她说了什么，没人有这样的机会，我们需要抓住这个机会。"

"好的，那我们就得快速地做很多事啦！你们两个现在感觉怎么样？"普特南问道。

"糟透了！"我回答道。

"就像是我被魔鬼操了一样！"安迪补了一句。他爸爸脸上露出不悦的表情。

詹妮弗·普特南可没有。"哈，我猜我们要打交道的就是这样吧！"她说道。

在接下来的几个小时里，罗宾和普特南女士草拟了合同，打了不少电话，问了我和安迪不少问题。斯堪姆特先生表明，在此情形下，他代表客户，而非公司，所以便和普特南就不少要点争执了起来，而我实在太累了，很难理解他们在说些什么。我们的运气绝对够好，因为能有斯堪姆特先生在旁边像条狗似的为我们争论。在短短的 15 分钟内，他可能以 50 种不同的方式拯救了我们的命（还有钱）。

最奇葩的部分就是他们把安迪和我分开来做了一对一的探询。他们想确保我们两个人不会互相影响，他们问了我们是不是会互相影响，还问了我们已安排了什么交易以及我们俩的关系。我的意思是说，我推测他们问安迪的是同一套问题。如果他们问了他一些不同的问题，那他就从来没有告诉过我。我反正是尽量地坦诚。我和安迪信誉良好，而且看起来有足够的钱来分配，我需要的难道不是每个月 2 万美元，还能有其他吗？

然后就出现了一点我真没预料到的状况。

"有没有什么关于你的事，是我们需要知道的呢？"普特南问道。

"呃，比如我是天秤座的？"

斯堪姆特先生插话道："阿普丽尔，重要的是，如果有任何事情可能在调查中暴露出来，那我们现在就该知道。"

"噢！"我可没想过这个，"好啊，呃，不过没想起来什么啊。"

"好的，嗯，我们可以给些提示。"然后她就连珠炮般地列举了一堆我也许可能做过的丢脸事迹⋯⋯以防我忘记了。比如：我有没有开车撞到过狗？撞到过人？我有没有和比我小得多的人发生过关系？和比我大得多的人发生过关系？我有没有招过妓？当过鸡？卖过毒品？制过毒品？看到过毒品？徒手杀过人？收藏过被我制伏的敌人的牙齿？把小孩子的骨头雕制成武器，然后用这个武器杀了更多的小孩子？

还有，如果要求不算太过分的话，你能写下跟你亲过的每个人的名字吗？

我回答了这些问题，做了他们让我做的事，整个过程让人非常不舒服，但我觉得这不仅仅是一次测试，也是一次实战练习。

"阿普丽尔，我一下子就注意到这份名单上有很多名字，男的女的都有。"普特南说这句话的方式，给人一种男女都有既是个问题，又不是个问题的感觉。

"啊？有很多吗？我觉得不多。"我说，一下子感觉十分舒服，对这一通盘问，一点也不感到尴尬了。（顺便说一下，这是讽刺。）

"詹妮弗，"安迪爸爸说道，"我不觉得这是我们该操心的事。"

普特南回答的方式就像是把安迪爸爸当成个孩子。她说："马歇尔，你和我一样清楚很快每个人都会操心这个了。"安迪爸爸屈服了。

"阿普丽尔，"普特南继续问道，"你现在有和谁在约会吗？"

"有啊，玛雅。我们起先是室友，这的确有点怪，但我们俩感情很好。"我说这话的时候，一阵内疚感油然而生，我突然意识到自从玛雅发了那条"怎么了,亲爱的?"信息之后,我还没有给她发过短信。

"这样的话,"普特南继续问道,"那就是说你喜欢女孩子?也就是说,你跟男生有过关系,却一直喜欢喜欢女生?"

"可我碰巧不……只是喜欢女生。我都喜欢?太好了!我甚至都不知道因为性别而不被某人所吸引会是什么感觉了。对我来说,你给我的感觉挺怪的。"

当有人质疑你的性取向时,不管你的取向是啥,都很难做到不会立即怼回去。可有些人似乎就是不能相信我就是这么觉得的,然后突然之间,他们就把我扔在一边,开始剖析起我来了,完全不顾我还坐在那儿。是不是我太贪婪了?或者说性趣太旺盛了?或者说拿不定主意?还是说我就喜欢女生,只是不肯承认?或者说我这么做是为了吸引男生的注意,因为男生会觉得这样够火辣?如果这些都不是,那就是……"哦,顺便说一下,我女友也跟我一样,或许以后我们可以(意味深长的停顿)'一起鬼混一下'。"

"阿普丽尔,我绝对理解。可是,不是每个人都能够理解。我只想说如果你要么喜欢男的,要么喜欢女的,可能事情会更简单些。如果你都喜欢,那我对你也没什么意见,同时我非常希望世界上的其他人也是这么想的,但这一点会干扰到你想传递的信息。有些人会抓住这个不放,以此来贬低你的人格。我们看待这个问题的视角不仅仅是从纽约市的角度,而是从全美国的角度,事实上,要从全世界的角度。你的性取向会成为一个弱点,你会因此遭到抨击。"

我看向地板，沉默了整整十秒钟。我想，没错，说得有点道理。可我们要对付的是他妈的外星人，谁会在意我是喜欢男生还是女生啊？

我抬起头看向斯堪姆特先生，他只是耸了耸肩。

"我的意思是说，这不是说我现在正想着勾搭个花花公子。"我说，虽然有点撒谎，因为我刚才还在想着如何勾搭罗宾。可斯堪姆特先生的沉默听起来像是同意我说的话，于是我屈服了。"呃，好吧。行，我可以就只是同性恋。"

这是我首次领略詹妮弗·普特南让人恶心的为人处世方式，而那一刻我甚至都没有察觉到。我明白我怪她可能比怪我自己还容易些，可我有点蒙了，又力所不及，而她看起来却精明强干。对她而言，推销一个古怪的女同性恋女生比推销一个古怪的双性恋女生要容易多了，于是为了她，我就成了一个古怪的女同性恋女生。

虽然我不确定我是不是应该说话的人，可熬夜到早上十点的目的就是非常有企图地将自己变成了一个品牌。我们的目标，在大多数时候能一致。

在每个人都满意地确认过我从未吃掉过一个小婴儿之后，我终于获得解脱可以去喝杯咖啡了。于是我和安迪去了街对面的咖啡馆。我们互相交换了一下情况，说了说血泪史。我没告诉他双性恋的事，我相信他也有事瞒着我。管他呢，反正我俩谁也没有做过什么可怕的事,这就够了。

这一天我都在不时地给米兰达发短信和回短信。她已经离开伯克利,在去往洛杉矶的路上了。我们打算在 CVS 药店(哎,不是沃尔玛)与她碰头,这样离洛杉矶卡尔(好莱坞卡尔)最近。显然,洛杉矶的交通没有给她方便,不过我们与普特南的见面也花了相当多的时间,比我们预计的要多得多,所以,正好。

我还没有给玛雅发短信,我不知道该怎么发,有太多话要说,太多事要做。老实说,我都担心她怎么回应这一天发生的这么多事儿。在我的脑海里,我只能想到她从失望上升到愤怒的样子,我不觉得从对话的另一端能感受到兴奋或是支持,所以,我干脆不跟她说。

"嗨,阿普丽尔。"安迪刚才一直在看手机,"有更多卡尔的怪事了。还没有人说他是外星人,但有人尝试把奥克兰的一个卡尔移动到一个更方便的地方,因为那个卡尔有点挡路了,可是他们移不动,把吊车都搞坏了。报道读起来像是因为城市管理人员或是吊车操作员太无能了,可我猜其中另有隐情。"

我盯着咖啡,感受到这件事的量级再度撞击我。这样的怪事还在发生。我将过我正常的生活,按我一直以来的方式在我的内心成为我自己,然后我会记得。几年前,我们的猫"风头"死的时候,我的感受就是那样。你总是忘记生活永远不会再一样了,但你只能继续前行,不再去想。"风头去哪儿了?我没看到它呢……哦……该死的!"

"哦，上帝啊，安迪，真的是那样，对吗？"

"詹妮弗·普特南肯定是这么认为的。"他说的时候，我又喝了一口咖啡来给自己鼓劲。

在对普特南的业务（及她本人）有了更多的了解之后，我才意识到她并不需要确定卡尔是不是外星人，然后才全面开启作战方案，她只需要有一个这样的机会。即便她认为我们只有5%的概率是对的，她也会表现出全力以赴的样子，因为即使是5%的概率，能赚上几千万美元，也相当值得一试。就算最后卡尔并不是外星人，我们依然会是她的客户，她还是可以强调对我们的信任。对她来说，始终是双赢。

我们喝完咖啡走回她办公室时，她快速且细心地说道："阿普丽尔，我把罗宾给你用。你现在需要一个全职助理，你要找个信得过的不容易，而我找个替代的更容易。他非常棒，说话轻言细语的，但工作出奇的高效。我们会继续支付他的费用，但他将为你工作。如果可以的话，他可以帮你处理邮件，也许还能做点社交媒体的事。我们会跟他说清楚，他是为你而不是为我工作。"

斯堪姆特先生对这个安排看起来并不太高兴，但也没说什么，只是说："现阶段，我们不认为让其他人参与进来是明智的。"

"这样，你就正式地有个员工了。员工可以让你的生活轻松点，但前提是你要会用他。如果你没有告诉他每天至少给你来杯咖啡，他原则上会觉得受到了冒犯。他会在你的身边，你需要他，他想帮忙。"

"罗宾知道任何细节吗?"我问道。

詹妮弗·普特南拿起电话,按了一个键。

"罗宾,你能过来一下吗?"

十秒钟后,罗宾就出现了。

"普特南女士,有什么事需要我做的吗?"

"让你为梅女士效劳,你觉得怎样?"

"我很荣幸。"他甚至微微鞠躬。

"你什么?"我应道,因为一般人可不会这样说!

"梅女士,虽然我认识您的时间很短,但您给我的印象是坚强、自豪、有非常好的价值观。不仅如此,不管怎样,您现在处于事件的最中心。如果这件事是真的,在很长很长的一段时间里,人们都会记住这件事的。我不会——"他顿了一下,"介意成为这件事的一部分。"

我也不介意他成为这件事的一部分。他看起来超级友好,明显比普特南实诚多了,和我大约一般年纪,所以想着他为我工作,就也没那么怪。唯一的问题是罗宾……挺帅的。

他足够迷人,如果玛雅在场,马上就会清楚我觉得他有多帅。然而,他马上就是我的助理啦!这个家伙将深入我的一切。注意你的用词,阿普丽尔!他会……深入地参与我的生活。但是你不能因为某些人太帅就不雇用他呀,对吧?这听起来绝对是不合法的。于是就这么定了,我有了一名助理。

"好的,罗宾,谢谢,很高兴认识你,也很高兴聘请你,请多帮忙。我觉得每一页未读邮件都好像会花掉我寿命中的一年。我接下来说的话是我赋予你拯救我或是毁灭我的武器：我的密码是'donkeyfart'[①]。"

[①]意为"驴屁"。

第 七 章

晚上 7 点左右，我们终于从这家机构脱身，比较理智的行为是回酒店睡会儿觉，为明早好好计划一下。但我们（更准确地说是我）因为咖啡因的关系，正嗨着呢，觉得自己所向披靡。昨晚我已经做好了计划要和米兰达去看看（也许是实验一下）好莱坞卡尔，现在去酒店简直就是荒谬。事后，安迪会这样向我描述："卡尔的质量实在太大了，我们没办法不掉进他的引力中，就像我们没法跳上月球一样。"

于是我们就掉进去了。

我本想我们打一辆来福车①的，可罗宾觉得这简直是在侮辱他，而且坐一辆陌生人的车去拍一部关于神秘外星人的视频，也不太安全，所以罗宾开车，我们就一路开拍。

我拿着相机坐在前座，开始玩自拍。

---

① Lyft，美国旧金山的一家网约车公司。

"大家好！欢迎来到罗宾的车！这位就是罗宾！"我把镜头转向罗宾，他挥了挥手，露出洁白闪亮的牙齿。"我们现在有条新闻。几天前，我和安迪，"我把镜头转向安迪，他也挥了挥手，"发现了一个谜，我们现在把它叫作'佛莱迪·摩克瑞序列'，就是如果你打算在维基百科上修改皇后乐队畅销曲《现在别阻止我》那一页中的错别字，这一系列变化就会发生。

"这些变化的含义一直是个谜。但是，感谢来自加州大学伯克利分校的一位材料科研人士，在她的帮助下，我们现在认为已经解密了这个序列。我们现在就在去往好莱坞大道的路上，去和这位科研人士会合，然后我们会检测一下我们的理论。"

在视频的最后，我们插入了维基百科页面的截图，还配上了我的画外音，对这个序列做了解释，描述了我们是如何发现它的，以及米兰达的最新发现：引用部分的数字变了，而这些数字正好对应化学元素。

罗宾把我们送到目的地，我们下车时，米兰达正坐在好莱坞大道 CVS 药店的人行道边上。她一看到我们，就跳了起来，飞奔过来给了我一个拥抱。

"这太酷了！"

"哦，这并不酷！不酷！"

她比我想象的要高一点，因为她并不是中等个头，而我却个头矮小。她拥抱我的时候，我勉强够到她的锁骨。这个拥抱也不是那种 A 字形的拥抱。她把我们两人的身体紧紧地挤压在一起，就像我们是自打幼儿园就认识的好朋友一样。她明亮的眼睛闪烁着无比的兴奋。米兰达年纪长我一些,看起来却比我小一点。看到她站在我的面前,一波现实感如潮水般涌来。这是真的!我们就要去看卡尔了,要去给他一些材料,然后看看会发生什么。我们真的在做这件事呢。

"对不起,我是不是抱得太过了?"她担心地说道。

"没有没有,抱得刚刚好。"她笑着看着我,既像是不敢相信的样子,又像是责怪自己太过热情一样。

"今早我拿到了一些烟雾探测器,这个产品设计得不太容易把镅弄出来,很开心的是我回到实验室后把镅弄出来了!"她从小包里取出一个盒子,打开盒子给我们看里面的小瓶,瓶里装了几根银色的金属条。

安迪从车的另一侧下车,走了过来,罗宾则把车开走去找停车的地方。安迪告诉米兰达:"你把它取出来太好了!但我们还是再去买一个吧,这样我们就可以在视频里展示镅是从哪里来的了。"

"噢!"米兰达的兴奋夹杂着一丁点尴尬,"我没想到视频!哦,这太酷了!我会在里面吗?"

"如果你愿意的话。"安迪说。

他拍了一些CVS药店外面的远景,然后我们便和米兰达一起录了一段很简短的介绍。

"我们现在已经来到了离好莱坞卡尔只有一个街区之遥的

CVS药店，见到了米兰达·贝克威思，她是一位材料科研人员，就是她解开了'佛莱迪·摩克瑞序列'谜题。米兰达，我们来这里做什么呢？"

"我们将去买一些烟雾探测器。"

"要做的这件事感觉可真怪异呢。"

"今天就不是正常的一天！"她表露出的兴奋在视频中看起来棒极了。

"可我们为什么要去买烟雾探测器呢？"

"对我来说，这个序列要表达的含义已经相当清楚了，"米兰达开始解释道，"卡尔在请求物料，其中一种就是镅。这是一种比较稀少的元素，但在一些商品中被用作 α 粒子的来源。"她很巧妙地避免了使用"放射性"这个词。

"我需要知道这意味着什么吗？"

"其实不用，不用。不过这挺有趣的，也许我们将在视频描述中给出一个解释。最重要的是，在这个烟雾探测器中，"她举起那个盒子，"有大约五千分之一克的镅。"

"那够吗？"

"喔，我不知道！这取决于卡尔要用它来做什么。如果他想用来做催化反应，可能任何数量都行；如果他真是想用来构建某样东西，那就不行，就可能不够。"

"我需要知道这意味着什么吗？"

米兰达看向镜头。"更多的信息将在视频的描述里。还有，别忘了订阅哦！"

自然，卡尔的摆放位置成了广泛讨论的话题。所有的卡尔都无法移动，全都出现在城市区域，所以不会遭到忽视。但在每座城市，他们的位置似乎都不是随机的，但也不是一致的。比如，他们全都出现在人行道上，但在城市的哪个区域却是没有规律的。奥克兰卡尔是旧金山湾区[①]唯一一个卡尔，所以旧金山人，坦白讲，觉得很不爽。曼哈顿的情况也是一样的有趣。纽约卡尔出现在一个交通繁忙的街道，曼哈顿的大部分街道人流量都挺大的，但他并没有出现在第五大道、时代广场或是麦德逊大道上，纽约卡尔的位置是在一家红辣椒墨西哥烤肉店的前方，这个位置也没有什么特别的。

而好莱坞卡尔却出现在好莱坞星光大道上的格劳曼中国剧院前，这可是洛杉矶主要的旅游景点之一，算得上这座城市交通繁忙且人流量最大的地方了。不仅如此，这里还有很多街头表演者以及打扮成各种超级英雄的人，他们招徕顾客照相，每张照片收费20美元。

既然我清楚好莱坞大道的这些常态，又明白美国人对于名气的执念，所以当我们走到剧院，看到了一条长长的队伍从卡尔所

[①]旧金山湾区是美国西海岸加利福尼亚州北部的一个大都会区，主要包括旧金山半岛上的旧金山、东部的奥克兰和南部的圣荷西等城市。

在之处一直延绵到仿佛看不到尽头的远处，我根本不觉得奇怪。

这个毕竟是"活生生"的卡尔啊！人们来星光大道的目的是为了拍些与水泥地上的名人星形奖章或是手印的合影照片，这些人可能是世界上最喜欢做剪贴簿的人。这家剧院甚至架设了几盏灯，好让卡尔在夜景拍照中显得更清楚些。灯光照耀在卡尔身上闪亮的部分，散发出刺眼的光芒。我不知道我们为什么没料想到会排队，但现实是就有长长的一支队伍出现在我们的眼前。

"哦，上帝。"安迪说道。

"难道我们要去排那个队吗？"我回答道。

我们三人开始沿着队伍往下走，想看到尽头。最后，我放弃了，径直走到一位年轻女士身旁，她离目的地大概有20人之遥。我问道："你等了多久啦？"

她眼睛突然大睁，嘴巴呈现出一个完美的圆形。"噢，我的上帝！"她喊道，字正腔圆，每个音节的重音一样强。她马上转身告诉朋友，"额，我的天啊！艾莉森，艾莉森，是阿普丽尔·梅！是阿普丽尔！我的天啊！"

米兰达和安迪在旁边瞪大眼睛看着。

让陌生人相识，每一种文化都有其方法。我们并没有真正思考过这些套路，但这些套路就是存在。最常见的流程是，要么告诉别人你的名字，要么让第三方介绍你。所以，当有个人朝我喊出我的名字时，我的回答就是告诉他们我是谁，我这样做的原因就在这儿。

"嗨！啊，是的，你好！很高兴认识你，我是阿普丽尔。"我说道。

"你当然是阿普丽尔啦！"那位女士回答道。

值得提一下的是，通常在陌生人相互介绍认识的过程中，你说了自己的名字之后，对方会告诉你她的名字。可现在的情况却不是这样，这使得我们的对话很难进行下去。

我其实最终也会习惯这样的对话，但此时此刻，固有的陌生人对话的习俗完全不起作用，搞得我都不知道该说些什么了。

这时候，罗宾不知从哪儿冒了出来，显然他已经停好了车。

"你要不要跟阿普丽尔合个影啊？"他说得很平静，很友好，就像他真的很关心这件事一样。

于是，对方一阵慌乱地开始翻找相机。哦，那个其实是视频。你可以帮我拍一张，再给艾莉森拍一张，然后再拍一张我们俩和阿普丽尔一起的，可以吗？哦，艾莉森的手机没空间了，别担心，可以用我的手机拍，然后我待会儿发短信给你。于是，就这样拍了。

人群突然骚动起来，周围的人都开始意识到有位名人出现了。我的感觉是，即便他们可能并不知道我是谁，但排在队里的每个人也都想要一张合影。而艾莉森和她的朋友们可不像我们在洛杉矶国际机场遇到的那帮中学生，她们已经兴奋得不能自已了。

好消息是：

1. 队伍里周围的人每人也想拍张照片。而且……

2. 我们已经成功插进队伍中，前面只有 20 个人了，但没有任何人抱怨。

原有的队伍也给我们带来了好处。排了那么久，没有人想出列，否则的话，我肯定会被包围，有人可能就需要叫警察了。

幸运的是，我们能够一路自拍到队伍的前端，整个过程只花了大概 5 分钟时间。安迪一直在拍我与粉丝的互动，等我们到达最前端时，他对周围听得见他说话的人喊了一句：

"我们现在要拍一个和好莱坞卡尔的短视频，只需要几分钟时间，然后阿普丽尔就可以有些时间和大家一起拍照了。谢谢你们的耐心等待！"

每个人看起来都很兴奋。

然后，我们就继续拍视频，米兰达和我都出现在了屏幕上。她又高又瘦，矮小的我在她旁边显得有点滑稽，而三米多高的卡尔，连胸部都看不到。一群旁观者围在我们的周围看着我们拍片，在他们的身后是中国剧院。

"来欣赏卡尔的粉丝队伍非常友好地允许我们插了个队（后期在这里插入了一个队伍的画面），所以我们可以静下心来给卡尔一点他想要的东西。米兰达，我们认为卡尔想要三种化学元素，是这样吗？"

"是的，"米兰达自信地接过话头，"就是碘、锔和铀的同位素。碘比较常见，可以在好些产品中找到。我已经搞到了实验室级别的纯碘晶体和镅。镅是我们从家用烟雾探测器中小心提取的。"

她是用镊子和钢丝钳搞定的。

"那个镅安全吗？"

"算不上安全吧。如果摄入的话，可能会死。所以为了安全起见，我戴了手套。这个东西肯定是不能吃的。"

"我记住了。"

"另一方面，我们决定了，不会尝试为卡尔取得任何的铀。虽然，未经提炼过的铀是安全的，也可以买到，但对于这个初次实验，似乎有点多了。"

我问米兰达："你觉得会发生什么呢？"

"呃，我不知道？"她似乎有点诧异，我居然问了她这么不符合科学的问题。

"那你希望发生什么呢？"

"嗯，这不是我看待事物的方式。在科学领域，我们不会去希望，而是去实验和观察。如果真要说希望什么，我想我只是希望会发生点什么。"

"那我们现在该怎么做呢？"

"先从碘开始吧，请戴上手套。"

我戴上了手套。老实说，我根本没想过我们真的会做这样的事，没想过这样的事会带来什么结果，我们就只是去做了。就像安迪说的，我们被卷入卡尔的引力。我在做决定，非常蠢的决定，但在那一时刻，我不觉得这样的决定很蠢。

"碘危险吗？"

"不危险，碘其实是被用作营养补充剂的，食盐里加碘可以预防甲状腺肿大。碘还被用作有机化学反应的催化剂，所以我猜想，这也是卡尔需要它的原因。"

米兰达从一个小瓶里把一个微小的银色片状物摇了出来，倒入我伸出的掌心里，然后我把手掌伸向了卡尔。

安迪把镜头拉远，采用了广角。在画面中，身高刚过一米五的我，向一座三米多高的变形金刚，伸出戴着乳胶手套的手。我看上去太像是只糊里糊涂的猴子，想要向一个高高在上的生命体求和。

自然，什么事也没有发生。

"试试直接接触。"米兰达建议道。

"停！"安迪说道，"我要拍个近景。"

安迪上前来拍下了整个过程：我用右手把左手掌心里的碘片夹了起来，然后伸出手去，把碘片放在了卡尔的右手背上，尽管我浑身充满了恐惧和期待，却没有任何迹象出现。

热度，我感受到了热度。然后，突然间，我觉得头晕想吐。

"噢……"我说道，感觉人有点晃了。

罗宾突然不知道从哪里冒了出来，站到了我的身旁。

"阿普丽尔，你还好吧？"安迪从相机后面问道。每个人却突然害怕起来，也许都意识到我们实际上完全不知道自己在做什么。

但很快，那种晕的感觉就过去了。

"还行，"我晃了晃头说道，"嗯，我觉得……我觉得我的手指变暖了，然后觉得有点头晕。"我看了一下手，碘片已经不见了。

到底是真的发生了什么，还是只是我的想象，连我自己也搞不清楚了。当时有很多原因可能导致我感到头晕，而且透过乳胶手套感觉到暖意，也不是一个精确的、可测量的现象。再说，那只是很小的一片，我也许就是弄掉了都有可能。

米兰达马上用她自己的碘片也试了一回，然后报告说并没有发生什么。当然，这一段我们后期剪掉了，因为有点……无聊。

我们商量了一下是否要继续。到目前为止，我觉得一切正常，米兰达并没有感受到什么，让我觉得我其实可能也没有什么感觉。

所以，在视频中，米兰达又出现了，接着说："嗯，阿普丽尔·梅，我觉得这些结果还不够明确，你想要试试镅吗？"

"似乎应该试一试！"

"这个小金属条，"米兰达把它举起来好让周围的人看到，"含有一克镅的一丁点，镅是一种放射性金属，是钚衰变的产物。阿普丽尔，你想不想看看卡尔是否对镅感兴趣？"

于是，我再一次用戴上乳胶手套的手取了镅条，把它稳稳地放在了卡尔的手背上。

"我觉得再一次感受到了暖意，但这一次不晕。"我把手缩了回来，但这一次，那个小金属条还在那儿。

"镅条没有像碘片那样消失。"我更像是在对米兰达说，而不是对着镜头说。

"那个镉条不是纯镉,所以有东西剩下是正常的。"

"我其实该换个人来做的,这样也许你就可以感受到那股暖意,就知道到底是不是我的想象了。"我说道。

"是的,这样的实验设计可能会更好一点,"米兰达回答道,"但老实说,整件事都不太符合科学的常理,所以,我们今天所做的一切也不会被视为同行互审。"

我们站在那儿等了几秒钟,什么也没发生。最后,安迪放下相机,对罗宾说:"好了,也许该去取车了,我们好……该死的!"安迪突然呆住了,瞪着我放下镉的地方愣了一下,然后慌乱地抓起数码单反相机,用拇指按下了"录制"键。刚刚好!

悄无声息地,无比顺滑地,卡尔的手就这样开始移动了。安迪录了两秒钟这样的动作后,卡尔的手就完全脱离了卡尔的身体,只发出了一声轻轻的"咔哒"声,便掉落到地面。惊呆了的人群爆发出惊叹的喊叫声,连我都叫了起来。不过,在最后呈现的视频里,去掉了我那特别的喊叫声,因为我们可不想吓着小朋友。

卡尔那只有餐盘那么大的手,击中了水泥地面,翻滚开去,手指接触到了地面,然后,就立起来开始飞跑!

我用了"飞跑"这个词是因为那是我能想到的最接近其动作的词。实际情况是卡尔的手把自己立了起来,五个手指站立着,飞快地掠过，快速地敲打着好莱坞星光大道上神圣的大理石地面，引起沿途观光者的阵阵尖叫和惊呼跳跃。我们身后的队伍瞬间解体了，人们纷纷冲过来看到底发生了什么，有的则出于害怕跑开了。

我们几个人完全惊呆了，站在那儿傻愣着，浪费了宝贵的几秒钟，不过我觉得这也很正常。然后米兰达就冲着追了出去，仅仅隔了一毫秒，安迪和我也追了出去。

我们在洛杉矶最繁忙的人行道上穿梭，就像警匪片里的嫌犯那样。我几乎撞翻了一个"楚巴卡"①，他正在和一对漂亮的中年夫妇摆拍。我瞥见那只手向右拐到奥林奇道，于是加快了脚步，更加确定这是真实发生的事情，好在离开星光大道不到一米远后，人流量减少了。

我飞奔过转角处，看见卡尔的手已在六米到九米开外，但是，难道它现在是在飞跃吗？它不再是一步步地小跑，而是在跳跃着大踏步地奔跑。安迪拐到奥林奇道时停了下来，拍了点我追卡尔的手的镜头，然后才跟了上来。

米兰达和我则一步都没有停。我们飞奔过奥林奇道上的各式停车场、酒店和公寓楼。我其实从来就不是个运动员，可米兰达却一点没有露出要减速的迹象，于是我只有拼命地跟上她。

奥林奇道的尽头与富兰克林大街相连，而米兰达和我都清楚地看到卡尔的手径直穿过富兰克林大街，跳过了一堵矮小的橙色

---

① 美国影片《星球大战》中的虚构人物，经典的大猩猩角色。

挡土墙。我跟着米兰达,离她只有几步之遥,跑上了一个又弯又陡的私家车道,来到了一个……他妈的城堡?

"什么?"我一边喘着粗气,一边嚷道,"该死的!"

虽然天色已晚,这栋建筑物依然光影灼灼。它的建筑细节让人叹为观止,居然还有角楼和假垛口。一路跑过公寓楼和商业中心到了这里之后,我突然有了种混乱的感觉,觉得卡尔会不会创造了一个入口,而我们已经被传送到了类似肤浅的《纳尼亚传奇》中描述的地方啊?我向后看了看,发现富兰克林大街还在那儿,一片川流不息的景象。

我判断我们依然处在真实的世界中,于是经过代客泊车的标识,走向一位穿无尾礼服的年轻男士。

"你刚才有看到一只很大的机械手跑过这儿吗?"我一边喘着气,一边开口问道。

"呃?"他回答道,仿佛才意识到我们是在跟他说话,"啊!是的!它刚跑进去了。"

"啥?"

"是这样的,它走上来,看起来想进去,我就让它进去了。虽然它的着装不太符合要求,但我们的规则既可以具体,也可以宽泛,而且我认为在面对一只自动手的情况下,破个例也是可以的。"他似乎一点都没觉得整件事很奇怪。

米兰达尝试着回应一下,"嗯,噢,我们……"却说不下去了。

"我们要进去。"我插嘴道。

这位男士,可能不到30岁,身着正式礼服,戴着白色手套,上下打量了我们一眼,然后问道:"请问你们是会员吗?"那语气就好像对答案已经了然于胸一样。

"呃,不是。不过,你既然都让一只机械手进了俱乐部,为啥不能让我们进去呢?"

"嗯,首先,你们并不是会员。其次,我说这话的意思也不是批评哈,你们的着装也不符合要求。"

"但是一只机械手就符合?"我大为惊奇地说道。

"我们没有关于机械手的规则。"

"这样,"我说,"能不能让我们迅速游览一圈?"

"你们是会员吗?"

"不是,我们还不是会员!"我回答道,已经失去耐心要发作了。

"我非常抱歉,我们……"

我一把推开了他。我的意思是说,我个头不大,但他也不是个真正意义上的保镖。这里显然也不是乱糟糟的酒吧,而是那种高档俱乐部,这个家伙也不习惯把人给扔出去吧。

我推开他,进了门,米兰达紧跟着我。我发现自己进入了一个小小的房间,四周镶着深色的木板,房间里摆有几棵小型的盆栽树,有不少书架,另有两个20岁出头的人站在桌子的后面。那位男士慌慌张张地跟了进来,说道:"妮卡,对不起,她们把我推开了!"他的语气中满是惊讶。

"有只机械手到这儿来了吗？"我语气坚定地问道，因为刚才的奔跑，依然喘着粗气。

"您好！我是妮卡，欢迎来到'魔术城堡'，请问你们是会员吗？"她的问题表明她不接受我们。

"魔术城堡？"

"魔术城堡，"妮卡回答道，"魔术艺术学院的俱乐部，只针对魔术师的会员制俱乐部。"

"这地儿是真的？"

她没有回答。

"这就是你们不觉得一只机械手走进来很奇怪的原因吗？"我问道。

"我们见过更怪的东西。"

我打定主意拿出一些电视节目中的手段，试图扭转局面。

"不管怎么说，一个大约25厘米的机械手在几分钟前到了这，我必须要找到它，这对我来说非常重要。"

"女士，恐怕我没有权利与非会员人士讨论我们的客户。而且，我们不能让您进入，因为这违反了我们的规定，这是显而易见的。谈话到此结束。"

我想的是上次硬闯都成功了，所以我开始推开她们，想往里闯，无论这个俱乐部有多奇葩，多怪异，多排他，可是我突然就意识到为什么这个小房间是如此的奇怪了。

"如果您想硬闯的话，"妮卡说道，"那您就试试吧！"她朝着这个没有任何其他门的房间,做了个手势。

"这是什么奇葩地方啊?"我几乎是在大叫了。我回头看了一眼米兰达,她眉头紧锁,看上去眉头都快痉挛了。

"这里是'魔术城堡',恐怕得请两位离开了。"

"好吧,你知道吗?就从你们这儿往好莱坞大道走,在街边有一座三米多高的不明来历的机器人。嗯,就在刚才,他的手掉下来了,然后就跑进你们俱乐部了。如果我不能进去,你能至少去找找看吗?"

妮卡终于看起来有点兴趣了,她说:"我们会的,但首先请两位离开。"

我们看了看这个没有其他门的房间,也没其他法子可想了,只好离开。

走出城堡,我拿出手机,它在我的口袋里已经嗡嗡作响好几分钟了,是安迪和罗宾打来的电话。我给他俩发了短信说我们在奥林奇道北段和富兰克林大街的交会处,因为我不想让他们在"魔术城堡"与我们会合,这听起来太怪了!

不到一分钟的工夫,他们就出现了。

我和米兰达先后钻进了罗宾的车。

"车里什么味道这么香?"

"我买了快闪[1]汉堡,"罗宾说,"我只有猜你们的喜好了。

---

[1]美国西海岸一家当地连锁快餐店。

我不是百分之百地确定你们是不是都吃肉，不过，如果有不吃肉的，我买的有动物风格薯条①。"

"你简直就是救世主！"我欢呼了起来，突然意识到自己好饿。

"我要薯条！"米兰达说道。显然，这位美丽的天才也是素食者，而罗宾这位帅哥的工作，本质上是为我服务的，他给我拿来了供素食者享用的薯条。

我心想，我该给玛雅发条短信，可我的腿上放着个双层起司堡，于是我打消了这个念头。

在罗宾开车送我们回酒店的途中，我们把吃的分了。路上，我和米兰达也把在"魔术城堡"遇到的怪事告诉了罗宾和安迪。

"我可以帮你们进去。"罗宾说。

"那究竟是个什么地方啊？"米兰达问道。

"只有魔术师才能成为会员，你们想进去的话，要么得是会员，要么得有会员给的贵宾卡。我明天应该可以弄到一张。"

"恐怕那就太迟了。而且，还有不少视频要编辑呢，我还有推文要发呢。"我取出手机。

　　@可能不是阿普丽尔：刚对好莱坞卡尔做了一个相
　当成功的实验。他的一只手脱开了，跑掉了！我知道这

---

①即在薯条上加入炸洋葱、奶酪和千岛酱的风格。

听起来很荒唐，但这就是真真切切发生的事情。我们拍了片子，一旦编辑完就上传。

@可能不是阿普丽尔：卡尔的手跑到了"魔术城堡"，那里的人因为我们穿的是休闲装而且又不是魔术师，就不让我们进！但是，我们又一次成功地与其中一个卡尔有了互动，而且好莱坞卡尔的右手现在擅离职守了！

没过多久，我就收到了80条推文，这80条推文都把我链接到美联社（AP）的一篇报道，标题是《卡尔的手在各大洲消失》。原来，这件事不仅仅发生在好莱坞卡尔的身上！在过去的一小时，每个卡尔的右手都不见了！报道只有短短几行，既没有提到这些手最后究竟去了哪儿，也没有任何图片或是视频显示在墨西哥城附近是否有奔跑的手之类的情况。当时，我们还没理解到其实只有一只手松开了。我们只知道每个卡尔，只要是被查看过的，现在都少了一只右手。

"啊！"我在车里大叫了起来，把安迪吓了一大跳，因为他已经睡着了。

"怎么了，阿普丽尔？"罗宾从驾驶座方向问道，满是关心。

"这件事比我们以为的还要大，美联社已经抢在我们前面了。"

新闻几乎就是这样，必须是抢先一步，而不是成为最好的，因为成为最好的要做更多的工作，于是乎，我感到很沮丧。我希望我的推文能像我的首个视频那样火,我想控制整个故事的节奏。关注数在迅速攀升,但要是我首先爆料的话,肯定会增长得更快。记者很快就会开始采访,所以说,至少我还是故事中的一分子,但这个故事就不是我的故事了,我也无法获得这个故事的全部价值,要是我刚才没有去追那只手而是直接开始发推文的话,我或许就能够获得这个故事的全部价值。

我估计,好莱坞卡尔的手跑掉的新闻会很快传开,但如果在六大洲的 64 个大都市,64 个卡尔的手都全部突然开始漫游的话,这件事就真的大了去了!而我们现在落后了!我感到害怕,感到挫败,我甚至都不知道我在追赶什么。

"安迪,把相机拿出来,我们拍个结尾,现在就上传。罗宾,你现在能在附近找到一个可以快速上网的地儿吗?"

"不能。"罗宾说道。

"什么?"我惊呼道,简直无法相信,难道?居然?还有罗宾做不到的事情!

"你没必要那样做。写个结尾,今晚拍出来,但不要今晚上传。让媒体发疯去吧!如果你现在上传,你会被淹没的。在那台相机里,你已经有了重大新闻了,但新闻界今天已经有新闻了,我们就留着明天或者后面……"

"他们会再度渴望。"米兰达说道。

"是的,没错。"罗宾答道。

"但我已经发了相关的推文了。"我说道,不太确定我到底是发得太早了，还是太晚了。

"那你就会收到很多的媒体约访，在视频上传前，我们不用理会他们，这样大家会更兴奋，更想看到。"罗宾说。

安迪补充道："这个计划不错，因为这也意味着至少有整整四个小时，我都不用疯掉了。我可以在飞机上编辑，现在就可以去睡觉了。"然后，他还很嫌弃又懒洋洋地补了一句："司机先生，麻烦你把我送到我的无意识区，远离这个疯女人。"随后他就把头靠在了车窗上。

"安迪，我们现在正处于历史的十字关头。"我说道，一边越过前座看向安迪，一边竭力展现出美式赫敏·格兰杰的腔调。

"阿普丽尔，我正处于暴力的十字关头。"他说，连眼睛都没睁开。

"十字关头到底是什么呢？"米兰达问。

"或许就像是十字架的中心？肯定是跟十字架有关的事。"罗宾猜测道。

"伙伴们，我们做到了，"我说道，"而我们正在这样做！"

我们在车里互相望了望，我们每个人都不到25岁，我们的车行驶在圣塔莫尼卡大道上，我们正在策划新闻策略，去怎样公布我们与外星人的首次接触。

我们都有点神魂颠倒了，然后有人开始咯咯笑了起来。几秒之内，每个人都笑了起来，笑整件事的荒唐，笑这个夜晚，笑这几个星期发生的事，笑这件事竟然是我们做的这样的事实。我们本来无权承担这样的角色，但现在我们正在承担这样的角色。笑声中，有大喊大叫声，有盖子打开又关上的声音，还有小拳头捶打的声音，而安迪也终于从昏昏沉沉的状态中清醒了过来，脸上绽放出了笑容。

等每个人的脸颊都笑疼了，我们又重新梳理了整晚的内容，随后，我点开笔记应用程序，开始写起剧本来，在回酒店的路上一直都在写，而安迪和米兰达则睡着了，米兰达的头懒懒地靠在安迪的肩上。

"我们一路追赶好莱坞卡尔的手到了奥林奇道，进入了'魔术城堡'。那是一家魔术师俱乐部，但里面的人不让我们进。不过，那儿的人确实说看到那只手进了俱乐部。看上去我们对'佛莱迪·摩克瑞序列'的理解是正确的，在我们向卡尔提供了铟或碘，或是两样都有关系的状况下，导致了卡尔的手脱离开来，然后独自在洛杉矶城内移动起来。我们不知道那只手现在身在何处。现在很明显，各大洲每个卡尔的右手都没了，但只有'好莱坞卡尔的手'是在众目睽睽之下跑掉了，而不少视频显示其他卡尔的手只不过是在同一时间消失了。我们不知道这意味着什么，老实说，我们也不知道我们做了什么。只是他们问我们要材料，我们就给了。现在有一个念头浮现在我的脑海（我居然花了这么长的时间才有了这个想法，其实是因为我一直在努力不让自己这样去想），今天，我们代表全人类采取了一系列行动，也许，我们本该先请求某种许可的……或者该让政府来决定这样的行动是否正确。可是我没有。我没有想到我们实验的结果会如此重要或是重大。但我没有理由认为，在现阶段卡尔是不友善的……嗯，也许他们也是非常、非常奇怪的。"

视频的结尾就是这样。我看了看车的后座，看到米兰达的头靠在安迪的肩膀上。我心想，看起来我们这样做是对的，所以，在离酒店还有最后5分钟的车程里，我睡着了，那是我第一次进入梦境。

我身处一间高级办公室的大厅，整个环境闪亮簇新，到处都在发光，但没有窗户，墙上贴了木板，地上铺着灰色的地毯。我听到有音乐在放，但没听出来是什么曲子。大厅里没有其他人，只有前台处立着一个小机器人。其实也不小，有一般人那么高。相比卡尔，它看上去造型更顺滑，线条更流畅，呈蓝白两色，完全没有采用铬合金。它看上去没什么危险，所以我朝它走了过去。

"您好！"机器人发出流利的男声。

"你好！我是来见卡尔的。"我说道。

"您有密码吗？"桌后的机器人问道。

"没有。"我充满疑惑地回答道。

然后我就醒了，发觉已经到酒店了。我还睡得不省人事时，他们就已经开始讨论了。米兰达需要一个过夜的地方，罗宾提出在我们住的酒店给她开个房间，省得开车四处找了。安迪和我的航班6小时后起飞，所以我们实际上有整整4小时可以睡在真正的床上！我们现在的状态如行尸走肉一般，其中以安迪和我更甚。在我们等米兰达办理入住手续的时候，安迪一直在哼着一曲怪怪的小调。那曲子听起来很熟，可我就是想不起来。

我们一起乘电梯上楼，米兰达也在哼安迪那个怪怪的小调。

"天哪，这是什么歌啊？听起来这么熟，而且你们两个都在哼。"我对米兰达和安迪说道。

"嗯。"安迪勉强回答了一个字。

"对不起，我都没有意识到我在哼。"米兰达睡眼惺忪地回答道。

我看了看罗宾，心想他很擅长解决问题。可是他说："对不起，阿普丽尔，这首歌我不熟。"

我们四个人走向各自的房间。

我没有脱衣服，而是拿出了手机。我看到了如潮水般涌来的推文。我发了那只手的帖子后，有1万多名粉丝加了我。我甚至没有跟他们去互动，我没有去了解我的受众，我只是看着那个数字在增长。我的手机在我的手中像是有9斤重，我都快睡着了，可我意识到我一直都还没有看脸书，还没有看邮箱。我把推文复制了，同样发在脸书上，看着帖子的阅读量在不断上涨。其他地区的受众似乎完全不知道这个情形，帖子的阅读量像在推特上一样暴涨。我查了一下邮箱，告诉父母明天打电话给他们。然后我在脸书和推特之间来回切换，看看有没有什么新闻，看看人们都在对我说些什么（以及说我什么）。我的手机响了一下，是玛雅发来的短信。"我猜，明天见？"短信上写道。我太累了，感觉回复的话又会有一出戏，可我现在还不想应付这些。我把短信滑走，然后不停地在手机上点开滑走，点开滑走，直到最后，我的意识向睡意屈服。

我又身处那个闪亮的办公室大厅，有音乐在播放，机器人候在前台的桌后，我走向它。"您好！"它再次打招呼道。

"嗨，你能跟我聊一下你自己吗？"我打趣道，希望能够和它对上话来。

"您有密码吗？"它问道。

"没有，不过……"

然后我就醒了，但至少现在我知道安迪哼的那首歌是从哪里来的了：就是梦中大厅里放的那首。听上去有点像用60年代流行歌曲做的电梯音乐，像是《这并非不寻常》[①]，但又不是。这首曲子百分之百地钻进了我脑子里，在不停地循环播放，估计在接下来的六个月，都会在我的脑海里回荡。

我想，在车上的时候，我一定唱过这首歌。所以，米兰达和安迪就听到了，我把这首曲子也嵌到他们的脑子里去了。

我从来没有做过同一个梦。当然，我反复做过整学期都不去上课然后就要考试的梦，但是每个人都做过这样的梦啊。这是我

[①] 20世纪60年代英国歌手汤姆·琼斯的热门歌曲。

第一次记得做了一个和以前一模一样的梦。

但即便我有一点点认识到这有点古怪,但也没有足够的理由坚持到不接着睡,然后我很快又睡着了。

然而,你知道我没做什么吗?我没有打开手机查看短信。如果我看了,就会看到玛雅在过去 24 小时内发给我的这些信息:

阿普丽尔 2:00:"我想聊点事。"

玛雅 9:52:"怎么了,亲爱的。"

玛雅 12:12:"阿普丽尔?"

玛雅 19:02:"你还好吗?"

玛雅 21:30:"闹着玩吗?"

玛雅 0:12:"我猜,明天见?"

第二天早晨,我甚至都没看到米兰达。颇有些英雄气概的罗宾在大厅迎候我们,然后动用了一个车队,一路护驾把我们送到了机场,一直送过机场安检,等我们登机时,我才意识到他已经买了这次即将起飞的航班的一张剩余机票,打算和我们一起飞回纽约。而且,他不知道用了什么办法,把我和安迪升到了头等舱。

"你昨晚睡了吗?"我们在可部分平放的高档座位上坐下后,我问他道。

"没有，有好多邮件要发。你会想要签份出书协议的。"他突然加了一句。

"为什么？"

"这会有助于你影响公众舆论。你的每位读者都会更倾向于站在你这一边。现有的媒介中，书是最有力量的。人们愿意花费数小时去看一本书。而且，人们依然愿意买书。"

"我的油管视频已经在赚钱了。"我一边刷推特，一边说道。人们都要疯了。我控制不住自己，于是开始写一篇推文："视频正在编辑中，今天稍后发布。非常离奇！非常激动人心！"

我打字的时候，罗宾继续说道：你的油管视频赚得太少了。每个看视频的人挣来一分，然后你才赚了其中的一丁点。我敢打赌，通过我们，买你书的人，每个人你可以赚五美元以上。

我的耳朵一下子就竖起来了。"那你认为会有多少人买我的书呢？"

"几十万吧，"他顿了一下，然后说道，"还是保守估计。"

"我想要签出书协议，"我告诉他，"我还在想，我要在卡尔所在的街区弄套公寓。"

"噢！这主意不错！我喜欢！这样你就可以监控他，随时知道他的情况。我可以去了解一下。对公寓有什么要求吗？"

"什么要求？"

"比如说，价格区间、风格啊……"他停顿了一下，"几间卧室之类的？"

哦，对呀。

"玛雅和我，"我对罗宾说，"是有点怪，我们是室友，也在约会，但我们还没有到'同居'的程度。我们开始约会的时候，已经住在一起了。"

"这就棘手了。"罗宾回答道。

"呃，那你的建议呢。"

"我不知道是否能给你什么建议。我知道的是在接下来的数周、数月里，你的生活会变得非常复杂，你不会有时间做其他事情的。但我也知道有一个你关心的人和关心你的人，可能有助于你与现实相连。"

"我每次在脑海里想象这个画面的时候……就无法想象要求玛雅搬来与我同住。就像是去想象丢下一美分，让它穿过一块铅砖一样。我的脑子根本想不出来。"

"你无法想象一件事，并不意味着你不能去做这件事。"他说道。

"这建议听起来不错。"可这个念头依旧让我的大脑很受伤，我感到筋疲力尽。

"那要几个卧室呢？"罗宾问道。

"呃，我想想，两个吧。"这样我有更多选择，然后我差不多是立刻就睡着了。

当然，我马上就再次进入了梦境。同样，当时我没怎么多想。

你可能认为安迪和我还没搞懂这个梦的含义，这挺奇怪的，但这个梦这么无聊，而通常来讲，即便是向其他人谈论还比较有趣的梦，都是件超级沉闷的事。我是不管怎样都尽量不这么做，因为其他人对我这样做的时候，我真是厌烦透了。而且，安迪和我那天的对话，可能总共就四个词。

我和罗宾确实聊得多一点，可罗宾到目前为止还没睡过觉呢。所以，即便他现在脑子里基本上肯定有这个梦的概念了，他也无法懂得。不过，他很快就会知道很多，就像那架飞机上至少一半的乘客一样，就像不少在机场与我互动的其他人一样。

你可以继续将这件事添加到我的成就单中：阿普丽尔·梅，曾经的宠物侦探，挤奶设备事业的女继承人，与外星人"首次接触"行动的发起者，视频博主，已知的首位且唯一的传染性梦的零号病人。还有就是，一个糟糕的女友。

第 八 章

到了 23 岁的年纪，我已经是脱离恋爱关系的高手了。如果你也喜欢全然超脱于他人的爱，只因为内心深处，潜意识里有一些你意识不到，甚至不确定是否存在的恐惧，那这里我给你一些小窍门。

1. 如果你平常厮混的某个人对你喊出了一个过于亲密的爱称，那你就加倍甜蜜地回应。例如：

"宝贝儿，把遥控器递给我，好吗？"

"喏，给你……小可爱。"

2. 如果对话的方向可能导致你们之间的关系成为"恋爱关系"，那就不要按对话的常理回应。例如：

"你有没有觉得我们这样会……"

"我要做世界上最强之人，前无古人，后无来者。"

"你是在唱《精灵宝可梦》的主题曲吗？"

3. 随时准备着，残忍地与你在意的、比氧气更必需的人保持距离。例如：

"对了，阿普丽尔，我妈妈要到家里来哦。"

"酷！"

"你要不要见见她呢？"

"我住在这儿，不是吗？"

本质来讲，就是想尽一切办法插科打诨，不要让对方与自己的联系太过紧密，不要让对方对自己有太多欣赏。因为，在内心深处，你是如此地讨厌自己，你都无法想象有谁会真的想和你在一起。我的意思是说，如果他们喜欢你的话，他们一定是有毛病吧？

如果你熟悉了视频和社交媒体上的阿普丽尔·梅，这对你来说可能挺不可思议的，因为在视频和社交媒体上的阿普丽尔·梅总是那么自信、清晰、自在，表现得如此自信的人内心深处怎么会缺乏安全感呢？好吧，如果我不是这么没有安全感，我就不会有机会或倾向于把生命中的每一天都花在把自己打造得看似自信上了。

在我的罗曼蒂克史中，我与玛雅的关系算是持续时间最长的了。我觉得可能是因为她是一个不错的室友和同学，我才没有把我俩的关系彻底搞砸，不过有好几次，我都有这个冲动。但我俩的关系够稳固，大多数情况是因为玛雅清楚我总调侃她对我的感情，其实是因为我嫌弃自己，而不是她。

玛雅是一位美貌和智慧兼具的女性，和她相处这么久后，我偶尔会想象一下拥有她或缺少了她的生活会是什么样的,这让我意识到我对她的感情有多么深刻和炽热。一想到我得告诉玛雅最近发生的事情,一想到那么复杂的感受,我就想落荒而逃,就像是后面有一条大蟒蛇在追着我一样。我知道我想让她把话说透,又担心她会对我失望,既想知道她到底是怎么想的,又明白她真的很懂我,我真是无比恐惧,那感觉就像是担心一条 21 米长的大蟒蛇想狠狠地拥抱我一样。

我现在说了这么多就好像我当时知道得一清二楚一样,其实并没有。我只知道,她没接那通电话之后,我就越来越不敢想象一旦我们最终对上话,会是怎样的一副光景。我现在告诉大家这些,是因为我不想让你们讨厌我。也许过不了几页,你们就会开始讨厌我,所以我要让你们全面地了解我内心的动荡,这样你们会少讨厌我一些。

我回到家的时候,公寓很干净,比我前一阵看到的时候更干净。

"哇喔,你变成我妈了吗?"我朝着空空的客厅大喊,我知道玛雅一定在房间里的某个角落。

"阿普丽尔!天哪,终于看到你了!我担心死了!"她叫道,从卧室里走了出来。她穿着一件神奇女侠式的无袖背心,下面穿着格子图案的睡裤。

"担心?你真的变成我妈了吗?"我开玩笑地傻笑道,但又觉得有点不像是玩笑。

"从你说有点事想告诉我之后,就再也没有发信息给我了。你可以想象得到这会让一个女生有些焦虑的。"她确实看起来挺担心的,甚至比我想象的还要担心。

这让我同时想起两件事来。第一件事是她或许以为要分手呢。第二件事是事实上的确会是分手哦,真正的分手,比我以前经历过的分手还要重大。我怎么走了那么远啊?

我惊慌失措。

"嗯,有些事我们需要谈一谈。"可这并没有减轻她的焦虑,我突然意识到我们的方向已经错了,我继续说,"我的洛杉矶之旅发生了不少大事!"

"你听说了卡尔的右手全消失了吗?"

我不得不笑了起来。"是的,没错,不过,也不全是。"我才在推特上看到一段视频,在视频中,东京卡尔的手消失了,把一位在场的游客给吓得张大了嘴。手并没有掉下来,也没有像好莱坞卡尔的手那样跑掉,就只是消失了。关于其他卡尔的视频,也显示的是手没有跑掉,而只是消失了。只有好莱坞卡尔是个例外。我把这个解释给玛雅听,同时又有点惊奇的是她竟然没有关注我的推特或脸书账号。

然后我告诉了她,好莱坞卡尔的手跑掉的时候,我就在现场。

"哦,上帝啊,你当然在那儿!"她的眼睛亮了起来。

"玛雅,发生了太多的事了。嗯……"要说出来真的挺难的,

"卡尔很有可能来自外太空，安迪和我……"

"卡尔是啥？"

"他可能来自外太空，就是，不是地球上的，是电影《E. T. 外星人》里的那种外星人。"我等了一下看有没有必要继续解释，而玛雅什么都没有说，于是我开始扯回其他的话题，"我们已经拍了……"

她再次打断我："请继续说外星人的事！"

"呃，好吧，没错，我们解开了那个序列。更确切地说，是米兰达解开的。"

"米兰达是谁？"

"她是伯克利分校的一位研究生，写信告诉我卡尔的物理特性。我把序列的事告诉她了，然后她用了大概 6 分钟就把这个谜给解了，太神奇了！"

玛雅听到这个消息可不太开心。我一点一点解释给她听，尽量不要描述得像是我又交了一个新女友一样。

"卡尔的材料，表现出的方式，与周围环境互动的方式，都说不通，都不可能。卡尔太不可思议了，可他就在那里，守着红辣椒墨西哥烤肉店，所以结论就是：他不是人类创造的。"

"然后呢？"

"然后米兰达发现卡尔是来要化学元素的，I、Am、U 是碘、镅和铀。"

"铀？"

"是的,大多数人听到都是这个反应。不管怎样,我们给了卡尔一些碘和锅,然后他的手就脱开了,然后就跑掉了,天哪,我为什么要告诉你这个故事而不是让你直接看视频啊?安迪马上就会把视频播出了。"

我登录油管账户,给她看了视频,很快这个视频就会成为频道中我们的第三个视频了。看完后,她转过头来对我说:"她挺可爱的哈。"

哦,该来的马上就来了。我在脑海里快速搜索米兰达的不足,我能说点什么又不像是假话呢,好让玛雅没有那么有危机感。

"是啊,不过她怪怪的。"我能做的也就是这样了。

接着是漫长的沉默。在这段时间中,我真希望我们能回到更保险的话题,比如我怎么在纽约街头发现了一个真正的外星人,怎样拍了些他的视频,怎样成为与外太空接触实际意义上的使者之类的。

"你会很快将这个视频公开吗?"

"会啊!没有人拍到了那只手独自移动的镜头,只有我们!而且,我们是唯一知道这件事怎么发生,为什么会发生的人!还没有人知道关于序列的事呢!就像你说的:现在,我不仅仅是发现这个序列的人,我还是解开这个序列的人!"

她得到了她想要的答案,所以至少我可以合情合理地把过错推给她一点点。

"你知道你这样做的话,会发生什么吗?"她的脸板得像一块石头。

"我获得了一个平台?我会在人们需要的时候,传递简单正向的信息?这和广告的区别不大,安迪知道关键就是要了解社交媒体。"

"安迪。所以这是安迪的主意。"这句话听起来可不像是个问句。

"别傻了,安迪都没办法让我换个电灯泡。这是我的主意,从头到尾都是。"

"阿普丽尔,"她在我的床边坐了下来,然后沉默良久,时间长得我都不自在了,她说,"你觉得这究竟意味着什么呢?"

她说这句话的口气像是她比我更加知道这个问题的答案。不过的确如此,但这并没有让我讨厌这个答案。

"没人能有这样的机会,玛雅!没错,这会带来钱,但不仅仅是那样。我觉得我可以利用这个机会做一些有意义的事。"

我不知道我为什么从来没有觉得自己是一个很有价值的人,就是没有这样觉得过,而成为一个很有价值的人是我的原动力,是我存在的意义,玛雅比我更了解这一点。她知道把这个话题提出来不会有帮助,所以她之前都没有……提过。

"你认为你能够独自做成这件事吧。"再一次,这不是个疑问句。

于是,我跟她说了普特南,说了斯堪姆特先生,说了我已经有了一名助理,在帮我处理邮件。我没跟她说太多罗宾的情况,因为假使有人想赢得我的芳心,其实最有可能是罗宾,而不是米兰达。我有了经纪人,或许还要签一本出书协议,安迪和我已经在打造一个品牌,制订发布策略了。

"你有没有想过跟我谈这件事会是个好主意?"

如果是一个理智的人,那这一刻可能就是缓和气氛的最佳时机。对这样的人而言,从这个话题脱离开来是非常容易的。也许比较好的主意是在一些话题之间留出一些空间,比如"浩瀚宇宙中人类并不孤单""我要夺取权力用来做善事""我们的关系让我害怕"等。可是我想把这样的拌嘴转化成分手,"我们"这样的概念无法与"阿普丽尔·梅"这样的概念相匹敌,于是,我爆发了。

"这与你有什么关系呢?"我问道。

她着实惊呆了,站了起来,然后一动不动,身上还穿着睡衣,嘴巴张开不动了好几秒,才彻底意识到发生了什么。"哦,阿普丽尔,你混蛋!"

"什么啊?我们是室友,是朋友。第一天晚上,我给你发那条消息是因为我想要点建议,但是之后我们就陷入这件事了,所以我就想着我还是回来告诉你算了。"

"室友!很好啊!"

"说起这个,"我本来想就事论事的,可没想到说出来的时候,声音既做作又颤抖,"我在想,为了这个报道,如果我搬去曼哈顿会更有帮助些。罗宾找到了一间公寓,从房间窗户往下看的话,正对着纽约卡尔。"

"罗宾？"

"我的助理。"

"为你找到了一个新地方，"这句话说出来像在喷火一样，"我猜只有一间卧室吧？"

"玛雅，我们只是室友啊。"

接着是一阵沉默。她的情感，哦，在四周弥漫。气愤、痛苦、失望，特别是对我的失望，而不是对处境的失望。我感受到的是她一点也不惊奇，是的，我现在的样子和她预料的一模一样。

所有这些强烈的情感，演化成了悲伤。玛雅转身走开的时候，很明显已经开始哭了，她朝着自己的卧室走去。走到门口时，她转过身来，眼睛已经肿了，轻轻说道："哦，上帝，阿普丽尔，你真的不知道你在干什么吗？你不知道这样做真的意味着什么吗？你就是想找一批爱你的受众，而我是不够的。好吧，其实那样也是不够的，但我想，你可能需要自己去发现。"那是她第一次对我表达了"我爱你"的意思，或者说，至少是最接近的一次。以前，她知道如果她说了，我会抓狂的。

"我的分量是108斤，我是你见过的最可怕的东西。等你有胆的时候，给我打个电话！"她走出去，关了门。

现在回想起来，门关时，我能记起的唯一感受就是松了一口气。我伸手拿起了手机，开始查看推特。

上帝，我就是个蠢货！

第九章

  一个人的大部分特质，至少在某些方面，由这个人自身定义。有的人擅长踢足球，有的人甚为风趣，有的人通晓罗马史，有的人一头金发。有些特质需要努力才能获得，有些则与生俱来，但都是这个人独有的特征。

  名气却并非如此。

  想象一下，在人们的眼中，你的形象会是如此的不同。这并不是说有些人认为你长得还算漂亮，而是某个人看到你时，就像是看到了来自怀俄明州的老牛仔，年纪有65岁，还脚蹬长靴，戴着牛仔帽，满脸褶子，而对另一个人来说，则像是看到了身着棒球服的11岁女孩。对你来说，都不可控，你在他们眼中的形象与你过往的生活没有任何关系，甚至与你的基因组都没有丝毫关系。你完全不知道每个人看到你时所看到的是什么样子。

  名气就是这样。

  你可能认为这就像美，我们有时候说美只存在于懂得美的人的眼里。但事实上，我们无法判定我们是否够美。每个人的标准都是如此的不同，唯一能决定我是否漂亮的人就是那个看着我的人。但对于漂亮的定义，还是有一些共识。美是由人性和文化共同定义的属性。我照镜子的时候，能看到自己的眼睛、嘴唇和胸脯，我知道我长什么样。

名气却不是这样的。

一个人的名气存在于除这个人之外的每个人的脑海中。你在机场值机的时候，可能有 999 个人觉得你和人群中的另一张脸没什么两样，而第 1 千个或许就认为你比耶稣还出名。

如此就能想象，名气是多么的让人迷失方向。你永远不知道人们知道什么。你永远不知道有人看着你是因为你长得漂亮呢，还是因为你是校友，或者是这么些年来，看过你的视频，听过你的音乐，在杂志上读到过关于你的文章。你永远不知道他们是否认识你，是否爱你。更糟的是，你永远也不知道他们是否认识你，是否恨你。

所以，虽然我照着镜子知道自己长得好看，但也真的无法知道自己是否出名，因为每个人对你是否有名气的看法并不相同，就像是在一条宽广的光谱带上，你遇到的每一个人，给你打的分都不一样。

但奇怪的是，当你的名气达到某个点，也就是说你足够有名时，就算还有人从来没有听说过你，但他们是否认为你有名已无关紧要。一旦他们了解到你是位名人，就够他们上心的了，就够吸引他们的注意了，他们就会想要合影，想要签名，想要沾点光。

我记得还在念初中的时候，有一次在机场看到一群人围着一位男士请求合影，他看上去相当的有名，因为他戴着大大的太阳眼镜，手上一堆亮闪闪的戒指，还戴了两块表。于是我也走上前去，和他拍了一张合影。后来我才知道他是位音乐制作人，说唱过李尔·韦恩①的几首曲子。说实在的，我那时甚至连李尔·韦恩是谁都不知道。

相比大多数人，我有机会去对名气做更多的思考，可名气并不可以一概而论，对本地气象员和安吉丽娜·朱莉来说，情况可太不一样了。所以，我们就来看一看由阿普丽尔·梅构思的名气层级理论吧。

第一级：小范围受欢迎

你在高中或社区范围内够了不起。你有一项特别的本事，周围的人都清楚你的本事，比方说，你是一个大中型教堂的牧师，年少时曾经是高中橄榄球队的明星球员。

第二级：圈子里有名气

在某些圈子里，你的可识别度高，够知名。比方说，你是位杰出的鳞翅目昆虫学家，其他鳞翅目昆虫学家都把你当作偶像。

---

①美国说唱歌手。

或者说，你是一座中型城市的市长或气象学者。又或者说，你是存活于世的110万个名人之一，霸占着一个维基百科页面。

第三级：众人皆知

全世界有很多人都知道你。你在杂货店买东西的时候，很有可能会有一个素未谋面的人走上前来跟你打招呼。比方说，你是一位职业运动员，或是音乐人、作家、演员、主持人或网红。或许你依然需要东奔西走地讨生活，但名气就是你的任务。如果你挂了，可能在推特上就刷屏了。

第四级：真正有名

你很容易就会被粉丝认出来，这实在是个负担。人们未经你的许可就拍摄你的照片。如果你把自己称作名人，没人会笑话你。你跟某人开始约会，杂志上马上就会有报道，对此你不会觉得奇怪。比方说，你是一位表演艺术家，或是政客、主持人，或是演员，在你所属的国家，有很大一部分人都认识你。如果人们发现你与"他们其实一样"，有时候也要购买食物，就会真的感到奇怪，因为你的人设已经崩塌。你不再操心钱的事，但你绝对需要在你的私家车道上设一个配有对讲器的大门。

第五级：神一般的存在

全世界的每个人都认识你，你太了不起了，以至于人们都不把你当作一个人了。你的一生比其他任何人的一生都丰富多彩，即便你的凡尘肉体已然消逝，对你的纪念仍将连绵不绝。比方说，你是开国之父，是宗教开山鼻祖，是皇帝，是某种理念之父。你将永垂不朽！

如果你仔细查看这个层级，或许就会发现在每个名气等级，都涉及两种不同的属性：首先是认识你的人有多少；其次是人们对你的平均投入度是多少。宗教领袖追随者的投入度是五级，但人数却是一级的规模。以这样的方式思考名气，实实在在地帮我认识到出名意味着什么，让我理解了自己现处于哪个层级，帮我决定该如何对待名气。

在安迪和我上传了"纽约卡尔"的首个视频后，仅仅数周之内，我就蹿到了第三级。大部分纽约人依然无视我，不过在我接近主要的旅游景点时，会有一些自拍请求。曾经有位女士走上前来与我攀谈，就像我们原本是认识的朋友一样。在聊了大约 5 分钟后，我突然问她："我们以前认识吗？"了解后才知道原来她只是认出了我，就想当然地觉得我们彼此认识，而为了避免谈话尴尬，她竟然跟我聊起了孩子的新学校！顺便提一句，这个策略可真的不太好。

我赚了不少钱，都不知道拿这些钱干什么，但又不够在纽约或洛杉矶买套不错的房子，而且我的位置也是岌岌可危。鉴于卡尔事件的影响巨大,大概我还是能够不断地从第一部视频获得一些收入来维持生计,但在我们拜访好莱坞卡尔之前,我已经能够感觉到自己在快速地下跌至第二级——只是有点名气而已。很快,除了铁粉,或者更糟的是,只有历史学家才会关心我曾经是个人物,而其他所有人只是依稀记得我曾经是……某某人?好莱坞卡尔的视频改变了这一切,把我结结实实地推上了第四级,而第三级和第四级的区别,就大了去了。我想,算上乐队、艺术家、作家、政治家、主持人和演员等等的话,在美国可能有3万左右处于第三级的名人,而在任何给定的时间范围内,处于第四级的名流可能都不会超过500人。

自此之后,一切都会飞速发展。

我不再是一个怪兮兮的异类,我以很不一般的方式成为故事中的一分子。从此,一旦我想上个电视节目,詹妮弗·普特南马上就能搞定。人们期望聆听我的意见,而我的意见还真不少。魔术城堡成为"卡尔阴谋"的震中,而我成为更高级别的震中。城堡不得不放下身段,让调查人员进入,但没人找到那只手(更有可能,就算找到了,也没人说出来)。可我毕竟是个人,除非有犯罪嫌疑,否则联邦调查局是不能来搜查我的,而且关于这类情况的法律并不多。我们一直期望能听到一些官方消息,但是没有。

相反,在我的邮箱里,罗宾看到了从全世界各家新闻媒体发来的请求,希望能转发视频。他们现在可算是明白未经许可不能随便用了。罗宾就每份许可5千、1万、2.5万美元来收。他正在筹划一项媒体巡回推广活动，但在我们真的有东西需要推介之前，他还不想让我这么做。理想的情况是新书预售这样的活动，但得等我哪一天有时间写出来。

在油管、脸书和推特上的评论区，评论也迅速从一小撮友好支持的语言转变为可以想象得到的，声量最大的，最夸大其词的各式各样的意见评判。比如：我就是人类的叛徒！我太他妈操蛋了！我简直是个外星人！我简直是个操蛋至极的外星人！诸如此类的评论。

这肯定令人不爽，但与玛雅的分手恰在这个时候。那一晚，我与安迪去看了纽约卡尔。在场的每个人都认出了我们，所以我们再次得以插队，与人们一路自拍。现在，即便拍不到合影，人们也开始拍我的照片了。我觉得有点难为情，也许早上该更加精心地化化妆（我可是不化妆绝不出门的那种人）。但安迪就一点问题没有，他径直把器材架好，拍了几组人群和卡尔的特写镜头作为素材，而我则负责把人群吸引住。

我隐约感到，要不了多久，我们就没法毫无阻碍地接近卡尔了，所以我想尽可能多地积累些镜头素材。

"你还好吧？"我们回到安迪的住处导片的时候，安迪问我道。

"怎么啦？"

"呃，我就是注意到你并没有回家，而且似乎也没有告诉玛雅。"

"哦，是的，我们分手了。"我说这些话的感觉就像是在说那些陈芝麻烂谷子的事。"我在 23 街找了个新住处。"

他看着我，一开始很惊奇，然后又一副不奇怪的样子，说道："所以说，你就跟我出去拍了卡尔，和一堆陌生人拍了一千多张自拍，然后你还没事儿？"

"我想，还好吧？"我拼命让自己不去想那些难受的东西。

"这样做费不费劲？"

有那么一瞬间，我觉得他的意思可能是"做个混蛋费不费劲？"吓得我不敢回答。

但他接着说道："这么多，是我肯定做不了。人接着人，说同样的话，做同样的事。开开玩笑，永远精神抖擞，永远在状态中。"

"呃，不，老实说，不费劲。做起来挺顺畅，很好玩，就像做一项你擅长的运动。"

"你确实挺擅长的。而且，做得越来越好！"

他弄了一会儿电脑，然后说："你和玛雅这样了，我很难过。你想聊一聊的时候，就叫我。"

我再次想起我为什么喜欢安迪了。

"谢谢你！安迪。我不知道。生活一旦变怪了，再变怪一点，其实也没什么。"

他笑了一声，然后我们就开始看他电脑屏幕上我俩的画面了。

那一晚，我睡在安迪的住处，但这当然不是长久之计。我看得出来他明白我们不会勾搭上,他也没有给出他有这样的想法的任何信号,但如果我继续住下去的话,最终事情还是会变得怪怪的,然后我会失去我最好的朋友。这结论好怪!安迪·斯堪姆特,我最好的朋友。

我需要把东西从玛雅的住处搬出来。玛雅的工作还是朝九晚五,于是罗宾和我就在她上班时监督搬家工人把我的东西从旧的住处搬了出来,运到 23 街的新家里,这样我就不会遇到她。罗宾和詹妮弗·普特南两人都强烈建议我不要运营更多的媒体。他们想让人们集中在我能控制的媒介上,比如:我的脸书、推特、油管和 Instagram 账号上。这些媒介,不用我跑去各种卫星工作室或设置 Skype 就可以运营。他们让我确信,只要持续不断地发帖,关注人数就会上升,而且,还会让媒体更加如饥似渴地想要采访我。他们还在张罗一些事情,但接受访谈必须是高端杂志的长篇专题报道,而不是一些针对卡尔的短平快的访谈。

你要是没住在高楼林立的曼哈顿奇异世界,就感受不到我的新家有多么的拉风。简单来讲,你在曼哈顿的居住状况可以用你家里有几扇门来衡量。如果只有一扇门,一扇进出公寓的门,这就不理想,不过至少你没住在泽西①啊。如果有两扇门,也就是有入户门和浴室门的话,那就是奢侈啊!

罗宾给我找的公寓可是有六扇门。倘若再算上大衣柜的门,

---

① 泽西城在哈德逊河的西岸,与纽约市隔水相望。

加起来会一共有八扇！其中包括入户门、两间卧室各一扇门，两个浴室各一扇门，主卧到阳台还有一扇门。主卧有两个单独的步入式衣柜，它们加起来和玛雅的卧室差不多大。如果罗宾事先带我看了这套房，我是绝对不会让他租的，正因为如此，他并没有带我先看房，根本没管租金有多离谱，直接就签了租约，然后把地址发给了我。房间太大了！但让我真正无法拒绝的原因是那个阳台。假如我靠在栏杆上，一眼就可以俯瞰到街对面的卡尔。这样，我们就有绝佳的机会留意到路过的每一个人啦。

于是，问题来了。在熨斗区①租一个两居室的公寓，有24小时的门房、免费代客泊车，还配有健身房，我负担得起吗？呃……有点……

一夜成名就是：你知道名气就这么快地来了，你看得到所有合同上的各种数字，但其实你一分钱还没拿到。油管的分析页面非常具体，可以看到第一部视频帮我和安迪各自净赚了5万多美元。仅仅几天后，第二部视频的收益已经慢慢接近这一水平。各种出场费和授权许可费为我们两人都又挣了六位数。随着卡尔在新闻节目中的持续曝光，每一天，这个数字都在噌噌地往上涨，而且我们相信，还会涨一阵子呢。

但这些支票，没有一张实际交付了，或者更准确地说直接存进来了。这才没几周时间，而各家公司的付款周期显然有各种奇

---

①纽约市曼哈顿区的一个街区，得名于熨斗大厦，23街、百老汇和第五大道在此交会。

CHAPTER 9 第九章

葩的规定，合同上写有这样的条款，比如："在第一个满月后的六到八周内/或土星落在处女座时，而且要我们有意愿付款的时候。"于是，这就显示出有一个经纪人的另一个好处了。詹妮弗·普特南直接付了公寓的租金，达成的默契是从今后的支票里扣除这一金额。不管怎么说，她说这不值一提而且告诉我千万不要把这件事当人情，她这么一说，我越发觉得欠她个人情了，又一个人情。

我搬进公寓的那一晚，我确信是人生中第一次一个人睡，不仅是一个人睡在床上，而且是一个人睡在一套像家一样的房子里。不知怎么了，尽管有门房，有锁，周围环境也特别棒，我却发现自己很害怕。我从一个堆满了各式杂物、两个姑娘共处的小蜗居，搬到了一个空荡荡的、开放式的大卧室，而在超级大的起居室兼餐厅里，还有堆放起来的各式盒子。

23街已经不通机动车了，公寓房间的窗户不仅全新，还是双层玻璃的，所以，面临这么繁华的街道，房间却这么安静，挺诡异的。我一直热爱这座城市的喧嚣：喇叭声、引擎声、手提钻声、各种大嗓门声，凡此种种。我生长的环境并不是这样的，但在一座真正的大城市里睡下的第一晚，我就知道我会喜欢的。人群不经意的聒噪，对我而言，如奔流小溪旁的蟋鸣一般，让人放松。

公寓的空旷和安静更加深了我的印象：生而为人，我第一次独自一人睡在自己的家里。这迫使我意识到，当我极度地想要做自己的时候，我也想要有人在我的身边见证这一切。

噢，我至少还有手机，不是还有几十万人想谈论我吗。我在

Instagram 上分享了新家窗户的照片，让每个人都知道我搬进了一套公寓，就在卡尔的上方。我想，就算人们知道我在哪儿住也没有关系，因为我现在有门房。我想，也许我该打个电话给我的父母或者我的哥哥。我哥独居过一段时间，也许他能给我一些建议。然后，我便躺在床上，开始刷推特。我甚至都没有洗一下床单。搬家时，我就把床单扔进一个袋子里，和其他的东西放在一起，搬家工人把东西都运来后，我就把床单随手扔在了床垫上。我转到自己的页面，看了看有没有提到我的消息。几位知名的互联网创始人已经开始关注我了。然后，我的脸颊撞到了枕套的一角，我闻到了类似玛雅爱用的葡萄柚香波的味道，在寂静中我痛哭起来，直到最后陷入沉睡。

我又来到了梦中的大厅。一切依旧，音乐、接待桌、机器人、墙壁、地板，都与之前的一个样。只不过，这一次，我在想也许我可以让梦做得久一点。到目前为止，每一次我做这个梦，只要我与桌旁的机器人一说话，梦就结束了。所以，这一次，我径直走过机器人，走向了它背后的门。

我惊奇地发现门居然是开着的，也没有人来阻拦我，里面是一间时尚现代的办公室，不是互联网初创企业那样的办公室，也没有奇奇怪怪的艺术品或架子鼓之类的陈设，而是一些很好看的小隔间占据了大部分空间，远处的墙边是配有磨砂玻璃的会议室。

我看向窗外，发现在这座写字楼的周围，五花八门地耸立着各个时代的建筑，有棚屋、茅草房、风车房，还有殖民地时代的民居和赤褐色砂石建筑，但除了我身处的这座摩天大厦，没有其他的高楼。这片土地山地绵延，有许多建筑的风格，我都辨认不出来。

我转过身，向其中一个格子间走去。这个格子间的桌上，摆放有一个平板显示器、键盘和鼠标，但没有看到连接线。我坐到椅子上，动了一下鼠标，屏幕瞬间亮了。在这个纯白色的桌面上，只出现了一个图标，写着"游戏"。

我用鼠标点击这个图标，出现了一个图像，是一个 6×4 的网格，网格中的其中一个方块是红色的。我关掉图像，然后又打开。

我尝试了几组键盘快捷键，但电脑都没有任何反应，唯一成功的操作就是能打开那个图像。我仔细检查了桌子，拿起了键盘和鼠标，又看了看桌椅下方，没看出什么反常的东西。

我走到另一个格子间，重复了同样的操作。我打开的五台电脑上都出现了那张标有"游戏"的图像。这简直是有史以来最无聊的梦了。但我接着试，在我打开的第六台电脑上，图像终于不同了。网格还是一样的，但在这张图像上，有一个方块有了颜色，这一次是蓝色。我去到另一张桌子，同样的，两个方块有颜色。我回到第一张桌子，那里显示的图像也有红色和蓝色的方块了。

我坐回椅子。其实这个是有规律的，可我当时没有注意到。我在做梦，可意识和体验却是如此清醒，而我竟然也没有觉得奇怪。在梦境里，我真的从来没有觉得奇怪过。我醒来后会觉得奇怪，可在梦境里时,却从未觉得。

不管怎样,我放弃了。我断定这个梦太傻了,我想结束这个梦,想醒过来。以前,我与大厅那个机器人一说话就会醒,于是,我开始往回走。在快到门口的时候,我回头最后看了一眼这个房间,然后我就发现:

格子间就是按 6×4 布置的。

从门口望去,一目了然。网格指示了我下一步该去的桌子的位置。从显示红色块的桌子看过去,方向一目了然,于是我径直走到代表蓝色块的那张桌子旁。可不是,一个橙色块出现了,我走到橙色块的桌子旁,紫色块出现了,接着是绿色块、粉色块、红色块。很快,几乎每张桌子我都去到了,只有一张除外。

我坐到了这张桌子旁,以为或许会发生一些神奇的事情。可什么都没有发生,我只是打开了一个文件,这次没有出现网格,而是一条短语:"时尚郁金香男。"

我差不多是跑到了前台。我会遇到卡尔吗?桌旁的机器人会给我个大奖吗?难道我通过了"佛莱迪·摩克瑞序列"的首个考验,就为了马上对付另一个测试?

"您好!"我靠近时,机器人说道。

"你好!是这样的,"我脱口而出,"我是来见卡尔的。"

"您有密码吗?"

"时尚郁金香男。"

然后,我居然就醒了!我感到异常愤怒!这当然是个没什么价值的梦，可凭什么它就该有价值呢？这就是个梦而已。我身心俱疲。我的生活已经里里外外、上上下下，全都颠倒了，我五味杂陈，品味着各种拼接和重塑。我当然还会做奇奇怪怪的各种梦，除此之外，我还在哼一首该死的歌。只不过，现在有歌词了："67645F004D6174。"

我一直哼着这首歌，慢慢睡着了，虽然知道这很荒唐，但实在太累，太过失望，就难以在意了。

第二天一早，联邦政府宣布将对全美国所有卡尔所在的区域限制出入，理由是对公众健康或有隐患，但措辞很模糊。所以，这一整条街都将限制进出了。同时，联邦政府将向因此而受损的所有商户支付补偿金。只有居住在该街区的人（包含我，噢耶！）才允许进出。

不过，政府并没有确认卡尔是外星人。

但是，这一消息宣布后，引发了一大波猜测。鉴于我有着最接近于卡尔专家这样的身份，所以，我的每次发帖都会得到空前的关注，即便我发的是对这一形势并不太有意义的观点。我表现得很平静，也曾精心地暗示我知道的比大家都多，但即便如此，在那一刻，我还是说漏了不少，泄露了我最爱的、最害怕的秘密。这里给大家一个建议：如果你有这样的秘密，可得要比我更加谨言慎行。

但另一方面，我突然就知道了更多的秘密。

一天早上，罗宾过来说服我成立一家公司。成立公司就会涉及税费、债务、保险和抵押，而我十分讨厌这一切。我一直压着嗓子在哼唱，尽量让自己不要去想其他的事。罗宾突然不说话了，就盯着我，仿佛看到我的皮肤变紫了一样。

"你从哪儿听到这首歌的？"罗宾问道。这可不是他的风格。他总是努力让我们之间的关系保持为一种职业关系，所以当他突然问我一个与工作无关的问题时，我有点吃惊。

"想听真话？我觉得是在梦里学会的。挺离奇的，对吧？"

如果说之前我的皮肤可能变紫了，那现在罗宾看我的眼神就像是我的皮肤变成岩浆了。

"你还好吧？"

"可以多说一点那个梦吗？"

"呃，没错，是挺离奇的。我在不同的时间里，做过四次这样的梦了。我身处一个既高级又奇怪的写字楼的大厅里……"

然后他就替我把话接完了："……那儿有一个机器人接待员，有一首奇奇怪怪但朗朗上口的歌，在一直播放着，就是你刚才唱的那首。"

"你怎么知道的？"

"阿普丽尔，这个梦，我也做了好些天了。每次我想跟机器人说点什么……"

然后我就替他把话说完了："它就问你要密码，如果你没有，就醒了。"

"如果你没有？"

"对啊！"我兴奋起来，原来我知道的比罗宾多。"在梦里，我解了一个谜题，得到了一个密码。我就去了接待员那里，离开的时候唱着'67645F004D6174'。"

"这是……"他不用把话说完，我忽然懂了。

"安迪和米兰达！"我大叫了起来。

"什么？"

"我们在洛杉矶那晚，安迪哼的就是这首歌。"我一边说，一边掏出手机打电话。铃声响了两下之后，安迪接了电话。

"阿普丽尔。"他应道。

"别挂，我马上把米兰达加进来。"我把米兰达加入到三方通话中。

"喂？"米兰达接了电话。

"嗨，伙伴们，你们有没有做过这样的一个梦，在梦中，你出现在一个高级写字楼的大厅里，那儿有一个机器人接待员问你要密码，然后一直有一首朗朗上口的抒情歌曲在播放着？"

大家一阵沉默。

"这事儿……"米兰达说。

然后，短短几秒过后，安迪说："阿普丽尔……"

他们思考的时候，我什么也没说。

"该死的。"安迪最后说了句。

"所以说，你们两个都做过这样的梦。"

"是的。"他俩异口同声地回答。

接着又是一阵长长的沉默，而我的情绪在令人眩晕的激动和恐惧之间拉扯。

"我开了免提，罗宾在我旁边，他也做过这样的梦。在梦中，你们中有人探索过接待区以外的地方吗？"

他们都没有。于是，我把那个谜题告诉给了他们，还有那串奇怪的字母和数字。

"我突然特别，特别想去睡觉了。"安迪说。

"阿普丽尔，你能重复一遍那个代码吗？"透过手机的扬声器，米兰达的声音听起来细细的。

"67645F004D6174。"这串数字在我的脑海里嵌得如此之深，我简直是脱口而出，没有半点停顿。

"像是十六进制。"

"哦，那是什么？"罗宾问道。

"是一种逢16进1的进位制。一般来讲，我们的数字是以十为基础的，而16进制是以十六为基础的。计算机编程中，16以内的数都由不同的符号代表。也就是，0, 1, 2, 3, 4, 5, 6, 7, 8, 9, A, B, C, D, E, F。"

"那是什么？"我问道。

"要解释起来不是那么容易，"她回应道，"十六进制是计算机中一种非常基础的表示数据的方法。因为16是2的四次方，而计算机的工作原理是二进制，所以这种方法比较好。"

"还是不懂，但我们相信你。"安迪说道。

"好了，我想最最重要的问题是：是不是只有我们？"我问道。

"我们中谁最累？"罗宾问道。

"可能是阿普丽尔吧。"米兰达说道。与此同时，安迪说道："是阿普丽尔。"我应道："是我吗？"

"好吧，我刚问的这个问题可能有点蠢。阿普丽尔，你能去睡觉吗？"

"能，几乎总能睡。"

"好的，那就是你的活儿。看看你能发现什么。我们其他人呢，就去调查一下，看看是不是还有谁也在做这样的梦，而这个梦到底意味着什么。这简直太不可能了。"

"我也觉得太不可能了。"米兰达说道。

"可不是！"安迪补了一句。

"好啦，我准备睡觉去啦！祝你们好运！"

我读中学的时候，通过帮别人找回走丢的宠物来赚一些外快。我家住在北加利福尼亚州的一个小镇上，镇上大约有5万人口，其中大多数家庭相距几公里。我在动物保护协会做志愿者的时候，就开始干这种活了。我会帮人遛狗，喷洒笼子，清理屎盆，与动物"社交"（玩耍）。这份工作挺不错的，就是没薪水。

时不时地，会有猫狗出现在动物庇护所，然后在一天之内，就会有人打电话过来询问。帮宠物找到主人，那种感觉十分美妙。但也接到过不少电话，询问的宠物并不在我们这里，这就让我非常难受。动物庇护所的员工建议我不要太过投入，但一想到有只主人心爱的动物走丢了，蜷缩在陌生的门廊下，可能受了伤或是生了病，但几乎可以肯定的是，它心里充满了害怕，一想到这些，我就特别难受。然后，主人家，特别是主人家的孩子们就会参与进来。他们会不惜一切代价，包括悬赏，也要找回自家的宠物。

宠物侦探听起来绝对像是个假活儿，可当我在网上搜索一番后，发现还真有人干这一行。我给其中的几位发了邮件，声称在做学校的一个项目，然后采访了他们，了解了这一行当的更多细节。有一位女士相当的坦诚，她告诉我说，专业宠物侦探的奥妙在于，不管你找没找到宠物，都会有报酬，如果你碰巧找到了已经死去的宠物，那更是肯定会得到报酬。显然，这种情况很常见。宠物有可能被捉了，被卡住了，被饿死了，有可能误入用于捉浣熊或狐狸的陷阱了，更有可能的是，遭车撞了。

我那时才 14 岁，所以我的薪水不是按天或是其他什么标准计算的，但我总是会打电话去告诉主人家我在帮他们找，同时确认是不是不管我找到的是活的，还是死的，都能得到奖赏。

大多数情况下，这个活儿都挺无聊的。先得尽可能多地了解宠物的信息，它有什么习性，害怕什么，然后就得走上各种繁忙的街道，并期盼不会发现最坏的结果。

大部分案子都挺无聊的，偶尔也有成功找到还活着的宠物的情况，那种回报比获得 200 美元的奖赏更有价值。虽然，200 美元的奖赏对我而言显然不是个小数目，但也有几例案子实际上非常有趣，在这几例中，各种线索交织，人物稀奇古怪，还穿插有真实的人性演绎。此外，多了解一些主人家的情况，也是非常重要的。在宠物丢失案中，有惊人数量的宠物实际上是被偷了，往往是朋友或是家庭成员，出于某种报复而偷了宠物。

其中最奇特的一例历时数月之久。我有九成确定安德里亚·范德女士的缅因猫"苦药"就是有一天走远了，然后就又找了一个主人家。常在户外玩耍的猫，有时候就会这样。如果它们发现了更喜欢的主人，就不回原来的家了。再说，安德里亚·范德也并不是一个特别讨人喜欢的人。假如我是只猫，说不定也会另找东家。我在方圆 800 米的区域内，挨家挨户地敲门，依然没有找到"苦药"的踪影。又一天，我来到范德的家中，已经很想放弃这个案子了，这时，有一位二十多岁的姑娘来送外卖。

我观察到安德里亚·范德仔仔细细地数出了外卖单上需用的零钱，一分不差地给了钱，没留出任何小费。

"这外卖看起来不错哦，"外卖司机走后，我对范德女士说，"你多久点一次她们家的外卖呢？"

"每天。"她说。

第二天，我向那家餐厅点了一些外卖。同一位外卖送货员来到了我家，我和她做了一笔交易。我告诉她：如果在接下来的 24

小时内,"苦药"现身我家前门,我就不会说什么,也不会做什么。但假如没有的话,她很快就会看到我去她邻居家问些事情。

"她实在是很过分啊!"这位女士抱怨道。

"嘘……"我建议她道。

于是,瞧,我知道这个赌注看上去不是很大,但"苦药"确实回家了,我得到了应得的 200 美元,皆大欢喜。

我之所以讲这个故事是因为到 16 岁时,我就认为自己颇具侦探天赋。到了 23 岁的年纪,我觉得自己只会更棒。我解决了"佛莱迪·摩克瑞序列",还采取了行动,而其他人在此之前甚至对此一无所知。当然,我之所以成功是有人助力,但好的侦探不都是这样的吗?我为自己感到相当骄傲。

所以,在辗转反侧了一个小时之后,我终于睡着了,我准备直面这个梦境。一开始,我便在那座写字楼里闲逛,探索那些我能去到的地方,完全避开那个接待员,因为它似乎很擅长叫醒人。

去往谜题室的门是接待区的一个出口,但也许还有其他出口呢:对面墙上有一个电梯。一开始我并没有考虑它,但假如我都能走进办公室,为什么不试一试呢?

我按了"下行"按钮,电梯门立刻打开了。电梯很平常,除了按钮的数量,没什么特别。电梯门的两边都有按钮,位置最高的那些,我根本都够不着。我本想着上行,但因为已经按了下行,于是便按下底层的按钮。之前,我已经从办公室的窗户眺望过这座奇特的城市,这次,我想看看我是否能够走到城市中去。

CHAPTER 9 第九章

电梯门开了，展现在我眼前的是一个高级写字楼的巨型大厅，如洞穴一般宽敞。与楼上的大厅看起来不同，但又很相似。地面是大理石的，天花板有九米多高。大厅里摆放了有各种插花的桌子，其中一张大桌台应该是给安保和进出人员登记用的。墙上挂着艺术品，在大厅的中央，矗立着两倍尺寸的卡尔，一副居高临下的样子。

嗯，这就解开了一个谜。之前也许以为这个谜不太可能，应该也不会有什么关联，而如今这样的想法烟消云散。

这里的一切最明显的缺失就是人。写字楼的大厅就像是人类活动场所的中央车站。这个地方看起来像是从现实世界中抽离出来，放入某个博物馆的陈列室一样。"这是 21 世纪早期摩天大楼大厅设计和布局的实例。可以看到对石材的重视，与精心打理的插花摆设形成对比。这些元素，有硬的，有软的，有永恒不变的，也有稍纵即逝的，可成本都不低，使得占有这些空间的人拥有高档的奢侈感。"

事实上，我后来才发现梦境的整体景观看起来像是某种立体透视模型，建造的目的是观察，而非占据。

不管怎样，我抑制住了继续探索的欲望，转而穿过这间巨大的房间，走出了大门。门外的景象依然是惊人的寂静，但在风格上却是相当的混搭。在街的对面有一家阿贝兹快餐店，但又不太像，更像是一家阿贝兹城市店混入了一排零售店面。这是一家有着常见美式风格的阿贝兹店，自成一体，周围是它的停车场。在阿贝兹店的隔壁是一座类似教堂的木制建筑，周围是一大片齐膝高的杂草。建筑物的尖顶上并没有十字架，但它正面采用的板条木材以及中央的双扇门，使其看上去明显就是一个做礼拜的地方。

单个来看，每一座建筑物都不奇怪，但放在一起就是不搭调，尤其是我刚刚走出的那个铺有大理石的巨型大厅。我转过身回头看向写字楼。在纽约市居住过几年后，人会很少往上看，但现在，即便我伸长了脖子使劲往上看去，却依然发现我刚刚走出的这座大楼高不见顶。我继续向后仰，想看得更远一些。突然之间，我就跌倒了，歪在了一边，然后就醒了。

我的手机正在响，是安迪打来的。

"讨厌鬼，你为什么要吵醒我！我都走出大楼了，看到了整个城市，看到了一家阿贝兹！"

"好吧，我知道。现在的情况是，不只是我们，这个梦在传播，而且是在迅速地传播。"

第 十 章

"你解开的序列……人们现在称为'序列集'……那一层有接待员的那个,已经解出来了,但其实你一个人就解开了,这挺酷的。"

"什么?可恶,安迪,你能不能在说事情之前,先解释一下啊。"我的脑子还是晕晕的。

"梦境里全是各种奇奇怪怪的谜语、谜题和线索。这一波我们已经错过了,目前在网上已经有几十个社群在讨论这件事了。你解的那个是最先破解的,但没人能确定到底是谁最先解出来的。这是个梦,所以这件事挺奇怪的,人们花了一段时间才意识到做这个梦的不止自己一个人。但现在人们都去那座城里解这些谜题了,现在都有维基百科页面了,红迪①的子板块也有这一话题了,还有一堆半开放的聊天室。"

---

① Reddit,是一个娱乐、社交及新闻网站,注册用户可以将文字或链接在网站上发布,使它基本上成为一个电子布告栏系统。

这一打击挺重的。我的意思是,并不是因为红迪的子板块都有了,而是因为我意识到自己落后了。在这场游戏中,我曾经一直遥遥领先,而现在全世界都知道了我还不知道的事情……而我本应该先发现的!这样的事实让我很不爽,可是在那一刻,我并没有理解到让我不爽的原因是什么。

"等等,别挂,我有个电话打进来了。"是詹妮弗·普特南打来的,我点了接听。

"是关于梦境的事吗?"我问她。

"也是,也不是。"她说话的口气里没有半点胡扯的意思。

"我想今天上些节目,你能跟罗宾说说吗?我还需要知道关于梦境的情况。"

"好,我来安排。同时,总统想和你聊一聊。"

我愣了大约十秒之后,问道:"美国总统吗?"就是想确认一下。

"没错。她很快就会打电话给你。"

"为什么?"突然之间,我居然感觉更平静了,好奇怪呀!

"我接到了白宫打来的电话,问我要你的电话号码,我知道的就这些,我当然希望能了解得更多。祝你好运,阿普丽尔!这个机会千载难逢。我会为你准备一瓶香槟的!"

"我简直是比柠檬汽酒还要受欢迎的女孩啊!"

"是的,没错,也许是时候培养一下更精致的品位了。我要挂了,好让他们打进来。拜,阿普丽尔。"

我把电话切回安迪那边。

"把你知道的所有关于梦境的都告诉我,"我说道,"而且要快!"

"你的愿望是……"

"快点!"我直接打断他。

"好好好,阿普丽尔。有些人做这个梦,长的有三天,但大部分人只做过一次。米兰达与我做这个梦有四天了,我的感觉是从我们去见好莱坞卡尔时就开始了。没有人知道这个梦是怎么传播的,但全球各地每一个人做这个梦时,开始的画面都是一模一样的,都是身处一间办公室大厅,播放着同样的音乐,有一个同样的机器人接待员。每个人都忍不住会去问同一个问题,虽然说的是不同的语言,因为母语不同嘛,但假如你问那个问题的时候,没有密码,就会醒,什么也得不到。

"假如你醒了后又去睡,也不会再做这个梦。但假如你保持清醒,过一段时间再去睡,就又会做这个梦。

"在那栋写字楼的外面,不说上千,也有几百座建筑物。人们想把这些建筑物列个清单,但不知如何入手,因为这座城市太他妈的大了。而且,建筑风格是各个时代的,至少有些建筑看上去是模拟的现实世界。作为重生点[①]的写字楼却明显不是,那栋楼超级大,有两百多层,比迪拜的哈利法塔[②]还高。

[①]游戏术语,指玩家每次复活时所在的点。
[②]世界第一高楼和人工构造物。

"人们猜每个建筑物里都至少有一个谜题。有些谜题,除非你会某种语言,否则根本没法解,要么就得熟知莎士比亚,或者是都没有听说过的某种伊朗体育运动的规则。

"但假如你解了一个谜题,就会得到一个密码,然后当你把密码告诉给那个机器人接待员后,就会得到一串字母和数字组合,就是大家认为的十六进制。

"就像米兰达说的,十六进制是计算机编程采用的一种进位制。你知道为什么会有 0-9 这十个数字,然后在十位进一位,就又重新开始,对吧?"

"呃……"我支吾道。

"就是,9 过了之后,数值就变成两位数了。"

"当然了。"我说,但并不完全确定我是否真的知道。

"然后,由于某种原因,计算机不太喜欢十进制。哎,应该让米兰达来解释这个,但基本来讲,十六进制是在 16 这个数才进到两位数,而不像十进制那样,在十进位。然后,在 9 之后的数字就是字母了,就是 A、B、C、D、E、F,所以说,0 到 15 就变成了 0 到 F,然后 16 才相当于 10。"

"是这样吗?"

"不管怎么说,关键是人们认为发现密码后得到的这些零散信息是十六进制码,而且如果把这些码用正确的方式串起来,输入一个恰当的电脑里,就会得到一个程序,然后这个程序就会做点什么,或者包含有某种信息。至少,目前的观点就是这样。"

CHAPTER 10 第十章

"会有多少个这样的代码块呢?"

"不知道。几百个,或许几千个吧。"

"有几千个!"我惊道,"几千个密码?就算是一晚上解决一个,也要多少年啊!"

"也许是吧,但人们已经解出几十个了吧,而且都在分享。有个人,网名是'紫色阶级',已经独自解出六个了。"

我的心一下子提到了嗓子眼,还好没发出什么声音,所以安迪继续在说。可对我而言,这个网名太……熟悉了。

"要解开整个谜团,一个人单干是不可能成功的。人们当然会抢功劳,但是关于解开的谜题,已经有一个维基百科页面了,这些谜题的位置在哪儿,解开后得到什么码,都有说明。"

"哦,这样做挺酷的。"我强作镇定地说道。

"是啊,事实证明,不是每个人都像我们一样舍不得公开信息。"

我的手机嘟嘟地响了起来,这让我本已加速的心率飙得更快了。

"哦,谢谢,安迪,我得挂了。"我切换到另一个来电。

"喂?你好!"我说道,同时祈愿刚才在手机屏幕上没有点错地方。

"请稍候,总统找您。"耳边传来一位女性的声音。接着是焦急的等待,持续了大约 25 秒。

终于,在一声转接提示音后,我听到了一个声音,毫无疑问,绝对就是美国现任总统的声音:"阿普丽尔·梅,感谢你这么快就有空接听电话。"

"应该的,总统女士。"我说道。

"哦,太好了。你把那些客套话免了吧。"我都能听出她脸上的假笑,"我很抱歉,这次谈话不能面对面地进行,因为目前时间紧迫。大概10分钟后,我就要上电视说一说整件事,但我想先和你谈一谈。"

"那太酷了。"我说道,不确定还有什么可说的。

"啊,很高兴你这么认为。"她的声音很干练,很有力,"首先,我并不是想责怪你,但对你这一周的行为,我觉得我不是百分之百满意。"

听到这儿,我吃了一惊。

"我很抱歉,夫人,那我本应该怎么做呢?"我如实问道。

"唔,虽然这听起来有点怪,但你本应该联络我的。"

"什么?"

"美国是一个民主国家,阿普丽尔。公民都可以找到渠道与政府代表联络。有时候这个权利可能难以执行,但我深信你本来可以比较快地就能联络到我。我本来该感激你的。"

"真的吗?"我问她。

"真的,"她干巴巴地回答,"现在一切都无法挽回了,但以后,假如你发现了外星生命体,发现了它向地球人发出的信息,然后计划按照信息采取行动,那么,在你采取行动之前,如果你

CHAPTER 10 第十章

能让你的国家政府知晓这一情况,就太棒了!事实上,如果你还知道些其他什么的,最好现在就分享给我。"她说"最好"这个词的语气,让我觉得她的言下之意是"法律要求"。

我凝视窗外,发了一会儿呆,想搞清楚我是否真的还知道些什么,我得出的最终结论是:突然之间,生平第一次,我相当于是在和地球上所有人公平竞争啊!我的手机突然又响了起来。又一通来电,是我爸妈打来的,我点了拒接。"呃,没有什么是我知道而大家不知道的。"我说,也许撒了一点小谎。我确实知道自己是造成梦境的起因,因为那个梦,我是最先做的,但其他人也都是在猜测,坦白讲,我可不想承认。

"所以说,对于梦境,对它的运作机制,它的含义,你都一无所知吗?"

"我都不知道,它看起来根本就不可能。"我回答道。

她没有做任何评论,然后接着说:"阿普丽尔,我相信你是个好人。我认为你做的一些决定有问题,但我也看了不少你写的关于卡尔的东西,觉得不错。我很欣赏你声音里透出来的平静和理智,在这种情况下,你本来很有可能会显得过度激愤的。现在你是这么说的,但假如你发现了其他什么,就马上打电话给我,我会给你个电话号码。你看起来是这件事的中心人物,我非常希望我们是在同一战线的。"

不知怎么的,她最后这句话,听起来既像是恩赐,又像是实实在在的威胁。

"谢谢，总统女士，"我说道，声音略微有些颤抖，"我可以问您个问题吗？"

"我可不能保证有答案哦。"

"当然了，"我说道，"我的问题就是，这一切可能吗？这一切的一切可能吗？您感到……"我想问的是她是否感到害怕，我是否应该感到害怕。坦白来讲，我其实已经下了决心，我选择了这条路，就会沿着这条路一直走下去。但在意识的深处，我也明白自己被一个说不通的梦给感染了，我也知道大多数外星人电影都以战争为结局。不过最后，我什么也没说。

"阿普丽尔，过一会儿，我就会告诉你我的答案，你会与其他所有人一同听到我的答案，我现在得挂了。我非常想与你面谈，希望在不久的将来，就有这样的机会。"然后，她就挂了电话。

毫不意外的，安迪还在另一条线上等着，我切换了过去。

"伙……计。"我说。

"发生什么了？"他说道，声音里满是兴奋和困惑。

"刚才，我不仅和总统对话了，我觉得还被她批评了，就像是被初中校长批了一顿。我不知道为什么这感觉比跟外星机器人在一起还要怪，但真的就是很怪。"

"她哪里不爽啊？"

"噢，你知道的，就是整件事啰，与外星人交流，还代表国家，代表人类，代表地球给他们礼物，而不是让一些有资格、有授权的大人物去做这件事。"

"你把这股气大声说出来后,就挺有道理的。我们会坐牢吗?"

"哈,不会!但我能感觉到,如果我们再这样做,就会面临非常强大的敌人。"

"最强大的。"安迪反驳道。

"对啊,一点也不夸张,"我回答道,"她说马上要上电视,去做一个关于卡尔的演讲,我想是在某个台直播吧。"我打开手提电脑,发现人们果然在期待这个演讲,相关消息大约是一小时前发布的。

演讲开始前,安迪和我还一直保持着通话。演讲开始后,我们也没有挂断电话,就坐在各自的家中,静静地,一起听着对方聆听这个演讲。

总统女士的观点构思严密。首先,她想表明的是没有危险。所有的健康顾虑都已打消,各处的卡尔看起来都完全无害。梦境似乎也是无害的,只是号召全世界的人一起参与。卡尔的手还没找到,魔术城堡也一直在配合调查。接着,她阐述了其他可能性是如何被排除的。但在结尾的时候,突然话锋一转,指出卡尔实际上并不是站在人行道上,而是悬空了几微米,但又是完全固定无法移动的。任何力量,不管多强,都无法移动他们。有人用手提钻挖空了奥克兰卡尔下方的地面,但卡尔还是立在那里,悬在以前的人行道上。

她竭力鼓吹这是人生在世的奇妙时刻,向我们保证政府正全力以赴解开所有卡尔之谜,而全人类应并肩努力,共同解决梦境之谜。讲得不赖！对几乎所有人来说，这一事实挺突然的，但对我而言不是。那种感觉是慢慢形成的，就像是你的狗狗被诊断出癌症，一年后奄奄一息时你的心情。我已经慢慢接受了这一事实。但狗狗还是走了，再也活不过来了。就这样发生了，官方宣布了，美国总统确认过了，科学家也问过了，结论就是：卡尔是外星人，在宇宙中，人类并不孤单。

"天哪。"安迪过了一会儿才说道。

"天哪。"我重复道。

第十一章

好啦，还有好多事情要讲。首先，让我们回到大约六个月前。我走出浴室，而玛雅正坐在我床上，她的绘图板连着手提电脑。我越过她的肩头，瞟了一眼，问她："你在干吗呢，看着还挺好看的。"而她"啪"的一下盖上了电脑。

"哇喔！呵呵，对不起，我没想偷看的。"

"没事。其实没什么，我不知道，只不过是……"

这情况以前从未有过。一直以来，玛雅对我来说，就像本打开的书一样坦诚。

"你难道有……秘密？"我问她，真心觉得挺有趣的。

她看着我，一开始有些恼怒，但随后就显得很兴奋了。

"阿普丽尔……"她的脸上慢慢泛出微笑，"我有。"

于是突然之间，在我们在一起六个月后，我才发现我的女友有一个完全不同的身份。

之前我提到过，玛雅的插画非常棒。她能写漂亮的手写体，在角色设计方面也很优秀，尤其擅长画猫。她可以在大概 15 分钟内画出 30 只形态各异、乖巧可爱的猫咪。我第一次看到的时候，完全没想到这些小绒球般的角色设计，是她从初中时代起就一直坚持的。最后的成品，往往既精致又可爱。弄不清哪里是头，哪里又是躯体，每一只猫看起来都是如此的不同，但很明显，画风又是如此的一致。

在大学期间的某个时候，她就已经把她的两个爱好（画可爱的猫咪和批判晚期资本主义金融化）结合在一起，创作了"紫色阶级"系列——具有反资本主义特征的猫系网络漫画，结果吸引了一众粉丝，成绩斐然，通过众筹和 T 恤销售，这个漫画系列带来的收入已让她欲罢不能。但她还是喜欢把"紫色阶级"当作一个私底下进行的项目，这既有职业方面的考虑，也有一些个人的原因。她不断地创作，但又不求出名，或者说不把它当作撬动其他社交的工具，实在是相当反潮流，可曾经的我不也是这样吗，正因为这个品质，我曾经真的非常喜欢（而且现在依然喜欢）玛雅。

不管怎么说，这就是我听到"紫色阶级"这个网名有点不知所措的原因。可能不是玛雅，但也有可能就是玛雅。

听完演讲后，安迪和我交流了一番，之后，我取出手机，想着给玛雅发条短信。当然，我并没有这么做。我有洪水般的推文要处理，还要在脸书上发帖。安迪在弄一个剧本，但我认为需要做一堆改变。罗宾给我发来关于访谈邀约的短信，问我接还是不接，我正忙得不可开交的时候，爸妈的电话又打了进来。

"嗨,老爸老妈。"经验告诉我他俩都听着呢。

"嗨,阿普丽尔。"免提里传出妈妈的声音,充满了担心,"你一直都在脸书上发帖子来着,我们断定你根本就没睡过觉啊,你怎么撑得住啊?"

"呃……"这一点我还真没注意到,"还好吧。我……刚跟总统通过话。"

"真的吗?"他俩异口同声地叫了起来,然后我爸接着说,"宝贝儿,这真是太棒了!是在演讲之后吗?"

"在之前,实际上,你们刚才给我打第一通电话的时候,我正和她通话呢。"

"哦,通常你不接电话,我们会不开心的,但这次确实是有理由不接呢!"我妈说,几乎就要内疚起来,"你们都聊了些什么呢?"

"我们谈到了梦境,也说了一下也许我不该表现得那么……草率。我觉得,她基本上可以说把她的电话号码给我了。"

"哇喔!"我爸欢呼了起来。

"阿普丽尔,宝贝儿,你有没有觉得她说的也许是对的呢……"

我没让我妈把话说完。"是的,妈,我觉得她说得对,我真的这么觉得。"我感受到了责备,我越了界,我终于开始明白这一点了。"对不起,这个冒险很蠢。我当时没有想那么多,我们都被那个谜给激发了兴致,太过于兴奋。如果我吓着你们了,真是对不起。"

"知道你好好的，我们就开心了。"我爸说道。

"是的，我知道，爸，你们都太好了。这件事太让人兴奋了。我的意思是说，总统给我打了电话！这太不可思议了！"

"阿普丽尔……"我妈的语气一点也没呼应我的兴奋，"你觉得也许……有理由担心那个梦境吗？"

这个问题一下子把我拽了回来。我的意思是说，我并不是什么神经学家或其他什么科学家，但我也知道一个梦是不可能这样从一个人传给另一个人的。新闻上的人已经开始谈论卡尔明显是对人类的大脑动了手脚，这就不是一个简单的入侵问题了。这个问题很严重，很吓人。

"你们有做过这个梦吗？"我问道。

"没，还没有做过。"我爸的声音里透着一丝担忧。

"不吓人的。要说有什么，其实蛮有趣的。我想，卡尔是想交给人类一个项目，让人类合作起来。没准他们就是想测试一下，看看我们能否合作呢。"

"那要多久，直到每个人都做过这个梦吗？"

"我不知道，妈，但这不是你该害怕的事情。"

"可他们在改变我们的大脑啊。他们已经改变了你的大脑，不是吗？这个梦境就不像是普通的梦啊。要是它对你的改变比你想象的更大呢？"

这的确是个骇人的想法，听到这个问题从我母亲的嘴里，而不是一些互联网巨头的嘴里讲出来,让这个问题显得更加真实,更加令人担忧。

"我不知道,妈妈。我知道的是假如卡尔想伤害我们,可能早就动手了。我真的不比你们知道得更多,但我……"我本不想说出我要说的话,但这个头已经开了,所以我只得说道,"我觉得我有这个信心。"

"阿普丽尔,"我爸说道,"我知道你有很多很多的事情要做,我也知道你不达目的是不会罢休的,这也是一直以来我很佩服你的一点。但宝贝儿,还是要适当地休息休息,给我们打打电话,花点时间与玛雅在一起,偶尔散散步什么的。"

"哦,爸、妈,我和玛雅,我们分手了。"

往事再度涌来,面对现实,我发现自己是多么的愚蠢、无用。就在我爸正说着暖心话的当口,我却提醒了他,我把事情搞得有多么的糟糕。

"噢!宝贝儿,"现在轮到我妈了,"我们感到很难过。你不用现在说这件事。"

他们太了解我了,所以不会逼着我去说细节。他们知道发生了什么,不是说他们知道细节,而是说他们知道,如果我一旦觉得有什么东西会拖我的后腿,我一定会斩断与它的联系。他们不喜欢这样,但也不会去改变。

最后,我爸说道:"汤姆的婚礼就要举行了,在婚礼上,我们可以好好聊一聊。我们可以抽出些时间来聊聊这个,没必要都关心汤姆。我们爱你,阿普丽尔。"

然后,我妈补了一句:"记得打电话!"

之后,我便把自己埋在了消息流中。在演讲中,总统并没有提及我的名字,但有提到我做的事情。我现在已经被紧紧地绑在这个故事上了,不仅仅是因为我发现了卡尔,也不是因为我是第一个因这事而有一批追随者并且说卡尔是外星人的人,也不是因为我其实是造成卡尔的手掉下来在好莱坞狂奔的人,而是因为这些事情我都有份。

罗宾派了辆车把我接到了一个卫星工作室。在工作室里,我坐在曼哈顿密集的天际线前,拍摄了视频,这个视频可能会播送到全世界的任何节目上。一位制片人会告诉我将和谁谈,上的是哪档节目。我的耳朵里塞了耳麦,通过它与对话的人联系。相比 Skype 这样的网络电话,这在品质上简直提升了一大步,但相比在摄影棚里面对面的录制,还是差了一大截。不过,通过这样的方式,我不用离开这个房间,就可以登上东西海岸任何一个重要的新闻节目了。

再加上这件事是有史以来最为轰动的事件,所以每个人绝对都有时间来谈一谈。我与这些嘉宾一起开专题座谈,无论我们之间是否有任何关联。我与退役将军对过话,与物理学家、睡眠心理学家、神经学家、在电影里扮演过外星人的演员、传播科学的知名人士等对过话，与各类专家都聊过。每个人都想分一杯羹，而新闻节目也在各类大名鼎鼎的人士中精心挑选，打造专家小组，想胜人一筹。

是的，在那一天，我与各式各样的高端知名人士对话，奇妙的是，我居然驾轻就熟。只有唯一一个访谈，让人备感厌恶。

新闻节目女主持："今天的热门话题，我们邀请到了阿普丽尔·梅，纽约卡尔的发现者！"我挥了挥手示意——"以及彼得·佩特拉威基，亚马逊畅销书排行第一畅销书《入侵》的作者。"彼得点了点头示意。

"彼得，我们从你开始吧。关于卡尔的新闻出来也就几个小时吧，你就出了本书，还攀到了亚马逊畅销书的榜首。你是怎么做到的啊？"

佩特拉威基是在另一个地方接受的访谈，但通过卫星转播，他的笑脸也出现在了屏幕上，就在我的头像框的旁边。他的样貌和我过去午餐时分走在华尔街街头看到的每个家伙一个样：45岁左右，黑头发，古铜色皮肤，牙齿雪白，身着灰色西装和浅蓝色衬衫，领口的几颗扣子没扣，也没打领带。要说他努力打造的外形有什么特别，那就是"大众脸"。我在现场当然看不到他。整个节目对我来说，只不过是耳朵里传出来的声音罢了。

"正如也在场的阿普丽尔一样，我觉得越来越清楚的是奇怪的事正在发生，而说得通的解释却越来越少了。我在书中显然没有提到总统的声明，不过我已经在修改新的版本了，但这件事感觉是这个世纪的大事,所以,我觉得自己有义务把一些真相放到台面上来。"

"阿普丽尔,佩特拉威基先生断定卡尔是潜在的威胁,可能是入侵的力量,你对他的主张怎么看?"

你要是能看到片子的话,就会看到这个问题完全把我问蒙了。我要是熟悉每种可能的访谈情境,那正确的反应本应该是说:"我完全不清楚佩特拉威基先生想表达的是什么,但是……"然后就说我想说的话。可是,我并没有这样做,而是做出了防守反应。

"我觉得这观点很蠢啊。"然后我停了下来整理思路,可我还没来得及继续……

"蠢?有股这么强大的力量突然出现在我们的城市里。为全美国人民的安全考虑考虑,这蠢吗?这股势力现在已经隐藏起来,在哪里游荡都没人知道!这股势力不仅仅入侵了我们的城市,还入侵了我们的大脑,不是吗?在这样的情况下,你认为小心一点是蠢?"

假如要我回答他这些问题,我回答不了。谢天谢地,主持人替我接过了话题。

"但是,佩特拉威基先生,在我们看来,卡尔的真正意图是什么呢?"

"我们知道他们都身着铠甲,我们知道他们不请自来,我们知道他们违反了国际国内法,我们也知道他们想要放射性材料,而其中一种材料就是我们今天的嘉宾献上的。"

CHAPTER 11 第十一章

我整个人僵住了。我僵在那儿,全身的僵硬程度比他用枪抵着我的头还要厉害。我快速瞥向罗宾,眼神里尽是"他妈的,这家伙谁啊",可他示意我盯着摄像机。看向一边的话,在镜头里看起来会很怪。

再一次,主持人插话进来:"也是哈,阿普丽尔。这个举动,对一个普通的公民来讲,确实是超出常规的行动哦。"

谢天谢地,这个问题我准备过。

"我们提供的锔这个元素,来自常见的家用产品。我们是在离好莱坞卡尔不远的同一条街上的CVS药店买的。锔是有辐射,可是太阳也有辐射啊。不过,我也承认,我们当时确实太沉迷于解谜的乐趣了,我们应该把发现的情况告诉政府,让政府来决定该怎么做。"

这个要点,我们之前讨论过,当时决定就这么说。如果你看了这段访谈(事实上我后来看了好几遍),你就会看到佩特拉威基脸上的表情是,"呵!切!你还不是个傻兮兮的、满脸鼻涕自以为无所不知的小屁孩呢。"

主持人又接过话题。

"总统阁下似乎并不认为卡尔会构成什么威胁——"

我正等着主持人说完她的问题,但彼得又把话题挑了起来。

"我不是想警告谁,但你我和总统知道的情况都一样。如果我们相信这些玩意儿是和平的使者,那正中总统的下怀。可是,在这么巨大的威胁面前,我们为什么要假定最好的结果呢?多一分小心，不是更合理吗？"

"我觉得，"我说道，"如果卡尔真的想伤害我们，他们的力量足以把我们扫出地球去。"

"所以你的建议是，在他们的超级威力面前，我们就应该躺下，任他们为所欲为吗？"

"不是的！我的意思是说……他们目前的行为还没有任何威胁性。他们就是雕塑，他们同样出现在各个地方，他们设计了我们的梦中游戏。"

"还是，你根本没概念。没人知道他们的意图是什么，他们从哪儿来，想要什么。但我可以告诉你，在地球史上，当高等文明遇到低等文明时，对后者来说，结局都不太好。这都不是趋势，这是规则，是定律。这个国家的总统以及每一位公民，都有义务把这件事视为威胁。"

"那到底会怎样呢？"主持人问道。

"这里是美国。美国人从来不惧怕战斗。我们是越压越强，越有成就。"

"节目到这里差不多了。休息过后……"于是，这个节目到此为止。

"下一个访谈来自 KCKC①，10 分钟后开始，电台访谈。"制片人提醒道。

---

① 美国堪萨斯城的一个当代成人音乐电台节目。

CHAPTER 11 第十一章

"那家伙他妈的是谁啊。"我一边说道,一边把耳麦扯了出来。

在电台访谈开始前的 10 分钟里,罗宾和我手忙脚乱地到处查询这个家伙的底细,简单来讲,我们的发现如下:

和我一样,彼得·佩特拉威基很火。他的书《入侵》其实更像是加了封面的博客帖集,只有 20 页。任何新的新闻一出现,他就更新。这本书只能在线购买,但位居亚马逊畅销书榜首,售价三美元。这也是全世界唯一一本关于卡尔的书,所以卖得好。他在几份报纸上开设了专栏,其大部分主张偏保守。好莱坞卡尔的视频播出后的第一天,他的书就面世了,然后就做了一系列的新闻。

有几位政治家已经开始利用他提出的观点了:总统太温和了,卡尔有威胁,如果大型机器人可以突然出现在美国的每座城市(世界其他地方就这样给忽略了),那什么能阻止巨型核弹头的出现……甚至爆炸呢?把孩子藏起来!把老婆藏起来! 23 街出现外星恐怖分子啦!

"卡尔降临之前",彼得·佩特拉威基是一名低级别的保守鹰派"新闻工作者",我之所以打了引号,是因为他一生中似乎从未做过片刻的调查研究。他是数以千计的那种人,全凭臆想来过滤现实,以此勉强度日,然后在互联网上肆意叫嚣。但他的思维敏捷(写作迅速,写其宣言的第一稿时,他只花了两天时间),顷刻间就攫取了发言权。

这番经历愈加刺痛了我,因为我的发迹史与之是如此相似。我让自己陷入了这样的对话中,而我根本不属于那里。我极力宣扬一种特定的意识形态，适合某些人，却不适合其他人。对于更加害怕他者的人来说，不同的观点看似更合理，这是完全说得通的。对立的意识形态肯定会冒出来，我当时只不过没有意识到这一点。所以当我发现人们在关注彼得·佩特拉威基时，我合情合理地被惊到了。出于一些非常明显的原因，他的观点很滑稽。首先，如果卡尔想毁灭我们，瞬间就能做到，在这一点上，我们没有异议。不能因为某些人比你强就意味着他们一定会施威来伤害你啊。持有这种观点的人往往是以下两种人：

1. 强权行为的受害者。
2. 一旦有权，会运用强权害人的施威者。

彼得给我的印象是第二种人。

10分钟的调查研究之后，我对"这个混蛋"的模糊印象逐渐演变成了细节丰满的心像地图，对彼得·佩特拉威基的无比厌恶滚成了一个毛团。为了一己私利，他无端地威吓群众，而在这样的恐惧中衍生出了对卡尔的初始敌意，这样的敌意，点燃了我心中的怒火。

自从好莱坞卡尔的手突然跑掉之后，彼得·佩特拉威基竟然每天都上了新闻。而我则经历了一堆事情，与女友分手，搬家，回复邮件，回复油管上的评论。在这段时间，这个家伙就已经树立了反卡尔的意识形态，还培养了一帮追随者，队伍还在不断壮大。

其实我曾经在评论区见到过这些言论,但恰恰被我忽略了,以为只是普通的怀恨者。孤立的反对论调和一场运动是有很大差别的,而这显然是一场运动,我却完全判断错了,或者是,故意忽略了。

在我与玛雅分手的日子里,我意识到,一直以来,自己只不过是在响应发生的事情。我一直在设法让起起伏伏的关注度保持不断,这怪我咯?发生了太多的事,我受宠若惊。但同时我也感受到,虽然我解开了我发现的谜题,但新的谜题太庞大了,没有人能独自解决。我曾以为也许没我什么事了,以为也许过去两周的成绩够我混一辈子了。我雄心勃勃的燃料快燃尽了,也许我们能做的都做了。

与总统的对话暂时点燃了我。好莱坞卡尔视频的价值也点燃了我。即便我知道自己会载入史册,成为史上与外星人"首次接触"的人,不知怎么的,这种快感稍纵即逝。这些事情让我感觉很好,但这种感觉不会持续,不如初次发生时那般美好。随着快感的消退,在紧随其后的时刻,我都能感觉到留下的空洞感越来越大。

但这一次不同。我的情绪从烦恼变为受挫,变为愤怒,然后变为仇恨,而仇恨是可以长期燃烧的燃料。可以说,彼得·佩特拉威基把我的油箱加满了。

这对我的短期心理健康和生产力而言,太棒了!但对其他一切而言,则是绝对糟糕。

彼得·佩特拉威基还教会我一堆战略。我学会了他的套路,然后以其人之道，还治其人之身，只不过我的受众更广，了解的信息更多。

我从卫星工作室一回到家，就叫安迪过来拍视频，找到彼得·佩特拉威基的破绽，一把撕开。我搜集了能找到的所有关于他的资料，一一查看。我甚至花了三美元买了本他的书。然后，我还击了他的论据，把它们一一塞回他的嗓子眼，让它们跟滋生这些坏点子的臭喉结重聚。我还从他身上学会了另一样本事，他很擅长吸纳拥护者的观点，然后变成自己的。他很爱煽风点火，突出受众最糟的一面，这样才容易有噱头。

当然，那时的我对此毫无概念，跟他的交战，反倒显得我对他和他的疯狂跟班很在意了。通过我更庞大的受众群体，他们的观点得到了更多的曝光，我（当然还有所有的相关新闻频道）都在证实这一点：现在有两派阵营了。这是个巨大的错误，但对浏览量来说，却很可观。

对我的媒体渠道而言，这是一个相当剧烈的转折点。我们的内容一直是信息型的，但就整件事来说，的确也是健康讨喜、诙谐有爱的。整个品牌形象体现出开心、兴奋、有趣。可现在，突然之间，加入了毒舌、争吵、呃，还有政治。我们的页面从一个大家都知道的地方变成了大家都能发表意见的地方。

如果彼得对卡尔到访的原因有意见，那我也得发表意见。我开始表明我的猜测，我猜测卡尔是观察者，被派来观察人类对在宇宙中并不孤单这一事实的反应。这个观点与梦境很融洽：外星人交给我们一个任务，这个任务没有人能单独完成。如果我们能完成这个任务，就表明我们是有全局观，能合作的物种。

卡尔给的这个测试，如果通不过，后果可能很可怕，但也可能不值一提。而通过的结果，可能会消除贫穷和疾病。不管是谁创造了卡尔，很显然，他们的技术已远远领先人类，如果他们愿意，说不定可以送给我们一切，从星际旅行到永生，也不是没有可能啊。

当然，这一切都是我一着急就瞎编的。我不清楚卡尔是不是危险，或者说，我的大脑是不是被控制了。只要我编的瞎话没彼得·佩特拉威基编的瞎话那么恶毒，谁又会在意呢？

最后，我本人就是我这个品牌，所以，我说的话就变成了我的信念。

第十二章

在我人生接下来的几个月里,我的所作所为却正是我在这个世界上最讨厌的行为:我成了一名职业辩手,一名评论家。不是因为我擅长,也不是因为我缺钱,而是因为我疯了,慌了,不知道还能干吗了。卡尔已变得比我的生活还要重要,他们已然成为我的身份。最初,我在电视上表现得相当不错,那是因为我不在乎,而这样的桀骜不驯人们反而喜欢。现在,我必须表现得不错,是因为我太在乎了。

而那正是我最想从这一期间拿掉的部分。不管我做了什么,我之所以做是因为我在乎。我相信卡尔是这世上善意的力量,而人类对卡尔的看法至关重要,因为我真的开始相信卡尔是来这里评判我们的。至于我的观点是否对,已不重要,因为我想生活在善意的世界里,这样的世界对我才有意义。即便我的观点错了,我也相信如果我们就按照好比我是对的那样行事,这世界也会变得更加美好。

第十二章

彼得参与的这个定义模糊的国际运动组织(主要在网上),自然而然就被称为了"防御派",而参加这个组织的每一个人,都投了反人道主义的一票。

关于我的人生,才写了三周左右的事情,就基本占到了这本书的一半。而现在事态将进一步展开,希望你们不会介意。对这几个月的生活,我并不感到骄傲,反倒是这几个月基本上挺无聊的。你们都知道我们离 7 月 13 日还有一段日子,都在想我们究竟什么时候才能到那时。所以,我想我能够告诉你们一些小插曲,这样你们就会清楚这几个月到底发生了什么。每段插曲,我都会用我在那一天发的推文作为开头,就像这样:

2 月 12 日
　　@可能不是阿普丽尔:波利·肖尔是我们值得拥有的英雄。

▲

我端坐在公寓的第二间卧室里,安迪与我已经把这个房间打造成了工作室兼办公室。房间里乱七八糟的,除了桌子背后的区域。安迪与我把这部分区域布置得相当体面,这样就可以轻松拍摄视频了。在我的身后,是一幅卡尔的肖像,有部分印象派的风格,是我委托美国纽约视觉艺术学院[①]的一位朋友创作的。有钱的一个

[①] 1947 年成立,位于纽约市区曼哈顿,是一所著名的私立艺术学院,国际艺术教育领域公认的顶级设计学院。

最大好处，就是可以付钱找人干漂亮的活，另一个好处是可以让问题消失。比如：罗宾不仅仅给我们带来了比萨，还给了我第二部手机，完完全全用于打造阿普丽尔·梅这个网络人设的手机。这部手机我们每个人都可以用，所以米兰达、安迪、罗宾都能以我的名义发推文，而我的私人手机仅属于我，它能够让我真正成为一个普普通通的正常人。

相机和摄影灯都对着我，不过都是关着的。罗宾坐在转椅里，我们拍视频的时候，安迪就经常坐在那个椅子上。

我们都在吃罗宾刚从楼下弗兰克比萨店买的比萨。大约一周以来，我一直在写可能会叫作《遇见卡尔后的生活》这本书。到目前为止，进展简直糟透了，可我必须得写点什么出来。普特南说，我们正在失去太多的东西，还不仅仅是钱。她担心我们正在失去在这世上的一席之地。"每次有人说起'畅销书作者彼得·佩特拉威基'，而不是说'畅销书作者阿普丽尔·梅'时，就是我们失去威信的时刻。"我想，这就是她的原话。

"罗宾，找枪手代笔真的行得通吗？"我问道，嘴里还塞着一块比萨，和罗宾在一起的时候，我随意极了。

安迪在客厅里忙，我们把客厅改造成了他的专属办公室。他估计正在编辑一集"调查谋杀"节目呢（没错，即便发生了这么些事，他还在和搭档杰森一起制作那傻兮兮的播客节目）。

"这是行业惯例啊。"罗宾说，不过看起来有些不自然。

"嗨，罗宾，"我转向他说，"我对你印象不错，我觉得你很聪明,我需要你的帮助,需要你做帮手,所以需要你对我说实话。你不会像普特南那样直截了当地撒谎,这一点我很感激,但我需要你尽可能地对我完全坦诚。"

他显得更加不自然了。"詹妮弗没有骗过你。"

"哦,真的吗?那她为什么对我说,现在没人觉得找枪手是不道德的。可我甚至都不知道枪手是什么,然后她解释给我听的时候,我觉得确实挺不道德的,所以很明显会有人这么觉得。"

"她只是想让你好受点,毕竟这是最容易,也是最佳的前进道路。"

"你觉得让其他人写本书,然后把我的名字写上去是最佳的前进道路?" 23街依然交通管制,所以周围显得出奇安静。

"这肯定是条路,但我觉得这不像是阿普丽尔·梅会干的事。"

"噢!天哪,甚至我的朋友们都把我当成两个不同的人。"

听了这话,他有点脸红,不过当时的我不太懂他为何会脸红。"你就是这样谈论你自己的,所以难免会养成习惯。"他笑道。

我还是我——阿普丽尔·梅,那个犀利的学美术的本科毕业生,可我不想让全世界看到这样的我,因为那不像是与外星族群实现"首次接触"的人。所以,我也是这样的阿普丽尔·梅,令人惊奇,古灵精怪,不摆架子但又聪慧热情地为卡尔代言的阿普丽尔·梅。

"所以你觉得我不该找枪手。"

"这不像是阿普丽尔·梅会干的事。"他重复道。

"哈！我完全同意你说的话，这个点子太烦人了。写书一般要多久？参加'全国小说写作月'①的人能写多少？"

"我查一查。"他开始取出手提电脑。

"5万字。"从客厅传来了安迪的喊声，他可真是一点没落下。

我怪笑着转身对罗宾说："永远要利用你可以用的一切工具。也就是说我只需要把一个字写5万遍？我可不是指同一个字一遍遍地写哦。一般的推文有多少字？20个字？所以说，就是2500条推文啰。写2500次推文，我没问题。噢！天哪，我说不定都写好啦。我们可以就用我写的推文出本书吗？"

"不行，但其实独自写也可以有不同的方式。你不用坐在这儿，独自一人什么也不干，就一直写啊写，写一个月。我觉得我们需要做的是帮你找一个好的编辑，一个做过类似书的编辑。如果最后觉得编辑的贡献挺大的，你可以让编辑一起署名，这可就是阿普丽尔·梅会干的事啦。"他笑着看着我。

罗宾的脸型瘦削，蓝眼睛分外的明亮。他不怎么爱笑，所以一笑起来，让人赏心悦目。

我朝他倾了一点身。"你对我评价这么高，我很开心。"

他挪开身，把手提电脑放到了腿上，然后说："我会发邮件给詹妮弗，帮你约一些编辑。然后你来选，我想是这样。"

我看着他的手指在键盘上飞速地移动，心想，我们需要在视

---

① 英文缩写为 NaNoWriMo，是一个年度在线创意写作项目。

频里再多给他一些镜头。

2月19日
　　@可能不是阿普丽尔：你觉得配偶最理想的职业是什么？

　　@可能不是阿普丽尔：所有人会说"按摩师"或者"医生"，不过我认为是"政治评论家"，因为这样你就可以在明天早上把他摇醒，然后告诉他，如果他不辞掉他那该死的正在毁灭美国的工作，就跟他离婚。

　　@可能不是阿普丽尔：没错，我知道我是位政治评论家。

自从做阿普丽尔·梅后，我一直倍感压力，我已经忘了睡一个完整的觉是什么感觉，如今我是咖啡不离手。我通常会点美式咖啡，浓度要双份意式浓缩咖啡那么浓，不加奶。但我会放很多糖，这样喝起来就像热巧克力的味道了。

现在我坐在位于市中心的佩达蒙内简餐店[①]里，和我坐在一起的还有罗宾和西尔维娅·斯通，她是我们面谈的第二位编辑了。

[①]英国大受欢迎的简餐品牌。名称源自法语的 prêtàmanger，意为"即刻食用"。

第一位编辑起初以为他完全知道我写书的目的是什么，可当他发现我跟他想的完全不一致时，就傻眼了。我很不喜欢那次见面，所以假装拉肚子借机溜掉了。西尔维娅的年纪大概35岁，穿着黑色真丝系扣衬衫和牛仔裤，灰色的眼睛戴了副黑框眼镜，整体形象是我更希望合作的那种。

"你这个故事有两个大问题，"西尔维娅说，"首先，故事太大了。全世界都在里面了，人们会期望你把故事说得圆满。可你不能因为全世界想读，就粗制滥造些泪水来打发大家。这里面含有义务，而义务的分量是很重的。"

罗宾看了看我。我点点头，明白这至少是我一直面临的问题的一部分。

"其次，故事还没完，你现在还在中途呢。如果梦境从未发生，那这件事就会有一个清晰的叙事弧，会以某种谜的形式结尾，而这个谜又有恰当的一部分是揭开了的。可现实是，现在有几百万人每天拼着命想解开梦境里的那些谜题，而且每天都有越来越多的谜题得以解开。我们甚至都没办法努力去讲整个故事，因为故事才进行到一半。"

"好，我认为在我目前遇到的众多问题中，你已经确切地指出了至少两个问题，"我对她说，"可这不一定对我有帮助。"

"你得制订一个时间表，还得定下来你想传递的是什么，你们出这本书的目的有哪些？人们读完这本书，你希望他们的看法是什么？你希望他们理解你吗？你希望他们理解你的故事吗？

"坦白说,我就是想让他们读完后觉得这是人类的一次机会,觉得卡尔是善意的,并不是一些来自外星的噩梦。"

"哦,这真的挺好的,真的。再说一遍,但要更具体点。"

"嗯?"

"哦,对不起,我……"她有点慌乱了,"我开始编派起你来了。对不起,习惯了。我的意思是说,告诉我这一想法的更多要点。"

我笑了起来。"其实这样挺好的,这个点很不错。老实说,我很担忧,因为我觉得我们已经开始习惯于社交网络在文化上、情感上、社交上带给我们的影响了。在此之前,其实社交网络并没有真的把我们聚集在一起,不是吗?但现在我又担心我们要习惯如此巨大的另一转变。如果我们不停地往里面打楔子,如果我们不停地感到害怕……"我的声音越来越弱,因为其实我并不知道,真那样的话,会意味着什么,我只知道那会很糟。"就像是冬天来了,外面冷死了,太阳四点半就下山了,你看着这一切,心情不爽、难过、暴躁。又或者说,你可以邀请一帮朋友过来,冲几杯热巧克力,和大家一起披着毯子,就着烛光,聊一聊高中的丢脸事。面对该死的恶劣天气,这两种应对方式都很正常,在冬天这样做都可以,只不过一种很棒,一种很烂。就是这个样子,只不过涉及的是外星人而不是冬天。"

"我有回答到点子上吗?"我问她,终于有机会深吸了一口气。

"阿普丽尔,我想协助你写这本书。好消息是写一篇宣言可能是最容易的写书方式。你可以放一些经历进去,但最重要的是,你在提出一个观点。这是一本书最常规的形式,而且这种形式的书也不用写得太长。你可以跟专家们聊,他们都会接听你的电话的。你引用他们的话,构建论据,然后就把书出了。今天下午,我就可以拟一个书的提纲。如果你帮下忙,可能更快。"

罗宾曾经说过这位女士靠谱。她在全球各大主流报纸和杂志都刊登过文章,还出了几本书,其中最受欢迎的一本,我曾在亚马逊有声书上下载来听过一小段,那本书叫做《运气是个骗子》,讲的是那些想象的或是微不足道的模式如何骗人们去相信那些十分错误的东西。我挺喜欢的。

"好啊,说干就干吧。"我说道。

"好的,"西尔维娅答道,"在你那儿,还是去我那儿?"

"干吗不就在这儿呢?先整个提纲出来。"我说,虽然并不太明白这意味着什么。

罗宾什么也没说。我想他是不敢向我展示他是多么高兴的,因为他想也许我会注意到他的喜悦而改变主意,仅仅就为了刁难他。

一个小时后我们就搭好了全书的框架。虽然没有具体写出来,但是提纲已经出来了,引言部分有一些自我介绍,其余各章节基本都是反驳惧怕卡尔派的论据。就这样。简单!那一晚我把提纲带回了家,马上就填充了好几节的内容。西尔维娅看过稿子返给我时,给了一些建议,告诉我可以跟谁聊聊,以获得可以引用的论据和对观点更有力的支持。

3月10日

@球童95：阿普丽尔·梅其实挺可爱的，可她太自以为是了，就一点也不可爱了。

@可能不是阿普丽尔：我想说的是，从定义来看，我除了自我，还有什么可自以为是的呢？我的内心就是我啊，喔，是我和超级多的多力多滋①。

我压力过大到都伤及自己了。我才23岁，可我的背就弯了，也许是因为睡眠失调，也许是因为熬夜写书，也许是因为压力。算了，还是实话实说吧，是因为压力。连着两个月，我不停地接受各种电台电视、报纸杂志的访谈。一开始，我只是讲自己的故事，然后我开始为卡尔辩护，但是没过多久，我就开始为总统，为宪法，为言论自由而辩护了。罗宾聘请了各类导师，有精通媒体关系的，有擅长政府部门的，有专攻国际法的，对我进行指导，就想让我说话听起来像我完全明白自己说的屁话。

可怕的是我真的开始明白我说的那些屁话了，而且我还热忱地相信这一点。

有一天，罗宾帮我在水疗中心约了一次护理。就是找个独处的时间，让一个陌生人按摩我的全身，然后把我的脚趾搞得漂漂

---

①百事子公司出品的一款膨化食品，一种调味墨西哥玉米片。

亮亮的，也许整个过程结束后，我会感觉更像人一点。水疗中心的人全都毕恭毕敬的，非常友好。她们知道我是谁，本来很乐意和我聊一聊，但也明白什么时候客人会不想聊，而且老实说，我不想聊。

让一个人触摸我，这感觉挺好的，虽然听起来蛮奇葩的。与罗宾调情跟与雕塑调情没什么两样，他表现得太职业化了，我们甚至都没有拥抱过。夜深人静时，有时我躺在床上，幻想着有个人压在我身上。我其实就是想感觉到另一个人的存在。我一直像在关禁闭一样地写书，盯着稿子看，跟西尔维娅一起探讨它。感觉，我的身体都不存在了。

不管怎么说，护理完毕时，我感觉到有些神清气爽了。这段安静的时光给了我一个很好的自省机会，可以让我思考在做的所有事情是不是自己想做的事情，想一想睡不好觉和承受这样的压力是否值得。我离开的时候，对大厅里的服务人员道了谢，可她们看起来有点紧张，而我只是把她们的反应归结为还不太知道如何与阿普丽尔·梅打交道了。

可当一位女士从后面走过来后，很明显事情就不是我想的那样了。这位女士也刚刚做完护理。她五十多岁，一副养尊处优、精心打扮的样子，说话的腔调就是一些纽约富人的那种腔调："虽然我只在跟一个人说话，但我想让全世界的人都听见。"

"……她的脸皮啊！她跟瑞秋·卡佛处得不错，就以为自己在国际关系上能一较高下了？她个小屁孩！这种行为不恶心才怪呢。"陪在她身边的是刚给她做了按摩的理疗师。

呵呵，真好笑，我心想。大概三天前，我就上了瑞秋·卡佛的节目。

房间里的人，除了我，都更清楚当时的情况，只是我稍后才反应过来。每个人都想阻止她说下去，但没人做到。她的理疗师一边想迅速换个话题，一边还用眼睛扫向我。"夫人，我真希望您的大腿外侧感觉好多了，这个疗程下来似乎真的松了不少呢。"

"没错。不过，可能这出戏就是这样。可我讨厌的是这种货色居然就在我住的城市，我还一点办法没有！人们还喜欢那小屁孩——"她说到这儿时终于看到我了，立刻停了嘴，直到这一刻，我终于才意识到原来她一直说的是我啊！

"好啦，要不我们帮您结一下账，您就可以回去了。"理疗师对她说道。

罗宾已经帮我付过账了，所以我转身离开了大厅，径直朝走廊奔去，幸运的是，电梯很快就到了，在那个女人走出水疗中心前，我上了电梯。

这段让人难以置信的小插曲是我头一回听到一个完全陌生的人在公共场合表达对我的厌恶。我当然真切地知道，每一天，每一刻，在全世界都有成千上万的人在说着同样的话。这些人是真实存在的，在一些对我过分渲染或直接捏造的故事的影响下，他们形成了这样的看法，而对于这样的看法，我永远也无法充分地为自己辩护。

在全世界，一些我从未见过，也许永远也不会见面的人在讨厌我，有人讨厌我！他们对我持有的看法，完全不受我的控制。

在我生命中的这一阶段，我一直在推送发生在我身上的一切值得关注的事情。人永远也不会停止创造内容，因为有人关注的感觉真好，为此你得保持人们的关注度。而且，我已经习惯了用点赞数来衡量我的生活。关于这次相遇，我没有发推文，我甚至没有告诉任何人。我只是给罗宾发了条短信，告诉他今天的水疗让我很愉快，他人真好，这么为我着想。我明白假如我不再生那位贵妇的气，包括不生她全世界同胞的气，我就会体验到比愤怒还要糟的情绪。

所以，在那一刻，我非但没有与任何可能帮到我的人聊一聊，反倒是回家去浏览那些说我又坏又丑还是个叛徒的博客帖子。

3月17日

　　@一流爱锅者：有时候我就在想，像阿普丽尔·梅这种人，到底收了多少钱给政府当托啊。

　　@可能不是阿普丽尔：他们给我买果塔饼干，很多很多果塔饼干。我为什么要签这个约？我的果塔饼干数量是个问题啊。

23街重新开放了，遮盖卡尔的帐篷正在被移除。我靠在公寓的阳台上，探出身去看。安迪站在我旁边，正在拍摄这一场景。谢天谢地，尘嚣声要回来了。现在，我往下望就可以真真切切地看到卡尔，看到他矗立在电话亭旁。这样的电话亭，不知什么原因，在曼哈顿这样寸土寸金的地方居然还占了不少街边的地呢。

我的书已到了一帮文字编辑的手里，她们正忙着找出每一处错误和不相干的论据。这时候我完全帮不上忙，不过这感觉很爽，因为我已经厌倦透了这本书，况且我们还有视频要拍呢。

在过去几周里，在卡尔的周围搭建了这个帐篷，有成群结队的专家涌入其中，也没查出什么名堂。他们有没有向卡尔提供铀看看会发生什么呢？我不知道，但我可以肯定的是在某些地方一定有人这么干了，似乎没产生任何直接的反应。不过就算是他们真的有什么新的发现，也不会告诉任何人。

我们现在了解到的情况是卡尔不是站在人行道上的，他其实是悬浮在空中且锁定在那个空间。他一点都不导热，就像是我们这个世界的原子与构成他身体的原子不相互作用一样。我们无法移动他，也无法破坏他。虽然我们能看到他，但他好像并不存在于我们的空间。当然，好莱坞卡尔的手除外，自从消失在那个古里古怪的魔术师俱乐部后，至今再也没有出现过。

忽然间，在下面的街道，彼得·佩特拉威基现身了，一位手持相机的年轻人紧随其后。一些警察开始盘查他，我听不到是怎么回事。他显得义愤填膺，朝卡尔及背后的建筑物挥舞着手臂。警察看起来是真的不想出现在他的视频里，但也是没办法回避，因为接到指示，他们目前不能让任何人靠近卡尔。这条街还没开放，那彼得·佩特拉威基到底是怎么进来的呢？

"怎么会有人看到那个家伙不会瞬间就觉得这是世界上最糟糕的人呢？"安迪说道。

"有人也这样说我。"我若有所思地说道。

稍后，彼得把视频贴了出来，我和安迪当然看了。视频里基本上都是彼得在说："你们到底发现了什么？卡尔安全吗？上个月，你们明显认为有相当的危险，才封了整条街，那现在你们又是发现了什么，就觉得安全了呢？人们有权知道！"诸如此类的话。但是马上，镜头就从街景切换到他小巧别致的办公室里，他在那里正襟危坐。

他说道："是时候了，我们必须采取行动！我号召防御派的所有人开始悄悄地收集梦境的数据。我明白我们中的许多人都不愿意与梦境扯上关系，我们宁愿立刻唤醒自己，以防梦境更多地感染我们的大脑。可是虽然已经有几百个密码被解开，但还有几百个尚待解开，如果让某些不计后果的人抢先解开了这些谜团，那整个地球都有可能危在旦夕。所以，我们必须先解开这些谜团。我们能够，我们也必须精诚合作来玩这个游戏，这样我们才能控制这个游戏的结果。为此，我们已创建了几个在线空间，我正在与他们联系。我们得到的消息是，已经有几个国家政府动用了很多人力想要抢先解开谜团，但我认为在这件事情上，政府同样不可信。我们能够齐心协力，每解开一个密码后，我们必须放置在

CHAPTER 12 第十二章

一个集中的、秘密的位置。我已经创建了加密代码,至于怎么使用,我接下来会详细解释。如果你解开了一个密码,请加密后发给我们,我们会在梦境里验证它的准确性,然后添加到我们的密码专属清单里,只有防御派的人才能接触。我们这个群体有规模,有热情,有智慧,我相信我们会成为首批成功解读故事下一篇章的人,我知道我们是唯一可以信得过的解读这一信息的人。谢谢你,注意安全!"

"谢谢你们,注意安全!"每部视频,他都以这句装腔作势,暗含威胁……全是彼得·佩特拉威基的套

"我们也必须这样做。"看完视频后我说道。

"神经病,我们才不搭理他呢,"安迪挺生气的,卡尔希望全人类合作,而让我们反目成仇是彼得期望的。"

"不,他这样一搅和,人们就不太可能觉得是全人类一起在调查某件重大的怪事了。我和你们一样渴望解开谜团,但我不能鼓励人们把发现的密码公布出来。如果彼得得以接触到人们拥有的所有未公开的密码,再加上大家都有的公开了的密码,防御派就会真的先解密,从而在这一点上掌握控制权。"

"也许这个比赛可以输呢。"

"滚,"我用他的话回应道,"我不会让他赢的。"

"让我们花点时间,至少好好想想。集结智囊团吧!"

于是,我们通过 Skype 联系上了米兰达和罗宾,向他们解释了佩特拉威基的计划。

"这个情况可不太好,"米兰达说,"对彼得来说,这是个天才的举动,对他们的事业是有利的。这样一来,他们不仅有机会赢,而且把这件事变成了竞赛而不是通力合作,这样做会让每个人的进度慢下来,还会让大家相互斗起来。"

"是啊,我也发现了,这家伙是个天才,但混蛋透顶。那我们现在该做什么呢?"我问道。一时间,大家都没有说话。

"嗯,我不知道。"罗宾说道。对他而言,说出这样的话,肉体上都是痛苦的,因为帮不上忙是他最不乐意的感受了。"老实说,对梦境,我知道的也不多。"

"我也是。"我回答道。其他人都露出很惊奇的样子。

"不会吧?"罗宾说。

"对啊,"安迪补充道,"我以为你都找遍了呢。解密可是你最喜欢干的事!你可是厉害的宠物侦探啊。"

"什么?"米兰达和罗宾异口同声地说道。

"我以后再告诉你们这个故事。只不过……有几十亿的人都在做这个的时候,就显得怪怪的了。我就是觉得我的精力花在其他地方会更好些。让我来解出一个独特的密码,这种可能性似乎为零。所以,米兰达,我猜,我们中间,你是唯一一个在梦境里花了不少时间的人。"

"呃……其实也没有,梦境让我觉得压力好大。一旦我开始解一道谜,就根本停不下来,然后我都没有正常的梦了。可是醒来后还是感觉休息过了,这不合理啊,而且也许还不可能,但我不喜欢醒来后很挫败的感觉。于是我就把自己唤醒，然后又躺回床上，后半夜就像一个正常人一样睡觉。

我觉得我把时间花在弄清楚输出的信息上会更好些。密码换来的是十六进制码，人们已经发现，经过有意义的汇编，可以形成一个矢量图，就像是由数学元素构成的图像。"

"噢耶，我和安迪非常清楚矢量图是啥。"

"哦，对啊，你们是设计师嘛！"米兰达说道，"不过，问题是每次加入新的代码串后，图像的形状就完全变了，也就是说一大堆相互关联的数学元素，一旦加入点什么，就都变了。没有全部代码的情况下，任一条代码都是无用的。"

"防御派会知道有多少代码吗？"我问道，真心惊讶我居然什么都不知道。

米兰达说："可能吧，没办法知道这个图像是否会真的完全按照图像格式来，但如果真是这样的话，那总共就应该有 4096 个代码片段。但是，对梦境本身，我一无所知，仅仅知道换来的代码的情况。"

"好了，所以说，我们中没有人花时间在梦境里。那还有谁是我们信得过的，又花了不少时间的呢？"安迪问道。

关于解开的谜题，已有一个维基百科页面，而且还很活跃。迄今已有五百多道谜题得以解开。我一直在密切关注这个页面，一方面是因为我想看看进展，另一方面是因为清单里列出了帮助解谜人的姓名（或是网名）。按数量来看，前十名左右的人，即便是在关注梦境的外围人群中,也是相当的出名。排在第三位的人,已独自或共同解出 11 个密码,而且全部得到证实的,叫作"紫色阶级"。

"呃,好吧,"我说道,"算了吧。"

"喔,话可不是这样说的哦,"安迪说,"每次你说'呃,好吧'的时候,就是有点子没说。"

"我想那个叫'紫色阶级'的人可能是玛雅。"

"什么?"安迪几乎叫了起来。

罗宾和米兰达则很安静。他们听说过玛雅,但从未见过面。

"你为什么会这样想呢?"安迪问道。

"算个秘密。"

电脑里传来罗宾的声音,他插话进来:"你想联系她吗?问问她对这一情形是怎么看的?"

"她在线吗?"我问道。

"嗯,在,要我去跟她聊聊吗?"安迪有些犹豫。

"上帝啊,她不过是我的前任,又不是地狱里的魔鬼,把她加进来就是了!"我几乎吼了起来。

于是玛雅就加进来了。她坐在我俩的公寓,或者更准确地说,我以前公寓的床上,她的床上。我突然担心起来,她是怎么付的房租啊。我是不是让她为难了啊?我居然都没想过这个,我一下子冒出了汗。

她靠在一点没变的两个蓝色大枕头上,床头上方依旧是汉德瓦萨①的版画。一切……依旧。我在想她是否有了新的室友，我在想她的工作怎么样，我在想她是否怨恨我和安迪变得有钱了而她却没有，我在想她是不是恨我，然后意识到，她当然恨我了，然后又想会有多恨。

"嗨？"她说罢环顾了一圈，看了看我们四个人，脸上的表情很复杂，有担忧，有怀疑，也许还有一点点逆来顺受。我从公寓搬走后，这是我们第一次说话。她看起来没生气，也不太爽。

"嗨，呃……"我应道，都想不出还能说什么。

安迪救了我："你就是'紫色阶级'吗？"

"阿普丽尔，你过分！"她几乎是咕哝了一句，"你都跟他们说了什么？"

"我就说了'紫色阶级'可能是你，就这个。"如果泄露她的秘密身份就是她生我气的原因，我觉得那真是太容易就脱身了。

她看上去一副逆来顺受的样子，没有生气，至少在那一刻不是生气。

"在我们……"接着她就不得不重新开始，"我在几乎所有人之前就有了梦境，第一晚做的时候，就解了四个序列。我明白那不仅仅是个梦，梦境……梦境太神奇了。"

一想到我之前几乎没花什么时间去探索梦境，我就觉得有些内疚。我把时间都花在为梦境辩护上了，同时我也有意回避它。

---

①奥地利画家、雕塑家。

"你要介绍一下你的朋友们吗?"

"噢!天哪!不好意思,玛雅,这是米兰达,加州大学伯克利分校的材料研究员,我们一直一起行动来着。这是罗宾,我的助理。"我介绍道。

安迪插话进来:"玛雅,见到你真好。"

"我也很高兴见到你。"

喔,我甚至都没考虑过我简直就是让安迪选择了站队啊,而他选了我。我是怎样的一个混蛋啊,这简直又是一个明证。又一波热汗袭来。好在安迪接过了话题,把与佩特拉威基的局面告诉给了玛雅。

"哦,是啊,对那个贼眉鼠眼的人,绝对不能屈服。说实在的,要是只要有人讨厌谁,谁就能够得到一枚硬币的话,那个家伙一定是地球上最有钱的人。"

"没错,没人愿意屈服,但我们得做点什么,否则事态就在他的掌控之中了。"

"首先,不会的,他做不到的。所有那些更复杂的线索,现在都需要合作才行。昨天揭晓了一个密码,要解开它,需要会说印地语某种特定方言的人,还要懂那个地区的创世神话,而且要和懂抽象数学的人合作才能解开。我一直在关注整个过程,但到现在都还是搞不太懂。那个谜题是跟圆有关的,既涉及几何,又涉及神话,整个谜面展现出对人类文化的细致了解,令人震惊。再说,就防御派的优势来看,他们未必像是最具有文化意识的群体。"

在这一点上,大家没有异议。

"但更重要的是,"她接着说,"我们可以抄他们的底啊!"

"喔,我喜欢这言外之意。"我赞同。

"验证密码的真假,是要花时间的。不是说跳进梦境里,说出密码,就能得到想要的数据,而是要经历整个谜题序列,在梦境里拿到密码,然后交出密码。有些谜题序列要花数小时的时间呢。"

"喔,这太美妙了!"我说,"所以,我们只需要召集一帮子人,每天给彼得·佩特拉威基发几百次假的谜题序列和十六进制码就行了。"

"不,"玛雅说,"你们不需要做任何事。'追梦人'社群里已经有很多活跃的人在做这样的事了。我说'我们'可以抄他们底的时候,我指的是社群的人,可不是你们。没有冒犯的意思,但我不认为你们可以想出令人信服的假谜题序列来救你们的命。"

我没有感觉到冒犯,因为我把自己看作是这个社群的领袖,而不是成员。当时我并不知道这个观点有多混乱。"哦,那就是说,我们什么也不需要做啰。问题自己会解决的。"

我看到玛雅的脸上露出沮丧。"不,阿普丽尔,这个问题会有人解决的,但碰巧不是你。"

听到这句反驳,所有人的眼睛都瞪圆了些。米兰达的脸"唰"的一下红了,我猜我的脸更加苍白。

"好……啊,"我有点结巴了,"当然。喔噢,对不起,我说了句蠢话。"

玛雅的表情是把嘴抿了起来,她的嘴唇令人吃惊地消失了!可有段时间没人说我瞎掰了,这感觉不好但挺提神的。

"如果你不介意的话,"罗宾说,"我可否问一下你是怎么深入'追梦人'这个社群的呢?"

"嗯,做梦的第一晚,我解开了49层、50层、51层的谜题序列。49层是开始的楼层,等到有几百个人都解开过的时候,人们才意识到很多人都有过这个经历。第一批'追梦人'社群开始冒头的时候,我已经解开那三层的谜题了,还解开了写字楼外面的几个。在这些社群里我有点明星的架势,我与阿普丽尔的关系对此也没什么不好,"她朝我点了点头,"现在,我很喜欢这件事,社群的人都非常优秀,来自世界各地,有着各式各样的想法和世界观,全都群策群力地朝向同一个目标。其实这件事很美妙。事实上,你们都应该花点时间在梦境里。就在维基百科上找个已经解开的序列,然后去体验一下,也许会让你们对卡尔有更多的欣赏。我的感受就是这样。"

说完,她就坐在那儿若有所思了好一阵儿,然后说道:"啊,是的,我不知道,也许我想以某种方式参与到这件事里来吧。其实,把它抛诸脑后没有我原本想的那么容易。"

我能分辨出她正看着我,我找不到话说,我担心我一开口,她就能听出我如鲠在喉。

"说到这儿,我本来不想说的,但有件事,假如你和你的伙伴们愿意的话,或许帮得上忙。"

☞

那一晚,细细思量玛雅的提议后,我决定采纳她的建议,花点时间在梦境里。当然,第一步是读一读最近解开的一些谜题序列。我选了"紫色阶级"最近参与解开的谜题序列中的一个,在她的网名旁有另外两个我不熟悉的名字。我发现,他们不是同时解开的,而是一起解开的。

睡着后,我发现自己身处梦境中的大厅,我转过身,按了电梯的"下行"键。门开了,我走了进去,按了去往写字楼底层大厅的按钮。我走出电梯,经过巨型卡尔的塑像,来到了门口,走上了街头。梦境里的街道并非曼哈顿那样的格子状,而是各种对角分岔,路口要么是三岔路、五岔路,甚至还有六岔路口。巷道的方向都是各种奇怪的位置,没有一座建筑物让人搞得清楚是怎么回事。

我回头望去,看到作为重生点的写字楼高高地矗立在那里,从我的角度看过去,就像是无限地在往上,往上,都超过200层了。这样逼真地去描述这些东西太怪了,毕竟它们是在梦里,但事实上,每个体验过的人看到的场景都是如此的相同,使得这个梦给人的感觉变真实了。现实是什么?难道不就是人们共同体验到的事吗?从这层意义来说,梦境,就非常非常真实。

写字楼的出口正对阿贝兹快餐店。在如此宏大的梦境里居然也有它的一席之地，这真是阿贝兹品牌建设最棒的一次，而阿贝兹快餐已成为全球追梦人不成文的快餐食品了。旁边是一座古老的木制教堂。在阿贝兹快餐店的另一侧，摆了一节火车车厢，显然不是现代的式样，但我也说不出来自哪个年代，也许是19世纪20年代也说不准。

我径直朝阿贝兹快餐店走去，里面和梦境里的其他场景一样空荡荡的。这个序列的关键是要相当了解阿贝兹快餐店的设备是如何运转的。高中时代，玛雅就曾在阿贝兹快餐店打过工，所以也是最早尝试这个序列的人之一。

在收银机旁的柜台上，放有一份瑞士风味的鸡肉培根三明治，一大杯饮料，一个叠起来的类似苹果派一样的东西。我走到柜台后面，照着点的餐，按下收银机上相应的按钮记了账。收银箱打开了，露出一堆我不认识的钱，但我在网上读到过，这是巴基斯坦的钞票。在我眼里，这些钱毫无用处，但玛雅在网上找到的一位巴基斯坦追梦人断定这些钞票少了一些字母，而这些字母用乌尔都语拼出来的话，代表"地板"和"下面"。这个谜有好几天都没解开，直到另一位追梦人想出了一个办法，从旁边的一家汽车店取来一根撬杆，然后开始撬地砖。就在收银机的边上，也就是点餐时会站立的位置，撬开了一块地砖，在地砖的下面，通关线索闪闪发光，那是一串宝蓝色的字："双倍照相日"。

我不需要撬杆。如果知道那块地砖在哪儿的话，用指甲就能把它抠起来。我现在有密码了，但我没想出什么理由该走回去交密码，因为那样我就醒了，只会得到一个所有人都知道好几周了的十六进制序列。所以，我没这样做，而是开始在这座城里乱逛。每三座建筑，我大概能认出其中一座的风格。有手艺人的住所，有赤褐色砂石建筑。还有一堆教堂，有的挺老式的，也有的很古老，又有一些很新式。也有门前有停车场的小型购物中心，还有意式别墅、不少寺庙和清真寺。我尽量不走直线，然后就完完全全迷路了。我避开小巷，在宽宽窄窄的街道里穿行。要是我一晚上都这样走的话，我宁愿醒过来。

于是，我就这么一直走。我走啊走，走啊走，一直走到了城市的尽头。尽头来得很是突然，那是一片草地，一片一望无垠的草地。我走向草地，没有路，没有树，也没有山，只有一片看不到边际、细细修剪过的草坪面，就像是有史以来最无聊的高尔夫球场。突然，天上传来一阵噪声，我向上看去。一架喷气式飞机正准备降落。这座城还有机场？我不知道你是什么感受，但我也不明白为什么不行呢。只是太怪了，这是我在梦境里看到的第一个移动的物体。梦之城的怪诞主要体现在它是一座空城，而且也没有天气现象，没有云，甚至没有可以感知到的气温。太阳像是锁死了一样，在蓝天上一动不动。没有任何物体移动，我想，除了那架飞机。

我迈步走进草地，一直走一直走，直到醒来，发现已是早晨。我没觉得腿酸，整个人休息得不错，最重要的是，我想和玛雅聊一聊。

梦境，这个由卡尔创造的作品，一直在那儿等着我去享受，可我一直忽略了它，就因为我觉得不会获得任何有用的东西。可那又怎样？这个梦如此令人惊叹！即便是经历其他人已完成的谜题，也让我觉得这样做是完全值得的。如果一直陷于小打小闹，人难以成就大事。在各类有线新闻节目间穿梭，打打嘴战，让我成不了大事。我就想着辩论，却忘了去想我为什么要辩论。

我打开Skype。玛雅在线上。我点了一下她的名字，却关了电脑，转而录了一个视频，涉及了这些内容：我们如何不让防御派的战术得逞，不会让他们关闭掉对梦境的公开讨论，我们将和一些知名的追梦人合作，打造一个工具来帮助实现这样的公开讨论。

四月，总体情况

@可能不是阿普丽尔：假如由追梦人专为追梦人设计一个平台，以便在解开序列的过程中提供协助，那最首要的功能需求是什么呢？

到这一阶段，在追梦人社群已有几百万的活跃成员。要记录已解开的序列，还要跟进未解开的或正在解的序列，工作量相当巨大。此外，还有几百个留言板帮助人们为正在破解的序列，寻找可能有相关技能或信息的人。其中有些留言板是建在已有平台上的，诸如红迪、脸书、Quora[①]等，其他的则是由论坛或聊天软件组合的。

有差不多几百个网站都在做同样的努力。玛雅想到了我（与安迪）具备两个其他人都没有的条件：

1. 我们拥有的卡尔粉的关注度比全球任何人都高出很多，相应地，我们的公信力也就高很多。
2. 一大堆现金。

当然，有数不清的开发人员、工程师和程序员都乐意在空闲时间里为追梦人社群捣鼓点有用的东西出来。但是只要没有人获得过报酬，那么所有的人都想当老大，谁也不听谁的。玛雅已经发现了这个问题，但是米兰达（配合我和安迪出的钱）才是解决这个问题的人。

米兰达一直说她的编程技术很烂，老实说，那毕竟不是她的专长领域，但是当我们开始讨论这个点子的时候，却是米兰达一次次地说"不，这行不通"或者是"啊，这需要大概15分钟"。她能分辨出问题的难易程度，可怎么分辨出来的呢，这让我们几个人困惑不已。当我们把安迪的室友杰森发展成为我们的第一位程序员时，米兰达是我们中唯一既了解愿景、又足够清楚实用性

[①] 在线问答网站，类似中国的知乎。

的人，所以由她来管理杰森的工作挺合适的。

这就是我们（其实就是玛雅、米兰达和钱）创建"颂站"的过程。

这是一个集中化的管理平台，供各路追梦人分享技能、项目、理论、胜败的经验。一开始只是一个网站，但杰森做了编码处理，就可以轻松集成到一个应用程序里。我们便开始从我以前的公司挖人。

没过多久，颂站的应用程序就具备了以下功能：假如某人正在寻找与颂站用户相关的技能组合，或是颂站用户关注的理论线索有了新的评论，用户就会立刻收到通知。快一个月的时候，整个项目穿针引线，越滚越大，对一般用户而言，其功能已经相当令人费解了。但它本来就不是针对一般用户的，而是面向铁杆追梦人的。在这个过程中，程序时不时的有一些小毛病，但比起其他那些胡拼乱凑的解决方案，简直好太多了。

而且，随着用户基数的增长，我们还在不断地朝里面砸钱。每次我在视频里提到颂站后，网站流量就指数级地暴增。一旦发生这样的情况，我们就需要更多的后台支持来让网站保持运行，更不用说服务器的开销了。幸运的是，钱不是问题。罗宾和詹妮弗·普特南已为我的书敲定了一笔数目惊人的定金，我签字的时候，就拿到了四分之一的稿费。

颂站的不断壮大（速度还快），米兰达功不可没。她在管理杰森的同时，还要管理几位应用程序工程师，同时还要对各方面的人发号施令，其中包括用户界面人员、数据工程师、堆栈开发人员、数据库设计师、图形设计师、手机应用程序开发人员，甚至还有几名会计。事实告诉我们，米兰达可不只是一个专注于自己专业领域的人。她知道太多领域的太多东西了！

每次我和米兰达相处的时候，都发现她绝对不是那种看起来非常自信的人，她倒不是害羞，而是谦卑。所以，当年仅25岁的她把这团乱麻搞定，成功成为一家规模不小的科技初创公司的首席执行官时，不仅连她自己都惊呆了，我更是大为震惊。不过，在与我之外的其他人相处时，她既友好又周到，同时还很坚定又有威信。事实证明，她完全能够处理好一个项目中棘手的部分，再加上与玛雅的紧密合作，颂站在短短几星期之内，就成为追梦人使用最多的中心平台。毕竟在追梦人社群里，玛雅有很高的威望，她对需要的工具类型又有着一大堆独到的见解。针对彼得·佩特拉威基想要搞点秘密的序列解决方案，在颂站内部，人们也就不停地想出搅乱该计划的不少点子。只要大家觉得无聊了，就会私聊起来，费心费力地炮制出一个假的序列解决方案。

到3月底的时候，梦境已经占据了我们生活中的大部分时间，以至于卡尔都跌出我们的视线范围了。但不管怎样，我们在23街不是租得有办公空间吗，所以我们还是可以随时关注到他。我们花钱的速度实在是惊人，虽然并没有真正面临花光的危险，但没过多久，我们就开始意识到"有钱"真的是看相对什么而言。彼时，我的银行账户里可能有200万美元，在开发的头个月，我们就烧掉了整整30万美元。大家都知道钱出的速度可比进的快多了，但每个人似乎都信心十足地认为在我的书面市之后，情况就会改观，所以，我的大部分重心都放在写书上了。

好消息是资金的解决方案已经有些眉目了。

4月24日

　　@可能不是阿普丽尔：是什么时候"示爱"变成"做爱"啦？因为很多老歌里面都提到"示爱"，我可不认为它们是在指"上床"哦。

▲

我哥邀请了我及他的200位密友飞往北加利福尼亚州见证他的婚礼。我本想把其他人都拽着一起去的，可是颂站的开发工作，即便全职来做，时间也不够用。最后，只有罗宾与我同行，毕竟他的工作就是让我过得轻松，而他的确做得很好。

老实说，我很反感这场婚礼。场面确实美丽，甚至风景如画。新人租了树林里的一处场地，四周有老树环绕。汤姆的工作能挣不少钱，所以似乎就一点也不节省。我和他的未婚妻虽然只见过几次面，但觉得她挺漂亮的，我真心为他俩感到高兴，可我在纽约有大量的工作要做啊。

虽然我知道这样想会让人觉得我是个混蛋，但我想提醒你的是：现在有外星人，而且正在渗透我们的梦中！事实上，你可能都不记得这个了，但就在这周，关于梦境的运作机制刚有了一点新发现，然后所有人都有点不知所措了。

第十二章

我是伴娘之一，所以得先到场彩排，随后自然也得参加晚餐彩排。大家碰杯欢庆，场面确实很感人，但时间也确实花得太多了。其实在彩排进行到一半的时候，就有新闻爆出来。政府已经发现有些人尚未接触梦境，于是就隔离起这些人对其进行研究。他们判定梦境的确会从一个人传给另一个人，就像是经空气传播的疾病一样。不仅如此，传染物（他们本想回避这个词以免大家采用，但却是最合适的词）是经物体传播的，对人脑的改变相当大。功能性磁振造影结果显示：被传染的和未被传染的人的扫描结果有显著差别。

我一直想表现得像个好妹妹，所以连着三个小时，我都没看手机一眼。当我再次拿起手机的时候，已经流言肆虐、谩骂声四起了。晚餐彩排期间，我去了洗手间，在那里待了足足半个小时想做些补救。

罗宾给我发来短信："我想你听说了'传染'这种瞎扯言论吧？另外，你需要我给你搞点通便的药吗？"

"我觉得我需要做点什么。人们都指望我说点什么呢，可我不知道该如何表达。"我回复他，仍在小间里困着。

防御派的人发了无数的推文如下：

@坏苹果24：似乎@可能不是阿普丽尔 突然变得特别高调地安静了。对于这条新闻，没什么可说的吗，小妞？

彼得·佩特拉威基也发了推文：

@彼得·佩特拉威基：别指望"可能不是阿普丽尔"这样的人今天会说啥了，她们才不会面对现实。科学研究已断定，我们被传染了！还是洗脑式的传染！

这些人想把你扯入他们想要的对话中时，就是这么干的。不能说不奏效。现在人们心中已经有太多的沮丧和恐惧了，不少人开始逼着自己保持清醒好不进入梦境，有些人已经在吃安非他命这样的提神药了。可是人不能不睡觉啊。有些人已经死去……彼得·佩特拉威基散布的恐惧吓死了他们。

罗宾又发来短信："阿普丽尔，你的家人在这儿，他们明白你在做什么。"

我十分沮丧，把手机放进口袋里，走了出来。

"对不起，"我走出洗手间进入房间后，对罗宾说，"你是对的。就这一话题，你能准备几个要点供我稍后用吗？"

"当然。"

"顺便说一句，你穿这套西装帅呆了。"

"谢谢，可不便宜呢。"

"我没办法不想这个。这个话题如此糟糕。大家都在说'传染'的事。也许要是几小时前我在那儿的话，就可以修饰一下语言，用词也许能够更技巧点。"

"可是阿普丽尔，你哥需要你。"

"我知道，谢谢，罗宾。你真是个好朋友。"他的脸红了一下。然后我就走回去假装并没有完全分心的样子，参加了我哥的婚礼，只是最多带了25%的脑子。

5月19日

> @可能不是阿普丽尔：《遇见卡尔后的生活：实录和宣言》在书店上架了！但我们在跟谁开玩笑呢？你会和我一样在亚马逊下单的，因为比起祖国的持续繁荣，我们更在意能省下2美元哦！http://amzn.to/2EIGwTL

我站在美国最大的实体书店巴诺书店里，书架上摆放着我写的书。封面设计看上去很抽象，但其实是卡尔肩膀的特写。出版商本来想在封面印上我的头像，说这样可以卖得更好，可我不敢想象这样的画面：在全世界的每家机场书店有张我的脸盯着人看的样子。我拿起一本打开，随便翻了一页，读着自己写的话，这些话现在正躺在各家书店的书架上。

碘似乎很可能是创造梦境的必要元素。哈佛生化学家艾伦·赖克特写道：在卡尔请求的这些化学品里，碘"是生化过程中唯一常用的元素"。碘是产生各种甲状腺激素的必需化合物。虽然我们尚不理解梦境的传播机制,但当时我把碘轻轻放到卡尔的手上时,我曾感到一阵眩晕。没过多久,和我有过接触的人也成为梦境的载体了。不管梦境是怎么传播的,它一定需要卡尔已有的原材料,要么通过空气,要么通过碘这样的实物。

你发现了吗?我的一位朋友曾告诉过我,不管你怎么校对,你第一次打开自己写的书的成品时,在你看到的第一页上,就会找到一处打字错误。呃……

但我毕竟做到了!我写成了一本书,现在手上拿着的就是,还是精装版的,有几万字,都是我写的。西尔维娅当然给了我不少帮助,但终归来讲,这是我干成的事!与我以前搞的其他艺术相比,这是完全不同的体验。其中有那么多的我在里面,而且现在全都上架了。人们将读到这本书,我希望,也许有一些人的思想会有所改变。最后,几乎所有读这本书的人都站到了我这一边,而这件事唯一的作用就是让像我一样的人变得更加愤怒。

6月1日

@可能不是阿普丽尔:我才巡回签售了一周左右的时间,怎么就觉得我是不是在这辆巴士上度过了一生啊,其他的一切都像是幻觉。

CHAPTER 12 第十二章

我出现在密歇根州安阿伯市,面对购票入场的 2 千名读者朗读书中的内容,然后在展示结束后,由我、安迪和米兰达回答他们的问题。举办活动的地方并不是传统意义上的礼堂,而是酒店里一间铺了地毯的大包厢,放了几千把椅子在里面。这次活动的票不到一天就售罄了,而且每个人,即便以前买过书,都得再买一本。

这次巡回签售,我们仨和罗宾(偶尔还有些其他人,比如安迪的爸爸、詹妮弗·普特南、西尔维娅·斯通、公关人员、市场营销人员等)乘坐的是一辆大房车,车上配有好几个床铺,还有任天堂游戏机、淋浴间和冰箱。一路上我们相处甚密,偶尔会发发火,但大多数时候,都是傻傻地、蠢蠢地找乐子。米兰达与安迪相处的时间其实比较多,这样,我就有时间在颂站上写写逛逛,在推特上向防御派的人喊话。

我们回答了大概 20 分钟的问题。大部分问题都和梦境有关,或者说与我对新墨西哥州出现的疯狂行为的看法有关。在新墨西哥州,有人会因为害怕感染梦境而向任何靠近的人开枪。此外,就是关于卡尔这样或那样的怪诞理论的问题。我们之前商量过:由我负责处理怪诞理论问题,安迪负责应对开我"玩笑"的人,米兰达就负责处理所有的技术性问题。米兰达对我们把她拽离颂站的工作有诸多不满,这次她能同意随行,提出的条件是车上的 Wi-Fi 信号要够好。在整个旅行途中,我好希望玛雅也能与我们同行,那样就可以回答关于梦境的问题。

比如：

"在梦境中，你遇到的最奇怪的事是什么呢？"问这个问题的是一位 12 岁的小姑娘。

"哦，当然都挺怪的，"我支吾道，"但那又是个非常安静、非常静止的地方，所以那架飞机总是让我猝不及防。"

"啥东西？"坐在我旁边椅子上的米兰达问我道。

"飞机。你走到城市边上的时候，就会有架飞机出来要降落在某个地方。我从来都没找到它降落的地方。"

会场里传来了一阵交头接耳的说话声。

"你们从来没去过城市的边上？"我问道。

"不，我去过，"米兰达说，"但是没看到飞机啊。那座城里没有东西会动，从来没动过。"

"请举一下手，"安迪接过话来，"如果大家有人在梦境里看到过飞机在飞的话。"

没人举手。

"噢。"我欢呼道。

全场沉默了良久，后来我说："好吧，我猜那就是我在梦境里遇到的最奇怪的事了！"现场响起一阵笑声，我们进入下一个问题。

提问的是一位 30 多岁的男士，他身穿一件运动外套，黑色的头发很干净，很有型。提问时，他的声音略微颤抖。

"这个问题是问阿普丽尔的。成为人类的叛徒，你是什么感觉?"观众席里有人大声地表达了不满,于是这个人对着麦克风说得更大声了,唯恐大家听不到他的声音,因为其他没有麦克风的观众也开始讨论起来。"你知道很多事情,但依然假装现在没有危险,对此,你是什么感觉?就为了几个臭钱,不惜出卖你的星球,出卖你的国家,对此,你是什么感觉?"他的声音有些颤抖,听上去挺紧张的。他的几位伙伴(无论是否真的相识,还是来捣乱的防御派同伴)从后排观众席发出了嘘叫声,叫嚷着:"对啊!"

"嘿,我们不同意这个观点。"这样的冲突以前发生过。处理这样的局面,我没问题。"我很乐意看到您挂心地球的最大利益,但您不认为我也是这样想的,这让我很难过。目前我看到的证据显示:卡尔除了让人类更加紧密之外,并没有想要别的什么——"

"老子干了你,叛徒婊子!"有个人从后排吼了起来,不是拿麦克风的那位。

突然之间,整个会场都骚动起来。我看向安迪和米兰达,他俩都惊呆了,面露惧色。观众都站了起来,有的挤到了走道上,想看看到底是谁在嚷嚷,场面开始失控了。我对着麦克风在吼,但没人能听到我,或者说没人在意我说什么。我坐在椅子上往前看,看到安迪站到了我面前,他一把拽住我的手,把我拖了起来。可我不想离开这儿。如果我们不能让事态平息,明天的新闻都会报道这件事的:"突现抗议者,阿普丽尔·梅的签售会被迫取消"诸如此类。可是,会场里的事态难以平息,安迪和米兰达架着我离开了这个舞台。

6月6日

@可能不是阿普丽尔：你们想一想要是外星人从一开始就把我打造出来，让我帮他们征服一个星球，那我的协调性肯定会很好啊，才不会蠢到把一半胸夹门里吧。

然而……

▲

我回到23街的公寓里，坐到了电脑前。我明白我该做什么，可就是做不了。

在安阿伯市的溃败后，签售活动取消了。自防御派出现以来，他们的人就不停地在网上骚扰我。他们的阴谋论不断地添油加醋，直到把我抹黑成一个非人类的人。他们有的说我是反基督的，有的说我是魔鬼，还有的说我是个外星人。一直以来，丧失人性都是个隐喻，我不是人，对一部分人来说，已变成了现实。

坦白说：这个观点吓坏我了！在酒店的那一刻，当事态失去控制的时候，的确挺吓人的。可是，当我像梦游仙境的爱丽丝一般跳入兔子洞，却发现掉入了人们的妄想世界，发现自己成为众矢之的，发现世界上有成千上万的人那么急切地希望我死掉，那感觉更糟！是的，他们一直都叫我去死。我一直处于焦虑之中，这让我心情低落，魂不守舍，让我杞人忧天。虽然在公众场合，我表现得比詹姆斯·迪恩①还酷。

我的住址早已不是秘密。有人运用"报假警"这样的网上骚扰策略,打电话给纽约警察局好几次了,说我在公寓里挟持了人质,意图就是让警方重视这样的威胁,然后派出特警队,把我家门给砸了。好在罗宾早在第一周做助理时,就给纽约警察局打了电话,把我添加到潜在目标名单上了,所以我永远都不会在家跟特警队的人打照面。我当然看到过这种场面的视频。直播游戏的人经常会遭遇这种事,挺恐怖的。门"砰"的一声就倒了,所有人都在尖叫,这些全副武装的大块头举起突击步枪对准每个人。梦境还有个好处就是:如果我整晚上待在梦境里不醒来,就不会做噩梦了。

在这100天里,有上万个瞬间,我真想暂停一下,藏起来。米兰达让颂站开始提供高级版订阅服务,每个月五美元,自此,颂站基本上就可以收支平衡了。《遇见卡尔后的生活》已经卖了100多万本,每售出一本,我就可以净赚七美元,有多少钱,你们算一下吧。其实我现在就可以退休了,如果退休的话,生活可能会更安全,更美好,但我还不想退出这个游戏的原因有如下所列:

1.我讨厌彼得·佩特拉威基和防御派,我将动用我所有的力量用真相戳穿他们的危言耸听,而且我认为我们已经快接近真相了。

---

①美国20世纪50年代男星,英年早逝,被誉为"垮掉一代"的灵魂人物,曾与伊丽莎白·泰勒合作演出电影《巨人传》。

2. 就因为人们对我的骚扰而放弃,岂不是就让他们得逞了?!

3. 老实说,我确实深深地、一点不假地沉迷于人们对我的关注。

我曾答应过你们要诚实。

我跑题了。回到正题,我在公寓里的第二间卧室,坐在电脑旁,就我一个人。那是晚上 8 点 03 分,早前我给玛雅发过短信,问她是否方便 Skype。她说好啊,晚上八点可以。我就坐在那儿,鼠标在接听键上飘了 3 分钟。

她当然是径直打了过来,我点了接听。

"嗨!"我打招呼道,尽量让自己的声音听起来正常。

"嗨,阿普丽尔。你好吗?"看到她真好。

"我不知道,老实说,最近这几天,挺难自己想明白。"我回答道,不能再真实。

她点点头,表现出关切,又有些沮丧。"是啊,这种情况……是啊,这种情况也不奇怪。对安阿伯市发生的事,我真的感到难过,太可怕了。"

"我已经习惯了。"我撒谎道。我唯一习惯了的事就是假装我已经习惯了。不过,既然我知道玛雅知道我在撒谎,而她也知道我知道她能发现,我们就让这一段过去了。

"是这样的,"我继续说道,"在安阿伯市还发生了件怪事,我一直在想这个来着。你比其他人都更了解梦境,所以我想听听你的意见。"

"说说看。"

"我每次走出那座城来到草地的时候,就会听到一架飞机在附近降落。它飞到低于建筑物的位置时,我才看得到它,但它绝对是在降落。我在签售会的时候提到了这个,但所有的观众似乎都认为我在瞎编。"

屏幕里,玛雅就坐在那儿,一动不动得像块石头,她的头稍稍偏向一侧,嘴张开着,眉头有一点点揪着。她的表情中有一丝迹象,让我觉得也许她有点想吐的感觉。

"玛雅?"

"在梦境里,除非主动去移动,否则没有东西会动。"她说。

"可是那个接待员在动啊。"我说。

"也是,除了那个,"她轻描淡写地略过了,"这都是共识了。梦境里有一些布料,比如旗杆上的旗子,但是风从来没有吹动过。有植物,但是从来不长,开的花也不会枯萎。这都是广为接受,尽人皆知的。梦境里没有东西会动。"

"哦,可是每次我走到城边的时候,就会出现这样的情况。一架飞机飞过来,然后降落在某个地方。"

玛雅发出了一声既长又低沉的咕哝声。她向前垂下头,细发辫都掉下来遮住脸了。

"我做错什么了吗?"我问道,不是想为自己辩护,而是因为担心。玛雅让我觉得,我把事情给搞砸了。

"阿普丽尔。"玛雅向上看着摄像头,然后,她的脸上变换出 20 种不同的情绪,有沮丧、惊恐、兴奋,又变回沮丧、好奇,又再次兴奋,然后是更多的沮丧。

"玛雅。"我突然喊道,感觉她像是需要获得解脱一样。

她挥舞着双手表现出沮丧,然后竟用手捂住了脸。

"噢!天哪!到底怎么了!"我真的有些害怕了,就像是以为自己得了梦癌或是其他什么的癌症。

"阿普丽尔,梦境里没有东西会动。但更怪的是,更糟糕的是,在梦境里,每个人的经历都没有什么不同。接待员是会动,而且接待员说的是做梦人的母语,但除此之外,其他的都一模一样,完全一样!人们还数过一栋房子门前草坪里草的叶数。每个人看到的都一样,每个地球人。

"所以说,当你说起梦里的一些事而其他人都没有遇到过时,所有人既极度的兴奋,又极度的沮丧。兴奋是因为你我共同在解这个谜,而你看到的很有可能是梦境的最后一道谜题,因为我们很快就要解到 4096 个了。沮丧是因为,善良的万能之神啊,我知道你是个好人,但你最不需要的就是用来自上天的某些迹象来证明你很特殊。"她叹了口气。

这让我有些生气,我摆出一副严肃的面孔说:"玛雅,不是我要这样的。"

玛雅思忖了良久,然后说:"假如我收回之前说过的话,然后我们来谈点正经的,你觉得可以吗?"

"这主意也许不错。"她没有和我争吵,我有些恼怒,可我其实也不想吵架。"我遇到了一个不同寻常的梦境问题,而你就是那个必须得来帮助我的专家。让我们把角色扮演起来吧!"玩笑话一出口,我就后悔了,而玛雅只是礼节性地笑了笑。

"好吧,我不能跳到你的脑子里去搞清楚,这让我感到无比的沮丧,但是你可以这样做!重生后,你就一条直线往城边去,到那儿最快的路可能是直接从百老汇街跑下去。百老汇街就是你走出写字楼后的那条街。你一看到飞机,你就跑,不要走过去,跑过去!如果你看到飞机了,或者说,如果你能够登上飞机,你要找的就是:

"首先,任何不寻常的东西。在接下来的几小时,也许几天里,你需要掌握你能学到的关于飞机的所有知识。第一次先试着搞清楚飞机的类型,是波音、空中客车?还是庞巴迪的民用喷气飞机?你可以先登机,然后在睡觉的间隔做些研究来缩小范围。你可能只是觉得有点不对劲。梦境线索时常是省略了的东西,那些本该在那里却没有出现的东西,但假如你并不知道飞机的驾驶舱长啥样,可能也就看不出来哪里不对劲。

"其次,任何不连贯的重复。通常,在梦境里,重复项都是一样的,所以,如果有任何东西让一个物体与其他的物体不同,就很有可能是重点。比如:其中一个座位不够完整,不够直,不是锁定状态,或者说,其中一个窗户是单扇的,或者其中一个洗手间闻起来怪怪的。任何东西都有可能。

"第三,不要尝试自己解决。告诉我!我会召集几个信得过的人，也许他们具备相关知识。我知道独自解开对你而言超有吸引力，可是最近一个月以来，已经没有任何一个谜题序列是单枪匹马就可以搞定的。这些序列太复杂了，我很清楚卡尔是想让我们合作。去看看你能发现什么，然后报告给我。我知道我在做什么。"

我一直在做笔记。我切换回 Skype。"还有其他圣贤智慧吗，解梦大师？"

"呵，有啊，"她说，"别想着取笑我，否则我就让你自己去解这个谜，解不开的话，这个谜会活吃了你！"

"好啊！"我说。

整场对话给人的感觉，就像是我们在大峡谷边愉快地散步，尽管险峻的峡谷近在咫尺。那感觉真的很美好，甚至很棒！但同时又不可能忘记，离那些严重的不愉快，我其实只有跌跌撞撞的一步之遥。

"我明早向你汇报。"我说道。

"你要是有任何细节撒谎，我会到你住的公寓楼去放火的。"她狠狠地说道。

那一晚，入睡不是特别的容易。即使你已经像我一样一直有气无力的，期待也总会让你兴奋起来。于是我读了罗丹的传记，这已经是第四次读了，最后我终于发现自己身处梦境中的写字楼大厅。我完全按照玛雅说的去做，很快，我就奔向一架正准备在城里的某个地方降落的飞机了。在这之前，我已经初步了解了飞机方面的知识，我可以辨别出这是架大飞机，但还不是巨型那种，不是波音 747 或空客 A380 那样的两层，也就是说，它是 25 种不同型号中的一类，但这 25 个型号的飞机外观差不多完全一样。

当我跑向我猜测的飞机降落点时，我注意到我并没有感觉到累，只要我愿意，我可以一直全速奔跑。我想，对梦来说这并不奇怪，但在自控的同时，我又意识到我在梦境里，这让我一阵战栗。于是，我让腿全力地快速奔跑，跑得就像在现实生活中那般快，也就是说，并不是很快。

看不到飞机在哪儿后，我不得不做一个靠谱的猜测，猜一猜它降落在哪儿了。飞机落地后还会前行一段距离，飞机都是这样，于是我就朝着我大致认为的滑行终点跑去。

可是我并没有找到。我迷路了，在城里兜了足足 45 分钟。我心生一念，就用头去撞了一棵树，当然是故意的，从梦境醒来有几种方式，最简单的就是试图伤害自己。而事实上，永远都不会受伤，醒来时会发现自己仍然是躺在床上。

再回到梦境需要保持清醒一段时间。如果马上又回去睡，那一晚上就只会做正常的梦了。

于是我睡眼昏花地查看了推特，浏览了颂站上的几条头条帖子，然后断定时间足够长了，就又回去睡下。

这一次，我径直朝城边去了，然后绕着城边走了一段，直到发现了我要找的地方：那是一座建筑物，也许有七层楼那么高，是座酷毙了的日式宝塔，离城边只有几条街区之遥，但比周围的绝大部分建筑都高。我侦察了一下，发现里面的楼梯确实可以通往最高的那层。

在绕城边行进时，我看到了飞机，然后疯一样地跑到宝塔，登上到了最高一层。我仍然没能看到飞机到底停哪儿了，但对周围的一些地标有了更好的了解。飞机降落的方向在主摩天大楼前的天际线下方，所以还是在我这个方位。有经验的追梦人可能会直接走过去，但这座城里的各种狭窄街道不仅弯弯曲曲，还有各种死角，这让我困惑不已。

好在，我最终还是到了那儿。

我至今都不明白飞机到底是怎么降落的，但飞机就在那儿，停在了一个小公园里，这个场地简直就是为它量身打造的场地。飞机显然不需要跑道，我的意思是说，这些东西没必要合情合理。在我靠近飞机的时候，越发觉得如此，因为真的觉得有点没对。玛雅曾经说过有可能会这样，有可能会少东西，只不过她没说会这么明显。飞机的起落架没有放下来，飞机是飘着的，机腹离地面有两米左右，引擎离地面大约半米到一米。我可以径直走过去抚摸它们。我不得不克服严重的非理性恐惧，把手伸进了喷气发动机，转动起里面的巨型风扇。

机身上涂有徽标，好像是某家航空公司，可我没辨认出是哪家。徽标里有一个灰色的水平条，中间托着一个浅灰色的圆圈，就像是太阳从海平面升起，唯一不同的是圆圈是在地平线的前方。这个图案异常的简单，看起来更像是一个国家的国旗，而非公司的徽标。

机身则完全裹着一身蜂巢状的图案,在白色的图形之间,夹有一些随机分布的红色六角形。

我绕着飞机走了一圈,没发现有什么不对劲。飞机实在太大了,想都别想能去到门那儿。我走到机身下面的时候,向上使劲伸出头就可以擦到机腹。唯一一处我觉得像是个能打开的舱口的地方,却打不开。没有起落架供我可以爬上去,于是乎,我尝试去爬引擎。我从前面开始爬,可明显做不到。引擎有我两倍那么高,没有任何可以握住的地方。

我绕回到后面,开始尝试爬上去。我个头不高,但至少轻盈。我把自己卡在引擎的内外层之间,尝试着把自己推上去。我竭尽全力一路扭动着爬到了引擎弯向机身的那个点,几乎到达最高处。现在,我只需要把手转过来,就可以抓到引擎的外壳了。

我正试图这样做,突然屁股打滑,我就从整整有四米半的高空跌落下来,完全失去控制,我吓坏了!在撞击地面之前,我醒了。

第二天,我把整个情况告诉给了玛雅,她给我提了几条建议,其中最重要的一条就是:这件事我一个人搞不定,而且我真的不能再装作自己是这个故事中唯一的英雄了。她的看法是这不仅仅会让我们的速度落后,而且还很危险。我越是显得是这个故事的主角,那些讨厌我的人就会更加地厌恶我。

我反驳的观点是:那些人不过是见风使舵的讨厌鬼罢了,所以没必要理睬他们。玛雅的看法是那些人都是疯子……我们需要理睬。

7月8日

@可能不是阿普丽尔：我今天见了位真正的亿万富翁，他当场把我的自我介绍方式批得体无完肤。所以，……去你妈的！

我刚刚参加了生命中最精彩的派对。我与米兰达、安迪和玛雅一起，在一部纪录片中接受了采访。该片由非常知名的导演拍摄，我们应邀参加了首映式。我们购置了价格不菲的礼服，让自己就算不是但至少感觉上像是电影明星。我们走上了真正意义的红毯，有数以百计的职业摄影师纷纷为我们拍照。

巧合的是，首映式那天，也是梦境中第4096个序列（据我们所知的最后一个序列）解开的那天，尽管当时的我们还不知道。

我们在一家古老的剧院观看了这部影片，然后去了一间酒吧，据说酒吧老板是电影界人士。酒吧里光线暗淡，所有的灯都泛着红光。那晚，酒吧赠送了以卡尔为主题的鸡尾酒。

当然，像这样的派对，邀请名单的范围很窄，但够分量。很多即便是没有参与到影片中的顶级名流，都已决定前来，因为这是一场社交活动。

他们都想和我聊一聊。

派对相当的不错，只不过我真的得去趟厕所，而洗手间里排起了长龙，大概有 40 个人在等。你是不是觉得他们早该考虑到这个呢……

罗宾和我们中的其他人也在一个亭子处摆了个摊，但向他们提出合影的需求，明显比我少了很多。米兰达身穿一件深绿色的平纹针织棉质礼服，上衣的袖子紧紧地包裹着她的手臂一直到手腕，裙子从腰部散开，长度刚好在膝盖以上。

漂亮！漂亮！太漂亮了！

不过，米兰达的漂亮与我的漂亮可不是一个类型，我提醒自己。

不管怎样，我在被拉回到人群中尽享荣耀和崇拜之前，导演向我介绍了一位真正意义上的亿万富翁。

那一晚的大部分互动，都是酷酷的人告诉我他们觉得我也挺酷的，而且我喝了三大杯，身体已经快出舒适圈了，似醉非醉。派对上还有几位是互联网的名人，我感觉会有共同话题，于是我就去和他们聊了起来，毕竟传统的好莱坞人士与我完全没有任何共同之处。

所以，基本上来讲，这个派对很好玩，只是时间过得飞快，最后派对结束了，我回到了酒店房间，却不知道该做什么，依然醉醺醺的。我可不想去睡觉，那里等着我去做的唯一事就是那个还没有解开的飞机谜题。在这件事上，我已经努力了快一个月了，飞机外部的每一寸地方，我都探索过了。玛雅对此帮不上什么忙，而我又不让她对外说这件事。我不想看酒店提供的电视节目，于是发了点关于派对的推文,可没什么反应。一切都显得非常、非常平淡,我都感觉不是自己了。

整个晚上,我的自我感觉不是太好,可现在,没啦。你可能以为我会安安静静地蜷在酒店精美的床上,舒舒服服地睡上一觉?才不要呢!摇滚明星在演唱会后的感觉就是这样的……所以说,他们要和女粉丝一起搞庆功宴,还需要可卡因。人都想一直嗨下去,可我想,人没法始终保持亢奋啊。

我拿起房间里的电话,拨了总机。

"可以帮我转接米兰达·贝克威思的房间吗?"

"请稍候。"

然后我就听到了米兰达的声音。

我非常清楚如果和米兰达勾搭上的话,我的生活会变得更加复杂。米兰达对我的吸引力也没那么大,可是我害怕这张冰冷的床,害怕那种让人心痛的孤独,而且我意识到自己之所以这么做,是觉得自己有特权。

"喂?"

"嗨,我是阿普丽尔,你还没睡吗?"

"没呢,你为什么不发条信息给我呢?"

"我觉得打电话更有趣,我让总机接通的!"

"哇喔……"她模仿了我假惺惺的热情。

"是这样,我跟你说过那个 767 序列的事,我知道你一直在做相关的研究。"我把这个序列的情况告诉给了玛雅、安迪、罗宾和米兰达，然后让他们全都发誓保密。我预测米兰达现在已经有些主意了。"我想也许你可以到我房间来，在睡觉前，我们一起过一过。"

"好啊！我都有好几个主意啦！"她听起来完全没有意识到我让她过来或许别有深意，这让我有些惴惴不安。虽然她明显对我有些着迷，但或许也就限于"阿普丽尔·梅——纽约卡尔的发现者"这样的原因吧。也许我看走了眼？也许她是超级直女？也许没有被我吸引？

啊，我要的就是这种既担心又兴奋的感觉。

"太酷了！我房间606。"我说。

"哦，好有趣呀！"她回答道。

"怎么啦？"

"没什么，到那儿我再告诉你。"

我去洗手间刷了牙，派对上穿的晚礼服当然早就脱掉了，但我补了点妆，没敢补太多，希望她看不出来。然后穿上无袖背心和睡裤，背心太紧，睡裤又太肥。我看着镜子里的自己，心想，"*我亦会恋我如癖*"①。接着，就听到了她的敲门声。我发誓，在我俩的目光相遇前，我看到她打量了我仅仅一毫秒钟。

她一如既往的迷人，身穿针织面料的灰色高腰连衣裙，裙子的腰线很高，快赶上宫廷服那种腰线了。上身沿胸部自然收紧，

---

①美国流行歌手赛琳娜·戈麦斯《恋物癖》歌中的一句歌词。

恰好显露出她微微起伏的胸脯。

这正是我想要的夜晚。

我们在床上挨着坐了下来，聊了些晚上的奇遇，然后进入到解梦的话题。"六角形？我不知道，可能有很多种解释，可能指二进制，可能是某种数值模式，我不知道，阿普丽尔，我用了十几种方法了，都说不通。不过，在航空公司的徽标上，我倒是有一些进展。"因为酒店房间里没什么椅子，于是我们便坐在床尾，腿上都放着手提电脑。

"在梦境里看着很熟悉，"我说，"不过我们用的办法都没奏效。"

"嗯，"她把手提电脑抬起来，轻轻放在我大腿上，"看起来熟悉可能是因为像面旗子。如果把上面填满，就会变成一个长方形，中间有个带颜色条的圆圈，那就像101旗语了。不过，它看上去肯定不是任何已知国家的旗帜，更像是其他东西的代表。"

"为什么？"我尽量直视着她棕色的大眼睛。

"我不知道，就觉得梦境不会那么直接地去指示一个具体的国家。通常来讲，都会更加抽象。"她的兴奋里夹杂着紧张。

"我觉得更有可能不是象征性的，就是描述性的。象征意义就是在海的前面有一轮太阳，可能代表着对某人而言的某物，但我也不知道那是什么。不过，我一直在想可能是描述性的。要是它不是代表着一个符号，而是代表两个符号呢？会不会是莫尔斯电码的一个点和一条短横线？如果只是一个点和一条短横线，那就可能是字母 A。但如果分解为两个字母，那就是……"她在她的电脑上查看了一下，说道，"E……和 T。"

我朝她竖起手指轻轻说："E.T.？"

她像我一样竖起手指说："打……电话回……家①"

我俩大笑起来，她的脸"唰"地红了。我伸手抓住了她的手，就像和朋友一起大笑时很自然的举动一样，一点点额外的身体接触。她头向下歪着，仰着看着我，她没再笑，脸却通红。我放下她的手，把手搭在她的肩头。我的手刚碰到她的衣服，她就靠向我亲了一口，终究有点仓皇失措的感觉。

可我不介意。

大约一小时后（抱歉，我略去了有趣有料的部分，因为米兰达相当注重隐私），我俩依偎在被子里，米兰达躺在我的臂弯，有点汗黏黏的感觉，但我心情美好得毫不在意。

"我简直不敢相信我刚跟阿普丽尔·梅勾搭上了，可我这样说是不是很蠢啊。"

"你说什么呢？"我有点担心地问道。

"嗯，我知道我们是朋友，也知道你其实是个普通人。我想我确实足够了解你的，"她的声音中透着一丝骄傲，"但你毕竟是阿普丽尔·梅啊，你知道的，你是外星来客的拥护者，是'首

---

①美国经典电影《外星人》（E.T.）中的台词。

次接触'的发起者,是梦境的促发者。"

"促发可是我们一起做的。"我提醒她道。

"哦,阿普丽尔,我们不过是你轨道里的卫星罢了。"

这话让我感觉很不舒服。

"米兰达,这样说可太荒唐了,"我认真说道,"你是个天才,我不敢相信的是,我竟然能和米兰达·贝克威思勾搭上。"

听了这话,她眉开眼笑。

"噢!我差点忘了。"她抬起肘部,羞涩地把床单护在胸前,"最大的可能性是,这是另一个码,看上去属于另一种数制,其中,条状物代表'5',点代表'1'。所以说,一条一点代表'6'。玛雅的数制就是这样。"

"玛雅?"我问道,感觉有点眩晕。突然之间,我觉得我在劈腿,到底是劈的玛雅,还是米兰达,我也说不清楚。

"是啊,就像玛雅人,中美洲文明?"

"好奇怪……"我硬绷着,"看起来是最有力的线索。"

"绝对的!"于是,她开始向我解释玛雅数字的复杂体系。即便她看出了我的尴尬,也没露出痕迹。我一边抚摸着她的头发,一边竭力仔细听着。她向我解释了玛雅人如何表示百位和千位的数。

7月12日

@可能不是阿普丽尔:要来的就快来了。东部晚上

CHAPTER 12　第十二章

8点，我会上CNN！

▲

终于来了，你一直提心吊胆的那场约会。不要担心，我也不要担心。对此要写的太多了，写1千本书都写不完，所以我只聚焦在我的部分直接体验上。你将会注意到我没有谈及国际关系，也没怎么提到在此期间我国发生的那些事。这本书本来就是写我的故事，要不然都够肯·伯恩斯①拍部长达45小时的纪录片了。

此时此刻，每个梦境序列都已经解开，只剩下那个唯独我才能接触到的秘密序列。人们拼命想用十六进制码解出点有用的东西来，却发现不过是些不规则的线条，显然毫无意义。有一群人认为我们缺了一个密钥，一点代码，可能就几个字符那么长，但却能解锁整个谜题。除了我和我的伙伴们，没人知道那个密钥是什么。人们还流连在梦境里，徒劳无获地搜寻。防御派想控制序列的企图一败涂地，不过在控制话语权上却一直表现不错。对于任何公开持不同意见者，佩特拉威基特别擅长削弱对手的公信力。如果任何人表示出情况也许并不可怕，他的大部分回应都是半生不熟的阴谋论。在他的视频里或者在电视上，我看到的他总是显得挺愉快。

可是我却惨了。我解不出767序列，而且我还没能鼓起勇气说出它的存在。我有钱又有名，可突然之间，我觉得没有朋友了。

---

①美国历史纪录片制作大师，拍摄过《美国内战史》等多部知名纪录片。

颂站倒是更火了。人们一遍遍地重演梦境中的每个序列，期望能找到密钥的线索，这让每个人都异常的忙碌，我们似乎都没有时间聚一聚了。我与米兰达在一起后，氛围就更怪了，安迪突然显得疏远又郁闷，而我也不想去探个究竟。玛雅与我之间，除了冷若冰霜，也不会再有别的什么。我们这帮人中，罗宾是唯一与我相处正常的人。但同时，因为他是为我工作的，所以我也不确定这样的友谊是否靠得住。如果我不再付他薪水，他还会待在这儿吗？

带着所有的这些失落，我把矛头指向了防御派。我大部分醒着的时候，都在关注他们的思路，反驳他们的论点，制作视频，然后在社交媒体上与他们交战。

在愤怒（还有贪婪，但主要是愤怒）的驱使下，我听从詹妮弗·普特南的建议去上电视，与彼得·佩特拉威基一决雌雄。对我来说，这个主意可不妙。彼得的口才可比我好太多了，我与他站一块儿时，看起来始终像个小孩。

可普特南说，即便他占了些上风，但那些还不知道我的立场否则肯定会站在我这一边的人，就会加入进来。我们的目的是向更多的人传达这一信息，而做点让媒体有卖点的事，就是达到这一目的的最佳途径。

最后，我对彼得的仇恨以及对普特南的信任占了上风，毕竟是她的建议，才让我走了这么远。

这个节目现在估计很多人都忘了，但在当时却是个大手笔。

第十二章

在人们的心目中,我们两个人早已代表着完全对立的两个观点,之间的分歧与已确立的政治路线的差异大致(非常粗略的)相同。

我们各有一帮人马,彼此都看对方不顺眼。对方认为应该把卡尔视为威胁,并以此为借口宣扬军事化,这样的观点简直让我不敢相信,它点燃了我方的愤怒。而在彼得方看来,他们的怒火同样被点燃了,被合理的恐惧点燃。

我们的战场选在了可以找到的最中立的平台,那就是CNN。随着有线新闻的传播,这个节目很受欢迎,但媒体方还是花了整整一周的时间预热这次"短兵相接",搞得就像总统候选人辩论似的。我们双方都前往位于纽约的演播室,坐在一个时尚的玻璃桌前,身后是一面异常花哨的墙,我们看向各式灯光和摄像机,还可以看到另一边的钢梁仓库。

文字转录稿

主持人:全世界有64座大都市遭遇了外星科技,甚至有可能是外星生物的到访,但对方的意图到现在依然是个谜。

阿普丽尔·梅——纽约卡尔的发现者,以及彼得·佩特拉威基——《入侵》一书的作者,今天都作为嘉宾来到了节目现场,可他们永远都不是一路的哦。今天的辩题很简单:卡尔是危险的吗?

阿普丽尔,你显然从未觉得卡尔会对人类构成危险,从一开始就相信他是某种现代雕塑吧。

这样的非疑问句开场白，明摆着让我先说，于是我按照这类节目嘉宾惯用的套路，直接忽视了这个提示，直奔我想说的。"如果卡尔或创造卡尔的生物真的想伤害我们，对他们来说不会是件难事。从本质上讲，他们似乎是温顺的。"到目前为止，居然没人打断我，这让我感到惊讶，于是我不确定还有什么要说的，但又不愿意放弃发言权，所以继续说道，"他们在技术上如此先进，一千年我们都赶不上。"

佩特拉威基这时候插话进来了。"谢丽尔，你给出的问题是'卡尔是危险的吗？'我认为问题根本不是这个。对我来说，问题是，'卡尔有可能是危险的吗？'我只想说我不知道这个问题的答案，我也不知道假如我们必须迎战的话，会有多难。我只不过认为明智的做法是不能干坐着，然后去假定这个技术最好的一面，我认为这个技术可不见得仅仅是温顺的，它现在可是在我们的脑子里，在美国还有一个不知道跑哪儿去了呢。"

这是在影射好莱坞卡尔的手，自从在亚洲剧院前掉落下来后，就再没人看到过。而其他国家或美国其他地方的卡尔的手并不是掉下来跑了，而是明显消失了。这又是一个让人抓狂的谜，让科学家们很困惑，防御派们则吓得要死。

无论如何，彼得·佩特拉威基在网上可从没中断过叫嚣虚假的、危言耸听的废话，在现场却表现得既平静又理智，他这样的表现让我措手不及。这样的对话，我毫无准备。

主持人谢丽尔收回话头。"阿普丽尔,这有一定的合理性吧?"

"小心点我觉得也是可以的,但防御派运动所表现出的怨恨和敌意——"

"你觉得小心点也是可以的?"彼得强行打断,开始还击,"你是唤醒卡尔的导火索。或许就是你的瞎管闲事,才造成了对人类大脑的入侵。阿普丽尔,我很清楚这一点。你自己都说过,你不应该这样做,你应该让某些有资格的人去发出这个信号,可是你没有。你和你的跟班就那么盲目地冲上去了,丝毫没有考虑这个国家人民的安全。"

这家伙为什么总是拿"这个国家"说事,难道这不是全世界的事吗?不过我已经意识到自己的失误,于是我回到这个话题上还击。

"归根结底是这样的,我认为有位来访者来到我们的门前敲门,而你们想举起枪瞄准。"

"亲爱的,他们没有敲门,他们一言未发就走进来了,如果是家的话,那已经算是入侵了。"

形势不妙。主持人开口控制话题。"彼得,阿普丽尔提出了一个很好的观点。实际上,在面临远远胜于我们的科技时,我们能做些什么呢?"

"解决这个问题不是我的职责,那是总司令的职责。我只想让人们考虑这样的危险,而不是在有如此优势的生命体首度出现时,只知道打滚撒欢。难道我们从历史中什么也没学到吗?优势群体与劣势群体相遇时，会发生什么？每一次，每一次都是劣势群体遭到屠杀，被洗劫一空。"

这观点确实把我惹火了，我不禁插话道："所以说，你想当然地认为人类是可怕的，而其他物种也就是可怕的了？"

"阿普丽尔，我不认为人类是可怕的——"

我打断他："你刚说——"

他反过来打断我："你让我把话说完……我不认为人类是可怕的，我认为我们是强大的，足智多谋的，如果这场仗有人赢，有人生存下来，那一定是我们！"

阿普丽尔：没有仗要打！那是你杜撰的，我甚至都不知道你为什么要杜撰！你为什么要把时间花在恐吓大家上呢？

彼得：你其实也认为大家害怕。阿普丽尔·梅，你说的就像我们俩住在不同的国家一样。

阿普丽尔：你当然害怕啰，你一直在说的就是这个，你……

彼得：我们在说的不过是一点点常识，然后你就跳出来攻击我！这样的故事不断重演。不过是普通人要求放慢点，小心点，然后突然之间，我们就成了有"排外症""惧外症"等诸如此类标签的人了，上周你为了卖书，用了多少这类标签啊。

这套话我早已听过，但我也明白这样的论证说得过去。假如你告诉人们他们的信仰遭到攻击，于是突然之间，他们就捍卫起自己的信仰来了,即便以前其实并不怎么相信。真不可思议,真的。

我想到了一个缓解局势的方法,想试一试。我必须让自己不陷入捍卫的情绪,让他刚才的小嘲讽起作用,这很关键,相反,我要找到他的目标根源,那里有一个清晰的逻辑角度,他的角度。

阿普丽尔:彼得,你借助于普通人的常识,但也有许许多多的普通人与你的看法不一样,他们也认为在借助于常识。说到底,我们都是普通人。

彼得:你的生活方式可不普通。

我毫无防备。我伸出了橄榄枝,他却用橄榄枝狠狠地抽了我。

阿普丽尔:你说什么?

彼得:阿普丽尔,我可不认为这是个秘密,要知道,你的生活方式可不是普通的生活方式。

阿普丽尔:你的也不普通啊?我们现在的生活都很怪诞,我们上电视,有几百万人观看,没有一样是正常的。

彼得:呵呵,如果你非要故意装傻的话。

阿普丽尔:你不就是想说我的性取向吗?

彼得:这可是你说的,不过你只是有时候喜欢同性,其他时候,可不尽然哦。

阿普丽尔:你在说什么?这是要谈论的话题吗?

完全蒙掉的主持人终于插话进来："我也觉得……"

然后，我想着总是要面对这个问题的，于是做了可能是最蠢的一件事。我选择了停留在彼得·佩特拉威基的话题上，而没有去展开自己的话题。

阿普丽尔：没事，没关系，他是对的。虽然这个与我们的对话完全没有关系，但我的确是都喜欢，跟喜欢同性、异性一样的正常。一个人对我有没有吸引力，跟其性别没有关系。

彼得：那你去年为什么一直对此撒谎呢？

对话局面的失控，让我陷入了困境。在短短五秒钟的时间里，我闪现出各种各样的想法：

1. 性取向很复杂，也不固定。（完全跑题了）
2. 双性恋是正常的，可是……你们知道的……（他们不知道）
3. 我撒谎是因为像你这样的人太可怕了！（指责对方）
4. 只不过是六个月，不是一年！（没有用的）
5. 我撒谎是因为对我的事业更有利。（不好）
6. 我的经纪人让我撒谎，不是我的主意！（只好一点点）

可是到目前为止，我想得最多的，也是让我无法发动任何有力还击的念头就是：你他妈的直接掉进他的圈套里了，你这个该死的笨蛋！

有那么多我可以说的事，有那么多我想说的事，可是牢牢占据我大脑认识的就是：我以几乎滑稽的方式搞砸了！所有这些念头都在争抢着我的注意力，仿佛一个闪光弹在我的脑子里爆掉了。这种冲击是如此之强，以至于在旁观者看来，我紧张得都要精神失常了。

最宽容的观点（公平来说，很多人都持有这样的观点）：我就是一孩子，力有不逮，而一个恶棍趁此机会打压了我几分。这一看法没有让彼得获得好感，但也的确没有让我看起来很棒。我上电视不是为了博取同情，我是去打动心灵，是去改变观念的。不过，那天我最大的成功就是没有当场崩溃大哭。我本来有可能会的，但却被自己的无能给惊呆了。

主持人很宽厚地建议我们休息一下，插进了广告。在此期间，我没有跟任何人说一句话，径直走出了大楼。我走到人行道上，开始放声大哭，使出了全身的力气。

这次访谈在 7 月 12 日播出，所以我猜大家都知道下一章节要写些什么了。那一天有太多刺激的细节，我没有告诉过任何人，所以你要是想着跳过下一章，可要再想想。

第十三章

　　我尽力让自己不为过去几年发生的事情而感到后悔。我不知道，假如我不曾卷入其中，或者说宇宙不曾牵涉于我，那我是否会活得更加开心，而世界是否也会变得更加美好呢。不过，其实也没什么。我的确深感遗憾：我怎么就和防御派杠上了。在 7 月 13 日前，有数周，甚至数月的时间，我都在梳理不同的个体和群体，最后概括出了几种信念。这些信念基本都源于恐惧，所以我所有的论据都始于，同时也归结于同一想法：你们都是懦夫！虽然我并没有大声说出这样的话，但人们其实都听出来了。支持卡尔的人，支持我的人，也听出来了，他们都喜欢这个结论，都希望我每时每刻这样说出来。那些理智的、充满关怀的、能包容其他观点的复杂对话，得不到浏览量。而咆哮！愤怒！简单！却可以。所以，我传达给人们的就是简单、愤怒的咆哮。

　　普特南开心坏了，虽然她肯定会表现出一副难受的样子，好像挺同情我好不容易才从有线电视那场尴尬的深渊中挣扎出来似的。她告诉我说，到最后，这会是件好事，因为这件事激发了大家的同情心，还很容易让人们觉得彼痞（彼得·佩特拉威基）像个恶棍。不过，其他人都未曾提起这次访谈。罗宾、安迪、米兰达，甚至我父母都只是表达了关心，都说很爱我。他们都觉得这次访谈太可怕了，不过我会好起来的，如果我想做个足底按摩或要个超大杯的加糖咖啡饮料之类的，就告诉他们。

可我不想要关爱，我想要的是把防御派撕成两半！当我回首与彼得半途夭折的那场所谓"辩论"之前的岁月时，我似乎看到了一条飞黄腾达的轨迹，感谢上帝，感谢宇宙，最终没有让我继续下去。但我可以想到的现实是：我的余生，或者至少是接下来的几年，我会变成一位怨怒的评论员，专业地与专业杠精对峙，而书中余下部分的精彩永远不会发生。

并不是说我从中不会获得乐趣。把防御派的论据撕成碎片，然后浏览网上所有那些赞同我的热情评论，仿佛无形中有人在拍着我的肩膀称赞，这感觉让人倍儿爽。相比真实地定义自己，并努力去设想最美好的未来，驳斥别人的想法要容易许多。于是我这般定义了自己的身份，并定义了我设想的卡尔也是反对防御派的愿景。这也意味着我前进的道路将与他们完全对立。归根到底，我要做的就是争辩。也许，藏在争辩背后的，是仇恨。

人们更容易兴奋的往往是因为都不喜欢某样东西，而不是同样地去喜欢它。在充满嘲讽和自我恭维的夸夸圈里，言论是如此的激烈，我甚至都没有意识到我处在了风口浪尖。让人们关注我实在是太容易了,此刻,这也是我想要的。可就在这瞬间,我似乎和彼得·佩特拉威基一样混蛋了。

事态开始升级,我本不该觉得奇怪的。我的意思是说,我知道人们讨厌我,这是真的。被粉丝认出的感觉是不错,可如果在街边便利店结账时被店员认出,又不知道这个店员是不是防御派的,会不会把我视为一个肮脏的叛徒,那感觉可完全不一样。我想我只有两条路可选,要么逃跑,要么迎战,而我选择了迎战。他们持续不断的进攻表明:我从来不用质疑我的要旨。那一定是正确的,因为反对我的人实在是太可恶了。卡尔是争论的完美起因,因为即便经历了这么多,对卡尔他们,我们依然所知甚少。人们谴责各国政府隐瞒实情,实际上是因为人们根本无法接受掌权者和平民百姓一样不知所措这样的事实。人类在接受不确定性上的表现实在太糟了,所以当我们无知时,我们会基于对世界的想象做出假设,而我们的猜测是如此显而易见的正确,以至于其他人的猜测就显得很逊,说好听点就是顽固无知,难听点就是攻击。

当各派充满激情的信徒开始定义自己以区别于其他派别时,出现的情况基本上是这样的:

1. 有一个简单的观点,对众人来说,像是显而易见的,所以他们无法理解反对者可能在想些什么。他们要么从未,要么几乎没有接触过那些持不同信念者,即便有过接触,那也是在讨论的语境中,而不是在人性的层面。

2. 这派人中，绝大部分会欣赏式地点头赞许，可是很快就更换频道了，他们爱看《海军罪案调查处》这样的电视连续剧，爱吃自家做的墨西哥薄饼，这可是琢磨了很多年才逐渐形成的独家配方。他们对自家薄饼的喜爱，可是超过了其他任何一家薄饼，哪怕是顶级餐厅做的。他们通常十点半就睡了，睡前可能会有点担心儿子能否适应大学生活。

3. 有一小撮人真的被挑起来了。他们很生气，但大部分是担心，甚至是害怕，所以想促成某种行动。他们呼唤代表人物，然后稍微组织一下。激发他们的通常并不是观点的一致性，而是憎恨反对这一观点的人。

4. 极少数人真的就走到了极端。他们吓坏了，又很愤怒，所以想要搞点事情。怎么做呢？很简单，不是吗？直接把那些试图摧毁这个世界的积极分子清除掉。如果我们都非常不走运，如果这种人的数量够多，他们就会找到同伴，然后巩固并扩大自己的极端主义。

防御派运动搞得越大，第四类人就变得越多。其中有一些人是宗教极端分子，认为卡尔象征着即将来临的天启或被提[①]。另一些人则是纯粹的世俗之人，深信如果什么都不做的话，美国，也

[①] 基督教末世论中的一种概念，认为当耶稣再临之前（或同时），已死的信徒将会被复活升天，活着的信徒也将一起被送到天上与基督相会，并且会拥有不朽的肉身。

许全世界都将被摧毁（没人真正清楚卡尔代表着什么，但问题就是没有人在为这件事做点什么！）最后，他们逐渐认为我是受政府或者卡尔的指派，是积极的参与者，为的就是要让人类屈服。

在人类历史上，首度出现了一个真正意义上的国际问题，强烈地冲击着新形成的无国界的世界，没有人知道事态会如何演变，又如何结束。我们都知道的是：对话是国际性的。关于我发布的视频，有各种语言的评论，其中包括：北印度语、日语、阿拉伯语、西班牙语。我们有一个翻译团队，在视频发布的一到两天，就能给视频配上不同语言的字幕，如今颂站采用了二十多种语言。毫无疑问，我觉得这是件好事。我强烈地感觉到卡尔是一股让全球越来越团结的力量。有史以来，人类第一次真真切切地共筑一个梦想，更像是我们比以往任何时候都共享着这个星球，对我而言，这像是卡尔送给我们的礼物。

我依然相信卡尔对这个世界是非常友善的，可7月13日发生的事件，显然让这个信念变得模糊不清了。

在巴西圣保罗、尼日利亚拉各斯、印尼雅加达和俄罗斯圣彼得堡同时发生袭击事件，造成了八百多人死亡，数千人受伤。有团伙有组织地在四大洲成功策划了一场袭击，这让人们简直难以相信。

事实上，这并不是激进分子在暗地里策划的行动，这是一场无国界的行动，在全世界展开，而且还在不断扩大。这些策划者在不同的文化中有不同的称谓，在美国他们叫作防御派，在不断涌现的各种论坛和匿名聊天室里,他们找到了共性和链接。他们自以为可以轻松摧毁卡尔,以为世界各国政府说其刀枪不入是骗人的。他们还说服自己:参观卡尔的游客不值得保全,不值得保护,等等。他们是否将这些游客的拜访视为向假神的朝圣之旅,还是视为屈服于外星人统治的行为,都不重要。对他们而言,任何积极链接卡尔的行为都是对其想宣扬的意识形态的威胁。卡尔不再被视为是安全的,哪怕这些人才是让卡尔变得危险的罪魁祸首。

当然,各地的卡尔都毫发无损。

袭击是在东部时间大约凌晨四点同步进行的。在雅加达、拉各斯、圣彼得堡市,这是当地人流量最大的时候,而在圣保罗市却还是清晨,但这些人还是在同一时间统一发动了袭击。

就在凌晨四点,在同一时刻,炸弹在世界各地爆炸,我从梦境中惊醒。在梦里,我一直茫然地盯着一架波音767飞机,醒来时因为惊恐直接从床上弹了起来。

我是不是在精神上被唤醒了?我是不是被这股巨大的力量干扰了?卡尔是不是通过梦境联系了我,告诉了我袭击的事?都不是。在我醒来的那一刻,我听到通往小阳台的玻璃滑门方向,传来了很响的"啪"的一声。我的百叶窗是关着的,所以我无法判断这声音是怎么来的。

我首先想到的是有人扔了块石头,可这儿有八层楼高啊,应该是某种武器。随着与防御派的事态愈演愈烈,我接收到的信息有些很粗鄙,有些带有威胁性,有些甚至令人非常不安。我起床抓起手机，放入睡裤背后的裤兜里，开了盏灯，随着心跳慢慢恢复正常，我走到窗前向外望去。

如果我看了落地窗帘的底部，就会看到一些玻璃渣子，夹杂着果塔饼干的碎屑。可我并没有看，我只是拉开窗帘去看声音是从哪儿来的。

事后回首，这样的行为真的是让人窒息的愚蠢！有东西打到我的窗子了，我的行动计划应该是什么？有了！我会打开灯，站在玻璃门前，把窗帘拉开！而且是慢慢地！

即便面临各种威胁，我依然不太相信真的有人会想杀我。会不会是骚扰我一下？有这个可能。威胁我一下？也有可能。控告我？他们要能找到理由啊！可是，会严重到要谋杀吗？电影里才会这么编呢，人是不会杀人的！我想说的是，没错，会有人杀人，我在报纸上读到过。那篇报道做了些设想，也许是关于我的心态的，认为我曾经收到过死亡威胁，但从不觉得会有人真的想杀我。

可现在，我就是这么觉得的，因为有两件事同时发生了。

1. 有个很大的东西（当时我感觉像是个人）重重地撞到我的肩上，直接把我从门边撞开了。

2. 两层玻璃的滑门上，中间玻璃突然爆开，碎片飞溅进了房间，门上出现了一个五厘米宽的大洞。

我重重地跌倒在地板上，在我恢复神志前，那个推倒我的东西已经不见了。房间里落满了玻璃渣子。此时此刻,我才突然醒悟过来,明白发生了什么,我蜷缩在卧室墙边,吓得连哭都哭不出来。有人企图枪杀我!不不,就是吓吓我,可是,真的朝我胸前射了颗子弹啊,这会让我倒在公寓地板上,一个人孤零零地死掉。而且,到底是谁推的我?这人虽然救了我,可还在我的公寓里!

接着,我不那么害怕了,便再也忍不住哭了起来。百叶窗上还裂着个大口,我担心就像在真正的战区那样,子弹随时都有可能飞进我的窗口,我得背靠着砖墙,不然我会被打成碎片的。在啜泣的间隙,我大口喘着气,大概 10 分钟过后,我让自己相信可以偷偷地溜出卧室去到客厅,那里的窗户对着一条窄巷,而不是大街。

于是,我连跑带爬地冲出房间。来到客厅后,我先去了卫生间,拿了条毯子,又去到厨房。女孩需要这些!我草草搜索了一番,没发现任何异常。我看到一些衣物、外卖盒、用过的餐巾纸,也许还有一两条湿润的毛巾。没有入侵者的痕迹。

要不要叫警察?我心想。我是说,我肯定应该叫警察。刚才很有可能有个人企图伤害我,也许还有个陌生人正躲在我的公寓里,不是吗?

可是,出于某种原因,我真的,真的,真的不想告诉任何人。也许我是在犯傻,可我的大脑告诉我:发生这一切可能另有他意,这并不是蓄意谋杀。到目前为止,我还从未遇到过蓄意谋杀这样的事,所以说,一定有其他什么解释吧。

而且，如果真要报警的话，麻烦事也不会少。我得应付警方的调查，还要面对这样的现实：我可能再也不能安稳地在这里睡觉了。哦，上帝，我父母就会知道的。

还有玛雅呢。我知道她永远不会说出来，但她心里肯定会想，要是阿普丽尔听了我的话，就不会发生这样的事。我可受不了这个。上述场景，任何一个我都受不了。

所以，我没打电话给警方，而是打给了罗宾。

"阿普丽尔。"铃声响了一下，他就接了。即便是这种时刻……他听起来没有丝毫的厌烦（虽然我以前也从来没有在凌晨四点给他打过电话），反倒像是正等着我的电话呢，我有点凌乱了。

"你是在等我电话吗？"

"没在等，不过在有这些报道的情况下，你打电话也不奇怪。"你们知道的，我刚才一直在处理自己的危机。而与此同时，针对圣保罗、圣彼得堡发生的袭击，已经在美国各大新闻平台播出了。一定是时间没那么早的其他时区的人打了电话给罗宾。

"什么报道？"

"噢！天哪！"

"哦，你怎么了？"我可没想到电话的内容会变成这样。

"你该告诉我为什么打电话来，我想这样对话会简单些。"

"我觉得刚才可能有人想伤害我，发生了件非常奇怪的事。"

"你叫警察了吗？"他的声音突然拔高了好几度，我以前从未见他这样过。

"我觉得不用了。"我一半抱怨,一半指示的口气。

"可是有必要。"

"我……我还不想让他们参与进来。"

"那我让门房过来看看可以吗?"

"嗯,这可以。"

"我马上回电话给你。"他先挂了电话。就在那一刻,我突然有了个想法。不管是谁或是什么东西刚才撞了我,都一定还在公寓里。不会在我住的卧室,而且,我也不打算去查看另一间卧室,那个房间有一扇临街的窗户,我甚至都不清楚那间百叶窗是否关着。可这里并不大,我刚才其实也没怎么仔细查看过。于是,我看了眼沙发和椅子的下面,什么也没有。然后,我把椅子全倒了过来,其中一把椅子底部黑色的网状面料出了点状况,有一边齐整整地切开了。

这时电话响了,是罗宾打来的,我静了音。

我把手伸向那个裂口,撕开了椅布。

在这把客厅椅子的底部,占据了整幅宽度,卡在木框中的,正是好莱坞卡尔的右手。

第十四章

砰、砰、砰!

"梅女士,您还好吗?"透过门传来的声音有些发闷。

我的心脏突然停止跳动,然后又狂跳起来。我紧张得透不过气来,朝门口望了一眼,然后马上回头看了看卡尔的手,没有动静。

"我没事!"我大叫道,虽然听起来可不怎么好。

"需要我进来看看吗?"

我使出浑身解数不把目光从卡尔手上移开。绝对没错!尺寸是人手的三倍,材料是光亮银和黑色亚光铠甲的混合体,看上去真好看。我想摸一摸它,又很害怕。

"一场虚惊而已!我就是个白痴!"我趴在漂亮的客厅椅旁,尖声叫道。

"好的,不过我进来看看也没什么吧。"隔着门,我都能听出他没有要放弃的意思。

"不行,我没穿裤子!"我其实穿了的。

门外响起一阵悄悄的说话声，然后我才意识到他在用手机与罗宾通电话。

"您可以给罗宾回个电话吗？他不达目的不罢休的，而且我是有钥匙的。"

非常不情愿但也没辙的我，只好把目光从椅子里的手上收了回来，打了电话给罗宾。当我又把目光投回去时，那只手还在那儿，大大张开着，横贯椅子的底部。它知道我已经发现它了吗？

罗宾一开口，我就打断他说："没事的，把部队撤走吧。"

"现在的情况可不妙，我主要想看看你是否安全。你不满足我这个需求肯定是有原因的，我需要知道原因是什么。"

我看了看那只手心想，假如卡尔想伤害我的话，那我的所坚持的一切就都是谎言了，所以，这不可能。"我很安全，罗宾，我保证。"

"你清楚圣保罗和圣彼得堡的情况吗？"来自拉各斯和雅加达的新闻还没有传到美国。

"我不清楚。"

"已经有恐怖分子袭击了卡尔。很多人死了。阿普丽尔，我担心你也会成为目标的。"

"该死的，"我叫道，"噢！上帝！"我的喉咙立刻有东西涌了上来，还好我没有发出任何声音。这件事太大了，现在我才深深意识到，刚才那人绝对是想杀死我。他们没有采取爆掉纽约卡尔的方式，想着也许杀鸡焉用牛刀。我觉得自己快要吐了。要是我刚才死了怎么办？我往衬衫底下摸了摸，感受到了自己的肌肤，如空气般脆弱的温软肌肤。

我再次向下看着卡尔的手，才发现在银黑色的手上有着隐隐约约的暗灰色。卡在两片铠甲板之间的，是一片锯齿状的东西。我伸手把它扯了出来：是一块金属碎片，是子弹的碎片。我放在手中，感觉它冰冷无害的像枚硬币。

"阿普丽尔，你还好吗？"

"没什么特别的，没什么。"我想控制住自己的哭腔，但没能成功。

"太吓人了，我懂的。我都不敢相信这是真的。我马上过来。求求你，让史蒂夫进去看看你吧，我很快就到。"

"不不，罗宾，我很安全，我保证。我……"我不能告诉他手的事，"我原以为有陌生人在公寓里，不过我刚才看到了，是只大老鼠，而现在有恐怖分子袭击，我不会再犯傻了。你真的不用来，我想上床睡了，我们明天再聊，好吗？"

"好吧，我跟史蒂夫说。"他听起来十分怀疑我的回答，不过还是挂了电话。

卡尔的手还是一动不动，不过很明显，它看起来是活生生的。

你一定遇到过这样的情况，你想把东西从车里拿出来，可东西太多了，怎么一次拿完呢？你不断尝试不一样的办法，尝试着怎么拿就能拿得完，不用跑第二趟。于是乎，你把一些东西放下，然后把一些袋子并在一起，觉得已经拿好所有东西了，可是当你

CHAPTER 14　第十四章

往下一看，却发现还有一袋猫粮或是午餐剩的杯装汽水或是一个相框还在那儿放着呢，而你已经没有办法拿起来了。

总有这样的时候，一件额外的东西会打乱整个过程。要是没有那样东西的话，情况可以尽在你的掌握之中。是的，这就是当时我最真切的感觉。唯一不同的是，不是仅仅发生了一件太过于惊天动地的事，一件改变人生的不愉快之事，而是同时发生了四五件糟糕的事，让我没办法去应对。每当我花时间聚焦在一件事上时，我大脑的某个部分就会注意到脑子里想的另一件事，从而生出沮丧无力的情绪来。

我知道那天有不少人也有这样的感受，可是我更愿意去想我还有几个额外的担忧，这就可以解释我在接下来 24 小时的行为。

所以，就像任何刚刚成年的好人一样，我把自己的焦虑情绪全都释放了出来，然后把各种担忧都抛出脑海，放弃去想清楚这些事，转而聚焦在我清楚的事情上。卡尔的手已经有好几个月不见踪影了，可现在却出现在我的面前。我可是阿普丽尔·梅——"卡尔活动的记录者"，现在就是记录的最佳时刻。

我把手机翻了过来，打开相机。那只手突然转了起来，五个手指弯在下面，在我开始拍摄视频之前，准备向我发射过来一样。我大吃一惊，向后退了一下，同时尖叫了一声，不过还好没人听到。我的耳朵里出现了自己怦怦的心跳声。

"好好好！"我一边说，一边把手机放回口袋。那只手从沙发背后探了探，然后慢慢走了出来，那小心翼翼的样子，就像只流浪猫。

虽然在这个世界上刚刚还有人想杀死我，可此时的情景完全转移了我对这一事实的注意力。对我而言，卡尔，或者说是卡尔的一部分，救了我的命，这更加重要。而且，我还发现：

1. 卡尔是活的。
2. 卡尔知道我是谁。
3. 卡尔至少有两个目的。
（1）让我活着。
（2）我不能拍他的断手。

我的大脑仅残存一丝理智，此刻最想做的还是谢谢卡尔，或者说，谢谢他的手。我伸出手去接触它，它靠五个手指向我走来，每个手指咚咚地敲打在铺着薄地毯的木地板上。

"谢谢！"我突然觉得跟它说话有点傻，但还是接着说下去，"呃，我想……谢谢你所做的一切。但最主要的是刚才，可以说你帮我挡了一颗子弹。我想是这样的。"

那只手鞠了一下躬。我是说，也许可以这么说吧。它把自己放平在地上，然后又站了起来。

"呃，你能听懂我说的话？"

没有任何反应。

"敲一下代表'是'，两下代表'不'。你能听懂我说的吗？"

两下。

"哇喔？！"有反应！我简直是尖叫了起来。那只手站在我的面前，看起来挺得意的。"你是在玩我吗？你是不是开了个该死的玩笑啊？！"

没反应。

"好吧，所以你看得到我，而且明显听得见我，可能还听得懂我说的，而且明显还在嘲笑我，对吗？"

没反应。

"我能摸一下你吗？"

没反应。

我知道什么动作表示"是的"，可它没有示意，它毕竟只是出现在我公寓里的一只机械手，而且也不是我邀请过来的。

未经同意，我还是伸出手去摸它，去感觉它，它没有拒绝。我抚摸它，与以前相比，现在的感觉完全不同了。不像之前触摸卡尔时的感觉，那种热量都留在我手里的奇怪感觉。那时的卡尔只是让人觉得很硬，微微有股暖意，而且一直都是一动不动的，可这只手却是如此的鲜活。即便它没有移动，给人的感觉都是活的，有生命的感觉。与那个一动不动的雕塑卡尔相比，这只手给人的感觉更复杂，看上去也更精细。它的每个关节都是柔软的、敏捷的，就像我自己的手一样。

通常我们不会看到一只孤立的遥控机器人手滑过键盘，抚摸一只宠物，或是敲下按钮。如果这样的话，我们会认为，这简直就是奇迹！可卡尔的手正是如此。人类尚且不能创造如我们的手一般精细又复杂的东西，但卡尔的手正如我自己的手一样的灵巧而精致，而且看起来强壮多了！

我从包里取出手机，卡尔的手又一次在我眼前掠过。

"我是打电话给安迪，"我说，"你知道安迪的，对吗？"

于是，我戳了手机上安迪的名字，这些天来，在快速拨号界面，他排在第二，仅次于罗宾。手机拨号音只响了一下，我的耳边就爆发出很大的噪声。我尖叫起来，直接把手机扔了出去。手机没再对着我的耳朵后，我才听清楚了是什么。

……我是去往火星的火箭船，在碰撞，我是失去控制的人造卫星。我是准备重装的性机器，像一颗原子弹，就快爆炸。

皇后乐队的《现在别阻止我》。

"可你在阻止我！"我责怪那只手，吓得气喘吁吁的。

没反应。

"哎，我不知道你想要什么，除非你告诉我，否则我是不可能明白的啊。"

没反应。

我把电脑从咖啡桌上拽了下来，坐到了地板上，离卡尔的手所在之处 30 厘米的距离。Wi-Fi 信号很好，但所有的网站都打不开（请求超时）。

"好吧,那我还能怎么着啊!"

即便如此,正如你所想的那样,还是没反应。

"我能告诉其他人吗?"

两下。

"这是真的回答吗?"

一下。

"这是真的!"

没反应。

"你来自外太空吗?"

没反应。

"你听说过圣彼得堡的卡尔和圣保罗的卡尔吗?"

没反应。

"我能告诉其他人你在这儿吗?"

两下。

"我能告诉其他人你救了我吗?"

两下。

"我可以只告诉罗宾吗?"

两下。

"假如我想告诉谁,你会阻止我吗?"

没反应。

我问了那只手能有上千个问题,可我得到的唯一信息就是:在任何情况下,我都不能告诉任何人它来过。任何人都不能知道,任何人也不能看到。我当然觉得非常有必要遵守这一诺言，因为如果卡尔真的有个庞大的计划，我可不想给他搞砸了，还有就是因为我一直以来都深信卡尔是友善的，再说，卡尔的手还救了我，我还欠他一条人命啊。

可是，这也意味着我不能告诉任何人刚才有人朝我开了枪。这一连串的问题，当然没有收到任何回应。这只手似乎并不担心我的安全，也许它觉得我的安全是有保障的吧。可在不打破这个诺言的情况下，我怎么告诉其他人我遭到枪击了呢？

还有，我又怎么跟公寓管理员解释卧室门被打爆的事呢？还有，要是我去清理玻璃渣子，怎么才能不挨枪子啊？这想法不太正常，可我就是这么想的。也许，还有更大的问题需要担忧。

我可管不了那么多，时间继续流逝，而各式各样不同程度的担忧，也慢慢变得不分轻重了。我的所有担忧，比如：担忧恐怖袭击，担忧差点死翘翘，担忧是不是该清理地板上的玻璃，不知何故，都同样程度地让我担忧。我觉察到自己的情绪一落千丈。我的身体一直处于战斗还是逃跑这样的模式里几乎快一个小时，而现在的我正感到筋疲力尽。我向卡尔的手伸出手去，握在它超大的食指上。

"你为什么要救我呢？"我问这只手。

没有任何反应。

"好吧，我不会告诉任何人的。"那只手对着我，像是有点响应，也许有那么一丁点放松下来了吧。想也没想，我就挪了过去，把它圈进怀里,它安静了下来。几秒钟的工夫,我就睡着了。

    我不想做真正的梦,所以一晚上都在那座城里闲逛。全世界都在等待那个关键的密钥,徒劳地搜寻。虽然我是唯一一个能拿到那个密钥的人,可是,我还是不让米兰达或玛雅告诉其他人。我们在对全世界撒谎。我的担忧,我的情绪,随着我进入梦境。我走进一个游戏厅,80年代那种,里面有无数的立式游戏机和弹球机。

    这里的谜题序列一定很好玩。在其中一台机器上,我看到一枚硬币,也许这个序列就是从这儿开始吧,但我不玩。我去了女厕所,里面很脏,墙上贴满了本地乐队的海报,可没有一张看得懂。我的脑子无法将那些字母转换成有意义的单词。偏离轨道的时候,大概就是这样吧。这表明在这个谜题中,你所在的位置并不重要,就像是一些细微的细节,卡尔可没心思去创建一样。

    我走进了这个肮脏的小间,坐在马桶上痛哭了起来,直到醒来。

第 十 五 章

  我蓦然惊醒,远处传来阵阵喊叫声。
  现实唰地向我涌来。是的,有人在世界各地向卡尔投放了炸弹,有人企图枪杀我。枪手盯着来复枪的瞄准镜,瞄准了我,然后扣动了扳机。而卡尔的手,就在这里救了我。可如今,它去了哪儿呢?我从地板上蹦了起来,把客厅和厨房的每一寸地都搜了个遍。然后,我站在卧室门前,却鼓不起勇气走进去,最终还是放弃了。这两间卧室,我再也没有进去过。我心中明白,那只手,它先是从天而降,又在这时悄然离去。
  我能听见楼下街道上人们的呼喊声,不过,我可不敢再去窗口眺望,而是打开了新闻。
  新闻媒体几乎总是处于一种奇特且疯狂的胶着状态。在这样的状态中,媒体想方设法地将那些遥远且模糊的事件描述成近在眼前的威胁好吸引观众,如此一来,其中的广告才有人看。因此,看新闻是有窍门的:不放广告的时候,才是真正的"新闻"。而今早就没有广告。"七一三"袭击是真正的新闻，每个人都知道了。而美国得以幸免这一事实，让一大波无稽之谈肆意蔓延。其实，你们和当时的人可不一样，你们已经知道发生在美国的是一起蓄谋袭击，只不过没有得逞，而我想，还不仅仅是没有得逞那么简单。

各媒体时不时地会展示23街的画面，现在已经挤满了人，警方都难以控制局面。大部分人来这里是为了向全世界表达与尼日利亚、俄罗斯、印度尼西亚和巴西人民站在一起，团结一心的意愿。还有一些人则在抗议卡尔带来的持续不断的危险。电视上的分析人士在剖析战略恐怖分子可能会采取的手段，让人毛骨悚然。他们说：恐怖分子会先做一些煽动性的事情，然后等人群一旦不可避免地聚集起来后，再发起更可怕的打击。由于美国此次未遭袭击，而美国人自然不会认为坏人在搞大规模袭击时会放过美国人。于是，大家都假定还会有事发生。

在看新闻的时候，一个念头闪入我的脑海。世界正在四分五裂，不少人将失去生命。假如现在有一拨防御派的人现身街头，街上的一片嘈杂便有可能演变成危险的暴乱。对我来说，把这一切算在彼得及其同伙的头上，实在是太容易了。但归根结底，这一切难道不是因卡尔而起吗？要是卡尔没有出现，那些人会不会还活着呢？我是不是其实和防御派的人一样，也是一味地偏见和不可理喻呢？我就那么坚信，卡尔到这儿来是为了我们的团结，而不是来分裂和摧毁我们？我是不是只看到那些有利于我方观点的证据，却看不到眼皮子底下的其他证据？难道这些证据不够证明卡尔是带有破坏性的？

我意识到这样的念头一旦出现，那在下一次的电视访谈里，就会在我的脑海里挥之不去，即便我不会提起。也是在这一刻，我才想起我不应该只是在观看关于卡尔的新闻啊，我应该出现在关于卡尔的新闻中啊。我突然有点惊慌失措的感觉。为什么没有人打电话给我？！

我一把抓起手机，瞬间明白了原因：手机关机了。我企图开机，却发现没电了。噢！天哪！罗宾可能急坏了。所有人都有可能急坏了！可是，为什么没有人来我家呢？更糟的是，充电器和另一部手机都在那该死的卧室里。对啦，还有电脑啊。我起码得向大家报一声平安啊。

我迅速打开手提电脑。网络连接似乎恢复了。如我所料，约有500封新邮件涌了进来，有来自电视制片人的、罗宾的、安迪的、米兰达的、玛雅的、父母的、哥哥的，大家都发来了邮件。来自颂站的通知更是多得一发不可收拾。

可让我没有想到的是：好些邮件我都回复了！

这太让人迷惑了，以至于一开始我都没弄明白。我读了米兰达发来的邮件以及我的回信，试图搞清楚到底是谁回的。信件内容本身并不复杂，也不过就是告诉她我没事，只是在做一些公开活动前，需要一点独处的时间，看这回信的语气，确实像是我写的。

我首先想到的是，会不会是罗宾因为慌张而假扮我回的信？然后，我就看到了另一封回信，在信里我告诉罗宾为什么我不回短信,还说我需要点时间调整,很快就会和他联系。我还让他拟一份有兴趣和我交谈的人员名单,等到了快中午时,也许我就能接受访谈了。安迪坚持我们拍个视频的提议也得到了类似的回复。我父母和哥哥也收到了回信,让他们放心,我很安全,有人照顾着呢,谢谢他们的关心,我还告诉他们整件事太可怕了,但我很快就会打电话给他们,还有,我没事,挺好的。

但玛雅的来信没有回。

有可能是这样的,不过我不太相信,还有可能就是,昨晚中途我其实醒过几次,回了这些邮件,然后又睡了,因为回信的间隔有好几个小时,而现在由于某种创伤后失忆症,我什么都想不起来了。如果我是其中的一位收信者,我都不会质疑这些回信的真实性,要是我的确醒过,我回信的内容可能都极为相似。可是,我真不记得自己醒过啊。

所有的来信和回信,我都读了,没找到任何蛛丝马迹。我努力想象着卡尔的手蜷在我的手机或电脑上,敲打着字母发出邮件,不过我想我也没法获取指纹或是其他什么的。最后(其实也就是现在),我只得相信是我发了这些信件。恍惚间,我觉得自己像是生活在一堆巨大的谎言之中,而这样的事似乎看起来无足轻重。对于古怪的事情,我已经麻木了。我发邮件给了安迪,告诉他在接下来的几小时,我想到街上去拍一组片子。我还告诉罗宾可以开始排时间表,中午时分可以接访谈的 Skype 进来,然后在下午 4 点结束,这样安排可能有点怪,不过他现在最好不要问问题,直接做就好了。还有就是，可否送些东西过来，包括在Topshop里买套适合上电视的服饰，以及iPhone手机的充电器。

有个助理真是太棒了！你知道的，出于昨晚的蓄意谋杀，我吓得都不敢进自己的卧室了！

在冲澡前，我终于发了条这样的推文：

@可能不是阿普丽尔：悲伤至极。我把希望寄托在了错误的地方。今天，让我们团结起来，记得我们的人性而不是暴行。

然后，我马上又发了一条：

@可能不是阿普丽尔：这是一小撮人干的，全球有80亿人，我会努力牢记在我们之中，只有极少数人是真正邪恶的。

我其实不认为我真的是这么想的，但对于我塑造的形象却是有价值的。阿普丽尔·梅就该发这样的推文。但在现实中，我感到麻木，我想忙碌起来。我想写一写，说一说，想看看防御派会怎样回应，然后立刻开始反驳，即便我也开始质疑自己的信念，对卡尔是不是真的来帮助我们产生了怀疑。不过，采取行动比深陷疑惑可简单多了。

此时此刻，政府和警方正在搜集几名被炸得支离破碎的引爆者的信息，而民众还没有接收到可靠的信息，于是在这段空档期，各种流言、猜测和臆想四处蔓延。至少我拒绝屈服于跟风的冲动。

在相信现实上，人类的表现很拙劣。我发的关于"七一三"事件的情况绝对是真实的。这些袭击是由一小撮人发动的，他们的数量微不足道。从全球来看，伤亡人数也不是很多。7月13日，在爆炸中遇难的人数还没有死于交通事故的人多。但在面临惨剧时，你不可能去讲这些。

我们都是不理性的生物，在不惜一切代价的时候，很容易遭到操控。恐怖分子就是这样让自己深信谋杀是值得的。伤口仍在，这个伤口，不是失去那些生命那么简单，这个伤口，将永远留在我们的心中。我对卡尔的纯真感情，一去不复返了。

第 十 六 章

怪就怪在这里。你记得"七一三",我当然希望你还记得"九一一",即便亲历者已经不在人世。但我们很有可能早已忘记了"六二八"事件。那是 1914 年的 6 月 28 日,可能是有史以来最怪异的一天。那一天发生了这样的事。

奥匈帝国王储正准备访问萨拉热窝。当时,奥匈帝国是政治上很有影响力的大国,在面积上排欧洲第二位,人口排第三位。萨拉热窝虽然现属于波斯尼亚,但在当时是庞大的奥匈帝国的一部分。当时,萨拉热窝有很多人不喜欢奥匈帝国,原因很复杂,这里也不需要深究。

有一帮年轻人计划刺杀王储,而这位智勇双全的王储便将计就计,事先宣告了其在萨拉热窝的行程,当日乘坐的还是一辆几乎完全敞篷的轿车。(在此提醒一下全世界的领导人:千万不要这么做!)这 20 个杀手在行程路线上的各点布局等候,准备了各式装备,刺杀策略也是五花八门。其中一人贸然提前行动,仓皇中带枚小炸弹从人群中跑出。他把炸弹扔向王储，几秒之内却并未起爆，结果炸弹在另一辆车附近爆炸，伤了几人，但未致死。

人群四处逃散，王储被迅速安置到安全地带，其他刺杀者无计可施。

这已经够怪了吧？谁知，接下来发生的事则更加怪异。

这场巡游当然就取消了，王储也挺安全。但是，无所畏惧的王储决定要去医院探望在爆炸中受伤的人员。他的司机竟拐错了弯，这有可能是历史上拐得最错的一个弯，结果发现路没对，于是便开始倒车。那是在1914年，轿车尚属于新兴事物，也容易出些小故障，这辆车恰巧就在一家熟食店前抛锚了，而在这家店前，正好站着刚才意欲行凶的那些刺客中的一个，加夫里洛·普林西普。

普林西普走上前去，掏出手枪，连开两枪。一枪命中王储的颈部，我想现在你们已经知道他是谁了，那就是弗朗茨·斐迪南大公。另一枪击中大公妻子索菲的腹部，索菲当场死亡。

大公的一位助手，试图堵住他脖子上不断冒出的血，一边问他疼吗？大公回答说："没什么。"他不断重复"没什么……没什么……"，喃喃自语直到陷入昏迷后死去。

这可不是没什么的事。弗朗茨·斐迪南遇刺事件直接引发了一系列可怕的国家决定和冲动的外交策略，最终导致1600万人失去了生命。

假如你觉得下面发生的事情不可思议，请想象我举的这个例子。有时候，这些离奇的事情的确会发生，而且会改变历史的进程……这样的事显然发生在了我的身上。

安迪的样子看上去就像是只睡着了十来分钟。他整个人邋里邋遢的，也没什么话。他帮我调领子上的麦克风时，我闻到了一股怪味道。

"哥们，你还好吧？"

他看了看我，就像是才发现我在这儿一样，然后就把目光收回到正在做的事情上。"好啊，还好吧。"

"我怎么觉得你不太好呢。"

他突然一下子就发作了。"该死的，阿普丽尔，我当然不好了。我们到底在干什么？"他的口气听起来可不是焦虑，而是疲惫。

"我们需要走出去，让这件事对每个人来说好受点。我首先得表达自己的信念。"

"你想好了说什么吗？"

"想好了几点。"我不太确定自己是不是想好了，但我相信这样做会有好事降临，"你觉得我该说些什么呢？"

"这世界太可怕了，我们究竟怎么了，为什么就碰到这样的事了，这样的话？"他陷入沙发里。我没有告诉安迪我遭遇枪击的事，没有提起卡尔的手，也没有看到任何迹象表明它还在公寓里。要是它还没有离开，那应该就在我没敢进入的任意一间卧室里。

我低头看着安迪，才恍然醒悟他的眼睛并不仅仅是因为缺觉才显得肿。我突然意识到我都还没哭过。这可就糟糕了。我本想着这会儿就哭一哭来着，其实挺容易的，让我的脑神经放松一下下，我就会泪如泉涌。不过我转念一想（真的），哎，阿普丽尔，还是留到镜头前再哭吧。

庸俗！

我大声说道："外面有这么多人，他们无视警察，无视恐怖分子，就为了和卡尔站在一起，和我们站在一起。我就说一句，'这个世界并不可怕'，这就是我们需要下去做的。"

"阿普丽尔，新闻上说可能还有更多袭击。看看下面那些人！都没有人检查背包！就为了进你这栋楼，我都差点得恐慌症了！"

"这些新闻我都看了，就是为了吓唬你们。我一整天都在看这些新闻。"接下来的话是为我自己辩护：我之所以鼓舞安迪的士气不是因为我需要他。我完全可以找其他人来端着相机。再不济，我还可以拿个自拍杆下去，拍出来的片子也不会差。我让安迪来做是因为我们一直是伙伴，我想让他也这样觉得。我似乎是在暗示他真相。我给了列出他一堆事实，因为我认为在如此糟糕的一天做些伟大的事，会让他感觉好一些。我想，我是对的。

我想。

"还记得最开始，我半夜给你打电话，让你拍一座怪怪的雕塑吗？我这样做是因为我知道你一直想要拍摄一件大事，而我可以帮你找到这件大事。可是安迪，相比那时，现在的你更丰富了，也更脆弱了。我不需要你帮我成名，我需要你帮我保持清醒。那扇门外，没有什么会比海尔希①的演唱会更危险。"安迪双眼紧闭，但我能看出他脸上的专注。我不知道他是否专注于当下，专注于他的恐惧，专注于不再哭泣，专注于控制住他想对我说的又明白不能说的话。不管到底是什么，很明显，他在竭力去做。"我们一起下去，让这个世界变得更好一点，好吗？"

安迪用的是数码单反相机，茶壶般大小，但配了一个大大的，有些笨重的广角镜头，这样在距离较近时，也能拍出很好的效果，加上麦克风接收器和前置放大器，整套装备不到三斤。十年前，能拍摄到类似质量的视频和音频的装备会重达 27 斤以上。

广角镜头的另一个好处是：抖动感不怎么明显。这就不怕在人群里被人们挤来撞去……或者担心因为害怕而发抖了。

门房杰瑞同样担心，他对我说："阿普丽尔！我可不建议你这会儿出去。"

这建议真是好。

"我们会没事的，杰瑞，外面哪里像抗议，更像是聚会呢。"我其实很紧张，可安迪缺乏经验，而且还大汗淋漓，我便只能强撑着。

"阿普丽尔，你要是待在大楼里，我可以负责你的安全，可一旦你出了这个门，我可就没辙了。"他的家长派头在一定程度

---

① 美国流行女歌手。

上真是可爱极了。

"杰瑞,这是我的工作。你人真好!五到十分钟后,我们就回来啦,我答应你。"

我俩推开旋转门,我已准备好开始说话,安迪则已经开始拍了。

我迅速转过身来,开始倒退着走向人群,音量比平时略高了一些。也许你已经看过这段视频了,但为了故事的完整性,我还是在这里提一下我当时说的话:

"阿普丽尔·梅在格拉梅西剧院外的23街,也就是纽约卡尔所在之处现场报道。针对毫无疑问将称为'七一三'袭击的事件,在这里,自发的响应就是团结、希望和友谊。防御派运动只有几个掉队者出现在了这里,继续野蛮抗议我们城市中这个显然无害的存在。"人们开始注意到我们了,几乎都认出我来,便给出一些空间来让我们前行。我朝着卡尔的方向移动,想看看是否能让卡尔也出现在镜头里,可事实是,只有当街道上挤满了人时,我才会意识到街道并不宽。

我即刻就决定面朝前走,而不是倒退着走,用我"阿普丽尔·梅"的影响力开辟出了一条小路。

"嗨,阿普丽尔!"我听到人群中有人叫我。那是个年轻小伙,举了个牌子,上面写着"如果这就是人性,那就来入侵吧!"

"嗨,帅哥!"我回应道,同时心想,这下他可有故事跟朋友讲了。

我转身朝向相机,边说,边继续倒退着靠近卡尔。

"在这样一个如此可怕的日子里,全世界都陷入悲痛的时刻。在我们的哀悼里,我们要记住:这不是邪恶世界或是邪恶物种所为,这是一小撮人干的。是的,其手段的复杂性和有组织性令人发指。他们的目标就是恐吓他人,他们成功了!我很害怕,我当然害怕。可是这几个蠢货,就因为某个毫无根据的观念占据了他们破碎的心灵,他们不仅置自己于死地,还夺去了他人的生命。我不怕他们,我只怕他们所引发的恐惧。"这段词是我准备好了的。我看向四周,人们注视着我们,慢慢形成了一个圈将我们围在中央,四周静了下来。"这里的人。"我看向四周,安迪则开始拍摄全景。"这样的示威!"我喊了起来,所有人也跟着喊了起来,太棒了,一起呐喊的感觉真好!人们纷纷掏出手机,在我记录他们的同时也记录下我,整个场面从各个角度都有覆盖到。"在恐惧面前,更加团结,在毁灭面前,拥有希望,这就是人性。假如卡尔来地球有任何目的,"当我说这话的时候,就有那么巧,正好看得见卡尔了,他矗立在人群之上约几米开外,"也许,他们不是来了解我们的,而是来教导我们了解自己的。每一天我都了解得更多,我现在也在了解,甚至……"

突然一阵惊呼声响起,让我分了心,可是太晚了,我来不及反应。有人从人群里猛冲出来,离我一米开外。在视频里都能清晰地听到尖叫声。"阿普丽尔!""拦住他!""小心!"不过,大部分警告声都难以辨析。

CHAPTER 16　第十六章

在原片上可以清楚地看到那个人的样貌，看上去是位普通白人，中等个头，一头金发，身穿白色 T 恤、卡其色夹克和牛仔裤。他一路推搡着挤出人群，跳起来扑向我的背部，手里攥着一把 15 厘米长的尖刀。不过，当时我什么也没看到。

在刀刺中我之前，我根本来不及做出任何反应。刀刺中我的那一刻，我尖叫了起来。在原片里，那声尖叫是如此的刺耳，如此的惨烈，以至于我们不得不剪掉视频里这一小段。Lav 麦克风的收音效果真是不错，只拾取麦克风佩戴者的声音，所以听起来真的就像是现实中赤裸裸的尖叫声，而背景的骚动声几乎没有体现。我也只在编辑的时候听到过一次，而现在只要一起念，就能唤醒这段记忆。如果我去回味，还能感受到尖刀刺进我身体时发出的那种小小的撞击声，就在我的肩胛骨和脊柱之间。短短的一毫秒，尖刀刺透了我崭新的 Topshop 西装外套，插在了我的肩胛骨旁。那感觉就像受到一名重量级拳手用尽全力狠狠地一击。我都没有感觉到皮肤撕裂的疼痛，只觉得利刃对肋骨的撞击，痛彻心扉。这股痛感遍及我的背部，上蹿至颈部，下连到尾骨，甚至还蹿到了手臂。紧接着下一秒，袭击者整个人的重量就撞击到我身上，直接把我撞向前方，手部和膝盖着地。

安迪为了以防万一，采用了每秒 120 帧的拍摄模式。这样的话，如果需要，就可以播放慢动作镜头。假如安迪拍到了这个镜头，就能一帧一帧地再现到底发生了什么。当然，他并没有拍到，相机只记录下了这样的画面：

安迪看见有个家伙向我奔来后的半秒钟，就把手中的相机举过了头顶，那可不是为了拍摄艺术，而是为了还击。一开始看到的都是天空、四周的高楼和人群，随着相机向下挥去，镜头朝前，就可以看到真正改变历史的那一刻。前一秒，那个家伙还在冲向我，把尖刀插在了我的背上，而下一秒，他就变软了。不仅仅是变软，他——他全身的骨头都没了。他体内聚集的所有力量突然崩塌。相机还没砸到他的脸上，他的皮肤就突然暗了两度。但他的身体还是撞到了我，把我撞向前方，可他的力量不再传递到尖刀上，所以刀只插进了我的背部一点点。相机拍到了其机身"砰"的一声击中那家伙脸部的镜头，在那一刻，那家伙的脸呈现出怪异的扭曲状，然后，画面就全黑了。

我们周围有不少手机镜头，拍出来的画面就清楚很多。那个家伙手持利刃，冲向我。可在下个瞬间，他就变成了一摊液体泼在了我的背部，然后，安迪用相机砸向他的脸。我从来没有把任何一个这样的广角镜头上传到我的频道，不过还是可以找到很多关于这一画面的视频。那家伙的脸，已经发胀扭曲，变得黝黑，在安迪相机的击打下，直接破开，就像爆掉的肥皂泡一样。从破皮处喷涌而出的黑色物质，很明显不是血。我跌倒在地上，手部和膝盖着地，那个家伙整个直接瘫落在我身上，再掉到了地上。现场仅有一部相机的主人足够理智，拍到了我用手撑地站起来的场景。刀还插在我的背上，后来才知道刀原来插在我的两根肋骨之间。我的衬衫上开始渗出鲜血，不过白色的西装外套质量不错，是厚羊毛的，所以在此刻，看上去仅仅是破了。

人群中充满了尖叫声。有些人站着不动，有些人则跑了起来。人群中心地带的奔跑和尖叫造成了恐慌，人们四散奔逃。在这样危急的情况下，竟然没有发生踩踏事故，这真是个奇迹。我感到一股热乎乎的胶质物在我的后背流淌，马丁·贝拉科特，那个想刺杀我的如"加夫里洛·普林西普"般的偏执狂，变成了一坨躺在地上的东西，死翘翘了。我转身看向尸体，却几乎看不到人类的特征，它就像大街上一摊脏兮兮、湿漉漉、满是污渍的衣服。

我把目光从尸体处转向安迪，又看向卡尔，最后落回到安迪身上。我惊呆了，不过，还好，还没休克……还没。背上的痛感还在，而且越来越痛，不过那感觉就像是有另一个人在承受痛楚。安迪看着被黑色胶质物覆盖的相机，浑身发抖，脸色一白，相机就摔到了柏油马路上。

"你怎么样？"

"嗯，我想还好，"然后又说，"就是，像是……我背上有把刀。"我想转身展示给安迪看，这个动作又带来一阵疼痛，扯得我的脖子连着背一起疼。这次的痛感有些生疏，更鲜活，更尖锐。我缩了一下，情况却更糟了。我觉得那把刀在不停地转动，动一下左臂都会带来剧痛。

"哦，我的上帝！阿普丽尔，你背上插了把该死的刀！"他叫道。那把刺得只有两厘米深的刀，突然扭动着从我背上掉了下来，"噔啷"一声落在了地上。

"现在看起来你可没说对哦！"我说道，头开始有点发晕，一股温热的鲜血从背上涌了出来，"哦，安迪，这感觉可不太好。"我俩都看着地上的刀，有点血淋淋的，可是由于它最终带来的伤害，又显得惨兮兮的。

那是把小刀。有一个廉价的黑色塑料刀柄，刀片折叠后可以收进去。如果你想看看的话，网上有照片，它装在小小的证据袋里，看起来似乎更加无辜。刀片只比我的手指宽一点点。这说明后背肋骨的结构很紧凑，我想这样的结构就是为了防范这类东西吧。

安迪盯着我，已经完全吓傻了。我想这也可以理解。我想着摄像机，我想要拍完这段视频，于是我说："你能帮我去拿摄像机吗？"

"不能！你在说什么？阿普丽尔，你刚被刺伤了！你应该坐下！"然后他大叫起来，"谁能来帮下忙吗？"

对我来说，这安排可不好。"安迪，我们来这儿是有原因的。我就剩下半句台词了。"我有气无力地说道。我开始觉得眩晕，猛然间，每寸皮肤都开始冒汗。

"哦，不，阿普丽尔，快躺下，你快要昏倒了。"他边说边伸出手来想扶住我。

"不，安迪！去拿该死的摄像机！"说完这句，我就昏过去了。

大约20秒后，我恢复了意识，发现自己躺在柏油马路上，头靠在安迪的臂弯里。一家新闻媒体的人员比警察和救护人员更快地出现在了我们身旁。

CHAPTER 16 第十六章

在那一刻观看七号电视网新闻节目的观众，或者是在接下来的一周收看各类电视台节目的观众，都看到了这样的画面：安迪坐在地上抱着昏迷的我，一边哭喊着求助，一边试图唤醒我。鲜血把我外套的后背染红了一圈，安迪用手压住那个地方。场面很是感人。不过，重播的时候没有展示我苏醒的画面，而是播出我完全昏迷一动不动的简单画面，也没有显示纽约警察抵达的画面，而是在言语上把整个电视摄制组批了个体无完肤。

我觉得嘴里苦苦的，依然眼冒金星，但在这一刻是清醒的。

"安迪，谢谢你。对不起。"我低声说道，而此时，两名警察开始询问安迪问题。

安迪在回答警察的询问，一名警察拿出了记事本。安迪把我们的名字以及发生的事都告诉了他们，然后试图解释我俩身上的胶质物以及那堆脏兮兮的本属于马丁·贝拉科特的衣服。毫不奇怪，他没能解释成功。

然后，他开始抓狂了。"警官先生，我明白你们是在履行职责，可是她被刺伤了，我不知道该怎么做。能先救一下吗？"

于是我叫了起来，几乎是在吼："我同意！"结果又一次金星直冒。我不知道我为什么就不能闭一下嘴。这本书就该取这个名字——《我不知道我他妈的怎么就闭不了嘴：阿普丽尔·梅轶事》

不管怎样，这一招挺管用，警察让救护人员过来了。来了4个人，也许是8个，或者说是16个？每个人都很友好。

"女士，您好！我叫杰西卡，这位是米蒂，我们是救护人员，想问您几个问题,您需要如实回答,这很重要。"

杰西卡巴拉巴拉地问了一串问题,她以前肯定问过上百万遍:"女士,您哪里受伤了?""呃,主要就是我背上被刀刺的那个洞。""您在服用什么药物吗?""没有。""您有药物过敏吗?""没有。""我们能剪开您身上这些昂贵的衣服吗?""当然可以,反正已经满身是血了。""疼吗?""有一点。""这样呢?""啊啊啊!"

整个过程中,米蒂帮我向右侧躺在轮床上,测了我的血压,用电筒照了我的眼睛,还问我有没有触觉,手指脚趾能不能动,然后还掐了我的手指脚趾,做完这一系列检查后,他说道:"手足毛细血管再充盈良好。"我应道:"这是个好消息呀!"

两位救护人员都笑了。

转眼工夫,我就被抬到了救护车上。"嗨,我能跟我朋友说句话吗?"我问杰西卡。

"行啊,当然可以。"

"安迪!"我大声喊道。

安迪从跟警察谈话的地方跑了过来。"什么事?"

"呃,这听起来很混蛋,我知道首先是要确保我没事,可我现在就觉得自己没事,所以……"老实说,我挺难为情说出口的,不过我想能有这样的觉悟也不错。"我们需要抢先一步。我们需要获得更大的发言权,更好的发言权,否则这会成为他们责怪卡尔的又一理由。"在那一刻,我看向卡尔。他依然站在那里,那样超然和尊贵，威风凛凛，置身事外，坚不可摧，哪怕缺了一只手。

"等警察问完话了，嗯，我就开始弄。"

"不行，警察会拿走片子，并扣为证据的。你得把卡给我。"

他想了想，然后意识到我可能是对的。"见鬼了，姑娘，你可是背上有个洞的人，居然还能这么清醒！那最后一句台词怎么办？"

"我们现在就拍。"

他打开相机，弹出麦克风线，因为急救医生已经把我的衣服连同麦克风都给收走了。安迪不喜欢用内置麦克风，但他更讨厌随便录没有音频的东西。

他找了块干净的衬布擦了擦镜头，蹲了下来，离我的脸只有 30 厘米左右，这样，内置麦克风可以更好地收取声音。"开始！"

在镜头中，可以看到我侧躺在轮床上。背后是救护车，米蒂和杰西卡正在忙乎着。我看上去一团糟，脸上还有一条条属于贝拉科特的胶质物。上半身只盖了条毯子。这画面实在是太劲爆了！

我拿出了平时出镜的气势，发出了果敢而有力的声音，即便这样说话真的很疼。"正如我所说过的，即便在有史以来如此可怕的日子里，即便我们想到的都是人性最恶的一面，我依然为生而为人而感到骄傲！"

安迪取出卡，在毯子下偷偷交给了我。我悄悄地把它放进了裤兜。

第十七章

"我们不能乱打听的。"这是杰西卡在救护车上对我说的。去医院的车程也就 6 分钟,救护车的警报器一直在响,车子轱辘轱辘地在跑,杰西卡不得不加大嗓门对我说道。我侧躺着,面朝杰西卡。很明显他们可不想让我躺在伤口上。"解释一下呢。"我回应道。

"就是救护人员有很多事不能做,其中一条就是不能好奇发生了什么。大部分情况下,我并不在意发生了什么,但即便我在意,也不能去关心。我的职责就是确保你在去医院的路上不出什么状况。嗯,如果躺在车厢里的不是一个普通人的时候,就更得表现得淡定。"

"噢!是这样啊,好吧。你好,我是阿普丽尔·梅,你可能在油管'阿普丽尔·梅与纽约卡尔'之类的视频中看到过我。"我说话时会疼,但呼吸时更疼啊。

"我认出你来了。"我挺喜欢杰西卡的,她戴着大大的黑框眼镜，涂着亮红色的口红。要我猜的话，她可能比我大几岁。一路上，她都在确认我的血压和呼吸。

"我会没事的，对吗？"

"有意思的是，这是我们不能谈论的另一个话题。要是我说你没事，结果你却有事，你可能会告我的。"

"噢！这样啊……"我想了一想，然后说道，"要是有个人在你的救护车里，症状和我一模一样，你会担心她以后存活的能力吗？"

她笑了起来。"那不会的。"血压袖带已经放气了，可她并没有把我胳膊上的搭扣松开。

"这回答听起来不错。"

"你需要止痛吗？"

"不需要，是很疼，但我还好。实际上，如果你想帮我个忙的话，能不能翻一下我的夹克口袋，看看我手机是不是在里面？"

"好的，是在里面，我已经拿到了。你需要我打电话给谁吗？"她一边取出手机，一边问我，"噢！天啊！姑娘，你收到了约 80 亿条短信！"

"所以说，查看救护车里病人的手机这事，不在你不该做的事情的清单上啰？"

她做了个鬼脸，露出尴尬又可爱的表情。"既然你说到这个……"

"不要紧的。嗯，你能帮我发条短信给罗宾吗？告诉他我受了点轻伤和我们要去的医院,然后让他给我的亲友捎个信。还有,让他带上手提电脑。"

我把解锁密码给了她,她打字的时候告诉我:"顺便说一下,医院是贝尔维尤①。"

"噢!太好了!"

"好在哪里啊?"

"啊,那栋楼挺漂亮的,我一直想进去看看来着。不过,也许应该以一个没那么疼的方式去那里。"

她发完了短信,听到那声"嗖"的短信发送音,我知道短信已飞到了最近的手机信号塔,人终于放松了一些。

"不过,坏消息是你要去的那栋楼其实挺丑的。"

"请换到数字界面。我想该给我爸妈打个电话。"

"我可没有想要打听你的私事,只是这个叫玛雅的人,也发了好多条短信给你,看起来挺担心的。"

我缓缓地发出了一声长长的呻吟。

"别在意!抱歉,这不是我该关心的事。"

"没什么,还好啦。麻烦短信告诉她我没事,没看起来那么糟。同样的短信也发给我爸妈,告诉他们我在去贝尔维尤医院的路上。"

两声发送提示音响起。

我稍微动了动身体。"啊喔……"我叫道,顿时又感到一阵

---

①成立于1736年3月31日,是美国最古老的公立医院,位于纽约。

眩晕。

"抱歉，不该让你说这么多话的，"她一边说，一边又开始给血压袖带充气，"你现在感觉如何？"

"就是晕。还有就是我的嘴里像是塞满了干衣机里残留的细毛，我有点想吐，刚刚又出了很多汗。但也有可能是因为我现在光着上半身躺在一辆车厢里，旁边还有位可爱的救护姑娘。"

"天哪，他们会给你打吗啡的，这样你能安静点。现在你的血压比较低，但并不危险。可能是因为疼痛，所以导致你快要昏迷。不过，你要是真想吐的话，一定要告诉我。"

"伤口确实很痛。呼吸的时候更痛。"

"是的，不过可别停止呼吸呀。"

"我喜欢你，杰西卡。"

"我也喜欢你，阿普丽尔·梅。不过现在不许说话了。"她换了位置，坐在了我的后方，把毯子提了起来，把冰凉的圆形听诊器放在我后背受伤的一侧。

过了几秒后，她说道："现在主要担心也许你的肺部给刺到了，但我目前没看到相关的症状。"

"那会是怎样的感觉？"

"我不知道，又没有人刺伤过我的背部。说正经的，现在保持安静。"

我试图分泌些唾液好润润嘴唇，因为嘴唇实在是太干了。舔完后，我感觉甜甜的，就像是我涂了葡萄味的唇彩或其他什么似的。

"我能喝点水吗？"

杰西卡递给我一瓶水，说："慢点喝，可别呛着了。"

纽约的救护车从来都开不了多快，因为前面的车也没地儿让。幸运的是，医院总是就近就有。在救护车里让人最不舒服的就是警报响个不停。当然，更让人不安的是刚刚被刺伤，现在毯子盖着的上半身又是半裸着。人人都听到过警报声，可平时要么是救护车朝你的方向开来，警报声越来越响，要么是离你而去，警报声越来越弱，根据多普勒效应，音调总会有变化，也就是说，我们从未听过警报声长期保持在一个音量上。我想杰西卡和米蒂听到的总是这样，可对我来说，这音调既熟悉，又与我印象中的不太一样。我们的车拐完最后一个弯到达贝尔维尤医院前，我脑子里想的居然就是这样的事。不过，车停下来后，警报声就停了。

"你能帮我个忙吗？"我突然问道。

"可能不行。"

我小心翼翼地尽量少动胳膊，只伸手到裤兜里取出了那张闪存卡。"这东西非常重要。你能帮我交到登记台或类似的地方，让他们转交给罗宾·弗雷吗？"

好长一阵踌躇。救护车停在急诊室前，我能听到外面的说话声。在救护车门打开的那一刹那，她一把抓起闪存卡，塞进了制服里，然后朝着医院的医生，开始了一段独白："23岁，女性，肩胛骨与脊柱之间背部左上方浅表刺伤，第三和第四肋骨可能断裂，无脊柱受伤或肺部刺伤迹象。伤口已包扎，但仍在出血。血压 120/80，毛细血管再充盈良好，无内出血迹象……"她这样说了好一阵。然后很快，我的轮床"咻"的一声就推进了急诊室，然后是 X 光、止痛药、打针、纱布、缝针等一系列的操作。

第十八章

接下来的几天,有不少人来医院病房拜访我。第一拨是来自纽约警察局的几位警官,至少我记得的情况是这样的,要知道有些时候我可是吃了止痛药的。

"梅女士,我是巴克利警官,这位是巴雷特警官,关于您遇袭的事,我们需要问您一些问题。"

"我知道的其实不多,不过我会尽力回答你们的问题。"

"遇袭时,你在做什么?"

这似乎并不是特别相关,不过,他们可是警察,我还是把真实的情况说了一遍。我在那儿拍关于"七一三"袭击事件的视频,还拍了23街上的一些示威场面。我是否觉得这样做挺危险的?是的,不过我还是想这样做。

我们过了一遍那天的场景里真实的细节:那带有千斤拳力的一刀刺中了我,那个死在我身后的人,地上那摊离奇的、让人作呕的不成形的尸体。

CHAPTER 18 第十八章

"你知道袭击你的人最后怎么了吗?"

我说话声音轻轻的,平常可不是这样,但是深呼吸给我的感觉像是又被刺伤了一样。"挺奇怪的。我知道不是安迪杀的他,虽然我知道安迪会这么做。不过,发生在那家伙身上的事太诡异了!"

"你的朋友安迪,他相机的存储卡不见了。"

"噢!天哪!"我说,"这可是个坏消息!"我对警察撒谎道。这样的回答我自己都觉得不怎么可信。"他拍的时候肯定都还在呢,他可不是业余的。"

"你不认为可能相机里根本就没有卡吗?"

我感觉这是在引导我背叛安迪啊。我决定多留点余地。

"安迪不太会犯这样的错,不过也有可能。有时候相机被晃动之后,卡槽可能会被晃开,卡就会掉出来。"然后我又额外补充道,"我们一定要找到那张卡!那个视频我们无法重拍的!那可是千载难逢的机会!"我说话的声音大了些,撒谎引发的肾上腺素压制住了疼痛。这样做可够吓人的。

"梅女士,鉴于当下的情况,难道没有比您的视频更紧迫的事了吗?"

"你们有你们的职责,我也有我的职责。"

他们又把整个事情的经过跟我过了一遍,然后告诉我说,等我可以写字的时候,要写一份证词。

"鉴于目前的情况,我们将在您的病房门前安排一位执勤警官。"

这让我想起一些事来，不到 24 小时，就发生了两起蓄意谋杀，而警察只知道其中一件。我得好好想一想，想想卡尔是怎么救的我，可为什么他没有救其他人呢。我必须自己去想这些事情，还得多花点时间来想。

我还没有跟你们说起过我父母的事吧。并不是我不喜欢他们，恰恰相反，实际上，他们人非常好，总是极力支持我。安迪、玛雅和我念的视觉艺术学院，大家都知道，没有父母想送他们的孩子读这样的专业，这简直是老生常谈。因为学费出奇的贵，所以好多学生要么是医生的孩子，要么是律师或投资银行家的子女，即便是这些父母，大部分也不认为艺术学院是实现大好前程的最佳路径。不过，当我的同学们互相交流与父母之间的各种恐怖大战，好让父母支付学费，或者仅仅是允许他们自己支付学费时，我实在是没什么可说的。

我父母发现我热爱某样东西，就会尽力帮我实现。我以前提到过我父母拥有一家挤奶机产销公司。他们创立这家公司起源于一次暑期实习经历，在拿到政治学学位从学校毕业后，他们去了一家小型奶牛场实习。他们觉得奶牛场使用的设备系统既不实用，又很低效。于是，五年后，北加利福尼亚州有一半的小型奶牛场都在使用他们公司供应的升级设备。到我上大学的时候，公司的设备已卖至美国西北部的大部分区域，还有了一间仓库，里面装满了为全球各类小型奶牛场定制的设备,运往全世界。父母雇人打理日常工作,俩人进入了半退休状态。

我想,既然他们自己都不太清楚怎么就事业成功了,而且他们的事业明显跟学业没有一点关系,所以他们就觉得我干什么都可以。他们过去就是这样成功的。现在他们依然拥有这家公司,我猜他们有在"经营"或是什么的吧,但从我上学以来,他们的大部分时间都花在运营本地非营利组织,四处旅游和观看喜欢的乐队演出上了。有些父母会担心孩子挥霍遗产,而我则担心在能够继承之前,我父母就把财产败光了。

他们真是过得非常幸福。他们看上去总是那么的开心,我都觉得有点烦了,也许这么说显得我太刻薄了。不过,也没烦到真会做点什么离经叛道的事。

举个例子,你们就知道他们有多给力了:我在医院给他们打电话的时候,他们并没有立刻焦虑或是哭喊起来,或是责问我是怎么把自己置于如此危险的境地的,通常父母的反应都会是这样。我们则只是聊了一下医生的初步报告,听到我说医生认为我没事,只不过断了几根肋骨,他们就说了些"你没事,我们就放心了"之类的话……

"罗宾说他收到了你的便条,一切都安排好了。"这是我妈在说。

"我的便条?"我有点蒙。

"你留在医院接待处的便条。"

我可没留过什么便条,我留的是存储卡啊。我爸接过话茬,都不给我机会搞清楚。

"他还说打电话或发短信的时候别提那个东西。你现在不能有太多压力。"

"呃,好吧。"罗宾为啥要通过我父母说这些啊?

我妈又开始了:"他非常坚持。他说都安排好了,很快就来看你。所以你不会再给谁打电话或是发短信了吧?"

"我想,可能会的。"对警察撒谎是一回事,我父母这么好,我可不能说假话。

我爸又说:"罗宾说他需要你口头确认:除了我们,你不会给任何人打电话或是发短信。"

"这太奇葩了!"

"可是我们信任他,不是吗?"我爸说道。

"他看起来是个很不错的男孩子呢。"我妈接着说。

"他是挺不错的,不过,我们可没在约会啊。"

"所以说?"我爸又来了。

"好啦,我不会给任何人打电话或是发短信啦。"

我们又聊了20分钟,他们几乎没有把话题带回到我遇刺的原因上,也没有说我是有多蠢才导致自己背部被刺伤这样的话。

"专心养伤,我们明天早上过来。"我妈说。为此,他们提前结束了假期。

"我爱你们。"

CHAPTER 18 第十八章

"我们也爱你。"他们异口同声地说道,然后我们便挂了电话。

我至今没有见到安迪或是罗宾的身影,这让我有些吃惊。我不停地在期望他们走进病房,可他们却一直没有来。我后来才了解到,我躺床上的时候,纽约警察局和联邦调查局都在找那张卡,企图掌控它,他俩为了保密,为了片子的安全,还曾有过一路狂奔。

安迪已回到自己的公寓,一拨又一拨穿制服的人向他询问片子的下落。从法律上来讲,他们不能搜查他的公寓,但监听我们的电话和短信确是极有可能的。当然,安迪没有那个片子,片子在罗宾那儿呢,到目前为止,罗宾还是非相关人士。

我对此一无所知。我只知道发生在马丁·贝拉科特身上的事,既可怕又不可思议,不过,我没有太过讶异。卡尔是外星人,所以有古怪也是可以接受的。就我而言,我们所经之事已经够古怪的了。

恐怖袭击已经杀死了几百号人,所以我认为即便有人企图杀死我这件事会出现在新闻中,但不会是头条。

天色已越来越晚,我不禁开始奇怪为什么没有人来告诉我可以出院了呢。这时,一个戴着耳塞的高个子男人走进了房间,一副十分警惕和敏捷的样子,这阵势我可从未见过。查看一番后,他走上前来对我说:"梅女士,我是索恩特工,总统马上过来。"

给我的准备时间就这么点。大概五秒过后,另一名特工走了进来,后面紧跟着的就是总统,还有第三名特工和一位身穿套装的年轻女士。总统穿着一件蓝色的轻短夹克,里面是一件白色的丝质衬衣。她的灰发随意地披散在肩头。

　　这感觉简直像是在做梦一般，就是那种遇到名人的感觉，你会觉得"噢！天哪！他们看起来那么立体，有血有肉的，我亲眼看到了这个人，而以往都是通过镜头才能看到的"，这种奇怪的感觉真是十分有趣又复杂。

　　事实上，我已经有过好几次这样的感觉了。但这一次是关于总统的，所以给人的印象更加深刻。主要是，我是她的超级粉丝。我们的价值观和目标又有很多共同之处，她做的很多事都让我敬佩和惊奇。我一直非常欣赏她，虽然我可以和好莱坞的任何一位明星随意相处而不为其声名所惧，可是，与总统在一起，那感觉可太不一样了！我感到诚惶诚恐，可同时，也感受到了她的脆弱。

　　我所指的当然不是身体上的脆弱。我只是觉得她和我们一样，是一个真实的人，有五脏六腑，也骨骼齐全。她走过来握住我的手时，这一切更是格外的真实。她握手的方式老练且有劲道，只是皮肤比我想象中的粗糙了些。

　　"阿普丽尔，太好了，终于见到你了，不过很遗憾我们的会面不是在更好的情景下。你怎么样？"

　　我本来想问她为什么到这儿来的，但这样问似乎不太礼貌，所以还是回答了她的问候："我还好。医生说我明天就可以回家了，只是点擦伤，肋骨断了几根。老实说，我主要是情绪上一团糟。"

　　"你肯定想知道我为什么来这儿，对吧？阿普丽尔，首先，你遇袭的片子哪儿去了？大家都确定是有这么个片子的，可是出

第十八章

动了不少人却没找到。"

"您来这是……要片子的?"我大为吃惊。

"还有其他原因。不过,是的。我说过,你习惯于成为事件的焦点,阿普丽尔。我这样说不是要责怪你,我当然希望我们是朋友,但现在,那些个会快速移动的部件,需要让其减速,予以控制,很多人担心那部相机上的片子里就有其中一个。"她一如既往地直奔主题。

"您说的我都听不懂。"我说。

"那都不重要,我需要你的片子。"

我毫无防备,不知道该如何应对这样的局面,眼下只能采用拖延战术了。

"我突然觉得我需要知道,如果我不帮您拿到片子的话,会有什么事呢?"我用了"拿到",而不是"给",以表明我没有。

"不会有什么,阿普丽尔。对我来说,不管你喜不喜欢,你都是新闻界的一分子。从你那里拿走信息或者阻止信息的播出,对我而言,都是不寻常的一步。这是需要律师和法官才能做的事情,而我既没有时间,也没有意愿那样做。但作为国家总统,我可以请你帮我个忙。"

"哦,要是我能理解原因的话,也许会好点?"

她似乎使劲想了几秒钟,然后咄咄逼人地开了口。她的脸色变得一本正经,声音像投掷飞镖一样掷地有声。

"阿普丽尔,我们都知道昨晚有人想杀你,我们认为那人和今天下午企图杀害你的是同一个人。可到底是什么让你既没有报告枪击事件,还敢毫无防备地走出你的公寓楼?你不必回答!!也许,是年轻人的愚昧,也许,另有玄机。但在你走出公寓楼的那一刻,你便创造了新的历史,而现在我们要在这样的历史中生存下去。"

她说的时候并不像是在说一件值得我骄傲的事,而是一件我不得不接受的事。就像是飞镖正中靶心,她的目的达到了。

"我们必须开始正视这个问题,事实上,拥有外星技术的'卡尔'眼看着,不说数千人吧,数百人死去,就在今天,明摆着是'卡尔'杀了个人,只为了不让你受到伤害,这就是新的历史。"

"这样啊,"我喃喃道,然后停顿了很长时间,"等等,你们认为是卡尔杀了那家伙?"

"阿普丽尔,马丁·贝拉科特的骨头、器官和血液,全身除了皮肤,按我们的专家此时的结论,全变成了葡萄果冻。"

长长的停顿。

"葡萄果冻?"我问道。

她没有回应。我回想起在救护车上的情景,想起那葡萄味的唇彩。我的胃翻腾起来,一阵焦虑感席卷而来,我全身发麻,冷汗浸浸。

"他们会是什么?"我平静地问道,但控制不了自己的想象。

"不知道,阿普丽尔。"

她的力量是如此安抚人心,她是如此镇定,以至于我最终问了她那个我甚至都无法问自己的问题:"他们是坏蛋吗?"

"阿普丽尔,我不知道。"在她的眼中,我看到些许迟疑一闪而过,但她瞬间又表现得如往常般自信,继续说道,"我知道的是我们面对的不仅仅是到访了全球各地、会传染梦的外星机器人,我们面对的还是会传染梦的外星机器杀手。我非常想正确地去表达这件事,并给出理智的看法。但是,我确信到你或者你们中的一员。"她想了想措辞。"掌……正在处理一段视频,这段视频可能非常棒,但也不一定会有美国政府正在查找的所有线索。所以说,如果可以,请允许我们分析一下你们的片子,至少在24小时内,请不要发布任何消息。"

"现在应该已经有其他视频流出了吧?"要是有人在那时就直播了,我也不会觉得奇怪。

"是有一些,但都是手机拍的,画面很模糊。现场没谁的相机有你们的么好。拜托了,答应我们。"

"那24小时后,我们就可以放出视频了吗?您不会要审查或者不让我们放吧?"

"阿普丽尔,我可不傻。我见识过互联网的威力,如今再也没有谁可以遏制信息传播了。再说,不是还有完整的第一修正案[①]吗?那可是条大规则。"

[①]指美国宪法第一修正案。国会不得制定关于下列事项的法律:确立国教或禁止信教自由;剥夺言论自由或出版自由;或剥夺人民和平集会和向政府请愿申冤的权利。

"我马上帮您拿到资料，"我说，"交到哪儿呢？"

"就交到这儿。"她说。

"这儿？"

"没拿到，我是不会离开的。"

我掏出手机打给罗宾。

"罗宾，我需要你拷贝一份安迪今天拍摄的片子，然后拿到医院来。"

"你确定？"

"总统在这儿。我们做了——"我看着总统的眼睛，然后说道，"我们做了一笔交易。"她笑着看着我。

"我20分钟后到。"罗宾说。

我挂了电话。

"我们有20分钟。"我对美利坚合众国的总统说道。

"很好，我们还有其他事需要聊一聊。我问过你的医生了，他们说你可以回家了，但我在想是不是可以请你多待一天，这样明天我可以带媒体过来看望你一下？媒体方会问你几个问题，主要是拍我走进病房并与你说话的照片和视频。我现在必须表现得积极一点，否则大家就会说，'在这样的危急时刻，总统去哪儿了！是不是在玩沙狐球，还是来例假了啊！'喜欢沙狐球也是我的错喽。我总是说，你们先把其他总统花在打高尔夫球上的时间加起来看看，再来跟我说我的沙狐球爱好对美国有什么不好。"

我笑了起来。

"怎么？"她问。

"我不知道。您是，"我说这话的时候觉得自己真蠢，"您其实也是个人，对吗？"

"哦，阿普丽尔，所有人中，我认为你其实知道这是种什么感觉。人们称之为职位的魔力，我们很难看穿它。事实上，我在努力培养这种能看穿的能力，这是我工作的一部分。"

我突然发现，她和我真的挺像的。就好似我和这个人真有某种亲属关系，在这层意义上，她更像是某种象征，而不是一个人。

"所以说，你的意见是？"她问道。

"好啊，所以您明天会再来，对吗？"

"我在市里筹划一系列事情，"她指的纽约，"因为你是在这儿遇袭的，所以我在这儿做些活动会更有意义。"接着，几乎没有缓口气，她就变了话题。"阿普丽尔，我亲自跟你说一下。一般这些都是让其他人来做的，但既然我们还有一点时间，而且我过去也在情报部门工作过，所以我觉得我亲自来做也不错。

"袭击你的人叫马丁·贝拉科特。他是单独行动的，因为没有证据表明他获得过经济或后勤上的支持，但他也是联合袭击的一员，与其他恐怖分子有过联系。你要是想知道动机的话，假如你不想知道，那我可真要为你鼓掌了，不过很难不去想的，对吧。可惜，对此，我也一无所知，帮不上忙。他过去因家庭暴力有过刑事犯罪记录，多年来一直独居。初步报告显示他在网上的咆哮言论并不是很连贯，明显易怒，他认为眼下的世界正在日益腐朽，而他自己却无力控制。

"我们对卡尔知之甚少，但知道他的能力远超人类，能做到人类做不了的事。贝拉科特的全身发生了化学转化，这是人类无法想象的。从法律意义上来讲，这可以归为卡尔犯了杀人罪。这的确是一件很奇怪的事，不过在我们的社会里，当一个人遭到杀害，我们是必须按照程序来处理的，即便凶手有正当的理由。我们必须在这里处理这件事。我们已决定把纽约卡尔当作一个拥有自由意愿的人来处理，而法律也将视其为这样的一个人。"

"这是什么意思啊？"我问道。

"意思是将会有个听证会，由法官来决定本州是否要指控卡尔。如果起诉，意味着会有审判。任何时候，一个人造成另一个人死亡，都视为杀人罪，但除非是故意为之，不可宽恕，否则不视为谋杀。这次的情况明显是有正当的缘由，所以，我们料想美国的所有法官都会这么判的。

"我想让你明白这只是走个程序，并不是我们想让纽约卡尔当替罪羊或是怎样。"

"真的就只是这样吗？"

"基本上是的，"她顿了顿，"还有，阿普丽尔，我很抱歉，但不得不问你，你跟卡尔之间有沟通吗？"

"什么？"

"你有没有什么方式可以跟他们沟通？或者，宽泛一点来讲，你是不是知道他们的什么情况，而大众却不为所知？"

CHAPTER 18　第十八章

"所以你也不知道吗？"我说道。

"知道什么？"

"他为什么救我，却没有救那些人的原因。"

"我不知道，阿普丽尔。很抱歉。"

"我也不知道。"我老老实实地说道，回避她的问题，因为那个问题会将我引向我不想去谈的话题，那个出现在我公寓里的巨大的机械手，我最近才有的室友，以及那一段只有我才有的梦境。

"阿普丽尔，我请求你，不要隐瞒任何东西，我们需要知道。"

所以说，在这种情况下，你会站在哪一方，你新结交的好友，这个世界上最有权力的人，还是昨天救你性命的外星人？

犹豫一阵儿后，我决定折中处理，我说道："我做了个不同的梦。"

她没有任何表态，好让我继续说。

"在其他人的梦境里，没有东西会移动，除非有人主动移动它。但在我的梦境里，有一架波音767飞机降落在那座城市里。我们认为那是最后一个线索，可以解开整个谜题的线索。至少我们现在发现的是，我是唯一一个接触到这个线索的人。知道这个情况的人也都守口如瓶。"

她好像听得出了神。"你们做的是对的，"过了好一会儿，她才终于开口说道，"那你们有在积极地解开这个序列吗？"听到她用了这么专业的术语，我颇为惊讶。

"我们有，但目前进展不大。如果没有足够的相关知识，很多序列是没法解开的。"

"我们有密码破译专家，或许能帮上忙。可是，阿普丽尔，一旦这个序列得以解开，这一点我必须说得非常清楚，不管发现了什么，你都不要采取行动，先和我们商量。"

"我想我现在已经吸取教训了。"

"我也是这么认为的，但请向我保证。"

"如果我们解开了序列，在没有告诉您的情况下，我不会采取任何行动。"我说道。做这样的保证，让人挺有安全感的。我喜欢这种自己身在其中且举足轻重的感觉，同时也意识到我并没有被训练成人类的密探。"可是，"我补充道，"是不是不管这段旅程的结局到底是什么，我都能一起去吗？"

"是的，阿普丽尔，我希望你在那儿。现在，还有没有什么要告诉我们的？"

"没有了，"然后我忍不住开始哭泣，"我应该知道的，可是我却什么都不知道，我怎么就卷入这样的事了啊？"

"我很抱歉，这件事是挺难让人接受的。每当你想责怪自己还活着，责怪自己是唯一获救的人时，请记住，我是多么多么地感激你还活着。从第一天起，我就把你视为同盟，老实说，我们第一次见面是在这样的情形下，对这一点，我感到很难受。还有什么是你想告诉我的吗？"

我觉得像是有个追光灯照射在我的脸上，上面写着"撒谎"两个大字一样。

"谢谢您来看我,您人真好。"我说道,声音都在颤抖。

"好吧,你要是想起什么,你知道我的号码。"这倒的确是真的。

她继续说道:"你将会前程似锦,想到你有这样的未来,真让人开心。"

前程似锦?呃,她说的也没错。

总统离开后,罗宾就走了进来。特勤把他挡在了外面,也收走了他带来的存储卡。

"安迪在来取这个的路上了。"他举起存储卡。

"让他现在就剪辑,但要等到明天才能上传。"

"你怎么样?"罗宾问道。

我思索了一下。对罗宾来说,我随便地评估一下自己身体的完整性,可不够意思啊。

"我觉得还行?"我说道,"我的意思是说,我不清楚我是没事还是很糟糕。罗宾,有人想要杀我。"

"我知道。"他的目光扫过我的病床,投向了窗外,然后是一阵沉默。

"谢谢你没有说我有多蠢。"

"我想你已经了解了。"

"是的。"

罗宾开始在包里找手提电脑。

"你想听听推文的评论吗?"

"噢！天哪！我不知道我想不想，我要听吗？"

他苦笑了一下。不一会儿，电脑打开了，他开始给我读那天早上我发推文后的那些回复。到现在已经有很多点赞、转发和回复了，比我之前发的任何推文都要多。

让罗宾读这些评论和推文，没有什么方式能比这让我感觉更棒了。他的声音很好听，口齿非常清晰，而且，他肯定把那些让人不愉快的评论给跳过了。

"考特尼·安德森说：'阿普丽尔，我们都在挂念你。在如此黑暗的一天，你对人性依然有信心。谢谢你分享给我们这样的力量。'"

这评论挺感人，我的眼眶都有些湿润了。

罗宾继续念道："这个人送了你大概 25 个表示拥抱的表情。"然后，过了一会儿，他又说道："哦，你肯定会喜欢这一条，'蜘蛛侠和斯内普'说：'我一整天都在看新闻，但这条推文是我现在唯一重要的事情。要好好的，阿普丽尔！'"

他停顿了一下，然后继续："这一条来自颂站。CMDRSprocket 说，'所有人都在争先恐后地发表各式各样的个人观点，要么就是在胡说八道那些我们不清楚的事情。感谢你还表现得如此理智客观。'"

"啊，这一条……"我昏昏欲睡地应道。

他就这么一直读给我听，直到我沉沉睡去。

我醒来的时候，安迪已经来了。他看起来，仍如往常般沉重

CHAPTER 18 第十八章

和疲惫。而现在更甚了。他沉入我床边的椅子里，还是我认识的那个清瘦的男孩，可现在看起来，不知怎么地显得颇为深沉。

"你怎么样？"他看到我醒后问我，一副很关心的样子，这也在情理之中。

"我还好。他们说几周后我就能完全康复。"

"内伤也会吗？"

"我想是吧。目前是。"

问我现在情况怎么样这样的问题，对安迪·斯堪姆特来说，可不简单。他不是那种会在意别人感受的人。不过也是，你并不是每天都有机会见到好朋友在自己眼前遇袭。我在胡思乱想这些的时候，安迪打破了沉默，我都没意识到这样的静默。

"阿普丽尔，是我杀了他吗？"

突然我仿佛又回到了那一刻，看到了地上那一摊脏兮兮的衣物，胶质物向外渗出，流动。

"哦，不不，总统已经告诉我了，安迪，不是你。"然后，第一次，一个念头闪现在我的脑海中。

"安迪，你被吓着了。"他有点发抖，双手抱着头，没有哭泣，只是发抖。我脑海中出现这样的画面，他满身都是马丁·贝拉科特那黏糊糊的胶质物，站在街道的中央，离卡尔有几米远，看上去是那么的孤单。

安迪看我时的表情就像是把我身上的刀插到了他的身体里。他低语道："上帝啊，阿普丽尔，我当然被吓着了。"他可能以为我在批评他呢，以为我在质疑他的勇敢。

"不，我的意思是说，你当时还是冲上来了，虽然你看上去像一副快吐了的样子。可当那个家伙朝我冲过来时，你……"我忍不住哭了起来。

眼泪顺着我的脸颊流下来，不带一丝虚伪和做作。我滔滔不绝地告诉安迪，他是第一个，也是唯一一个真正冲过来保护我的人，我是多么感动，多么惊奇，我哭得惨不忍睹。喘息和啜泣的时候依然很疼，可我忍不住号啕大哭。安迪，这个呆瓜，这个头发乱如杂草的活宝，就为了我，把他珍爱的相机装备高高举过头顶，一下子就把那个家伙的头从肩膀上给砸了下来。是啊，结构转化了的家伙，不过那时也还是个人啊。

我回想着这些片段，可我并没有说出来，而是哭得越来越大声，越来越惨，哭得整个人都蜷了起来，像回到了胎儿般的状态，背上火辣辣地疼，这让我哭得更大声了。安迪站起身来，向后抚弄着我的头发，告诉我一切都会好起来。他接触到我的那一瞬间，我就像个快要淹死的人一样，紧紧地攥住了他，把他攥到了病床上，眼泪鼻涕全擦在他干净的纽扣领衬衫上了。

"你这个该死又帅气的呆瓜，那是我见过的最英勇的行为了。是你救了我，是你救了我，是你救了我。"我知道实际情况并不完全是这样，但我想他明白我的意思。我想你们也会。

第二天一早，所有人都出现在了我的病房，有我的父母、詹妮弗·普特南、安迪、米兰达和玛雅。甚至那个救护人员杰西卡，也匆匆走进来打了个招呼。他们过来当然是为了看望我，可同时也是因为总统要过来做做宣传工作。总统要求视频24小时后才能播出，这也意味着，在她现身前的几个小时里，我们可以得空准备准备，（恕我冒昧）还可以放松一下。

我得以和父母单独待了一个小时左右，相处很是愉快。他们竭尽全力表现得团结一心，不让我看出他们有多担心，而我还是看出来了。彼时我才真正意识到我过去做的那些决定对他们的影响有如此之深。

他们絮叨着汤姆的蜜月，他们的古怪邻居，尽可能让我们之间的对话就像父母与子女平常聊天时那样。可是，你知道他们没有做什么吗？他们没有，一次都没有提及，"你是怎么想的啊？！"并不是因为他们知道答案或是理解原因，我可不认为他们知道或是理解。他们没有问是因为他们相信我肯定不是自虐而戳了自己背部一刀，而是一个激进的极端主义分子刺伤另一个人的背部，要说有错的人，那当然是那个极端主义分子啦。

"啊！你可是跟总统聊过天了！"我妈说道，再一次想把话题从她女儿几乎濒临死亡的情形上转移开来。

"是啊，你们很快也能和总统聊聊天了。"我提醒她。

"那可不一样，她过来看你是因为你做了件了不起的事！"

"我怎么觉得更像是有人对我做了件了不起的事呢。"

我爸继续沿着我妈的思路说："宝贝儿，我明白你知道整件事一点也不简单,阿普丽尔,我们都为你感到骄傲,在善良和关怀并不那么容易的当下,还要坚持说出善良和关怀的话。"

"那只不过是我塑造的形象罢了,真实的我其实并不是这样的。"

他俩笑着看着我,像极了开心的狗狗模样,然后我妈说:"阿普丽尔,你不是在打造一个品牌,你是在打造你自己啊。"我爸的眼睛湿润了,他补充道:"今年发生了这么多事,很容易让人忘了,你才23岁啊。"

"呃……"我说,因为那就是我的口头禅啊。他俩又傻呵呵地乐了。

过了一会儿,罗宾走进来给我引见了一位名叫维吉尼亚的形象设计师,想把我弄得好看些,更上镜点。我知道我长得好看,可曾经有一段时间我可讨厌因为长得美而有特权了。这也是我为什么那么喜爱玛雅的原因之一。与之前相处的对象不同,我觉得她是先了解我后才开始觉得我性感的。这才是我真正的魅力。

卡尔出现后,我更加注重样貌,不过大多数时候都打扮得很正式,想显得更老练,更专业。有时候,外形上的刻意打扮,不仅仅是要看起来够严肃,够分量,也为了看起来更漂亮。是的,漂亮也很重要,因为如果人们喜欢看着你,基本上也会下意识地倾向于你的意见。这有点混账,不过却是真的。就像安德森·库珀[①]可以用他深邃的蓝眸打开你的心扉,这可不是巧合。在这段经

[①] 美国记者、作家和电视节目主持人,是有线电视新闻网(CNN)新闻节目《安德森·库珀360°》的主播。

历的早期，我就下定决心可不能平白无故地浪费了自己的这项优势。

可是，当这位形象设计师架起她的三折梳妆镜，摆好了装满各式各样高档化妆品的大百宝箱，然后问我想展现出何种形象时，我的大脑竟然一片空白。我不喜欢在新闻短片上看到的那种女士形象。我也不可能装扮得优雅迷人，因为我穿的可是病号服啊。我的自我意识猛然觉醒，这可是我遇袭后的首度亮相啊。我的头等大事,真的！这个报道会在全球播出，也是一个易受攻击的处境。我需要躺在床上吗？总统是不是希望我这样？是不是应该让我看起来很虚弱？我想罗宾看出了我的苦恼。

"阿普丽尔，你希望人们看到你的时候是什么感觉？"

"我希望人们觉得防御派在煽动极端主义的氛围，而我说的话才有道理。"

"真的吗？"

"真的，我想目前的想法是这样，对吗？"

"嗯，"他转身对形象设计师说，"维吉尼亚，可以让我们单独商量一会儿吗？"

维吉尼亚有些诧异，不过马上答道："好啊，没问题。"然后走出了病房。

"阿普丽尔，"罗宾继续严肃地说道，"现在得以全新的角度来看待这些事。你觉得人们会关注的核心问题是什么呢？"

"这场袭击为什么会发生？为什么有人会想杀我？"

"不对,不过这些问题肯定也算。但这条新闻播出后,全世界看到你之后想到的第一件事就是为什么卡尔救了你,却没救昨天死的那几百号人。"

"噢!"我不敢看向罗宾。"哦。"我又叹道,因为我不知道还能说些什么。

"这个问题最显而易见的答案是什么?"

此刻这么虚弱的我,实在不敢相信自己心中的答案,但这也是我唯一能想到的答案。"因为我很重要。"

"你的重要性可能基于两个原因,而这两个原因都极为不妙。"

我想了想。要是我发现这股神秘势力采取的第一次公开行动就是不惜杀人也要保护一位纽约女孩,我会怎么想?

要么是因为:

我对他们的计划很重要,他们的计划是帮助人类,这样有些人就会开始把我当成救世主。

要么是因为:

我对他们的计划很重要,他们的计划是伤害人类,这样我就是有史以来最可恨的叛徒。

罗宾没有说出来,只是继续说道:"你现在需要表现得这两种情况都不存在。你需要表现出真实的自己,一个受伤躺在医院的病人。"

"可是,我不是在反驳你哈,那样会不会显得我太强大了?"

"可能会，也可能不会，但这样做肯定更安全，我想你现在对很多人都负有责任，所以应该做出风险更低的决策。"他说这番话的时候非常自信，没有丝毫的责备，虽然他完全可以轻松地这样安慰我一下。

话音还飘在空中，他走去门的方向，打开了门，向形象设计师维吉尼亚道了歉，让她又回到了房中。

"让我看上去精神一点就行了，"我告诉她，"要是你能让我看起来显得弱小，那也不错。事实上，我感到害怕，感到虚弱无力。"我转向罗宾，"我想，如实展现我的状态就是正确的做法。"

15分钟后，普特南走进来说："她半小时内到。"显然她说的是总统。"天哪！形象设计师是怎么想的啊？！她人还在这儿吗？她怎么把你打扮得像个14岁的孤儿！"

"没关系的，詹妮弗。"我说道。

"不不，没事，还有时间改。"

"不是的，"我有点恼了，"我说的不是这个意思。我要的就是这种形象。"

"你想看上去弱不禁风的？"

"不，我想把我此刻的感受展现出来。在人人都想把我当作一种象征的时候，我想看起来像个普通人那样。"

"可是，阿普丽尔，你需要成为一种象征，这是你一直想要的，现在是一次绝佳的机会，也许是你拥有的最重要的一次机会，你需要给人留下深刻的印象，那可是总统啊！你需要看起来很棒！"

"那你希望我是什么形象呢？病床上的电影明星？英雄？"我突然就真的生气了，不过还是压低了嗓子，"像救世主还是犹大？哪种会让书卖得更好呢，詹？"我以前可从未叫过她詹，也不知道有没有人这样叫过她。

有那么一瞬间，她的表情让人捉摸不定，不过很快她就开了口。

"哦，上帝，阿普丽尔，真是抱歉，老实说，我有时候的确会忘了你多么有见识。很少有人能够领先我一步，但这次你才是对的。你完全有理由对我生气，是我没有充分想到这一点，我只想让你看起来美美的。"

教科书般的普特南。一旦她意识到自己赢不了，就会铆足了劲地表示赞同和拍马屁。

"没关系，"我打断她，"今天不是一直压力山大嘛。"

"节目开始录制前，你还想跟谁说说话吗？"

"呃，实际上我都不知道这档节目会是怎么个情况，所以说，也许找谁给我解释一下？"

"哦，当然了，过会儿会有一位白宫代表来跟你过一遍流程。"

果真如此。5分钟后，一位身着精致西服套装的年轻女士就走进来了，告诉我们接下来的安排，包括怎样举止得体，不要出洋相，避免被特勤人员收拾等细节。

接着又过了10分钟，在这可怕的、庄重的，几乎没人说话的10分钟里，我父母、安迪、詹妮弗、玛雅、米兰达、罗宾和我，都在我的病房里无聊地绕着大拇指等消息。詹妮弗手腕上的表，突然发出了"叮"的一声，表明有信息发来了。她看了一眼表，说："她到了。"

"哎呀，快要吓尿了。"我妈说。所有人都笑了。看着他们惊慌失措的样子，真好玩。说实话，我也很紧张，不是因为要见到总统而紧张，而是因为担心镜头里的表现而紧张。我既要看上去挺机灵，又要显得恭敬，还得设法让自己表现得很有人情味。这里面的分寸很难把握，我的脑子都快糊掉了。

我真的很想尿尿，可太晚了。

两个摆着一副"我明显就是特工"样子的人走进来查看了房间，他们完全漠视了所有人，只关注有没有需要列为潜在威胁或是需要监控的事项。查看完毕后，其中一个离开了，另一个则守在门口。

然后进来的是摄制组人员：摄影师、摄像师、录音师（拿着个吊杆麦克风）各一人。他们去了房间的另一侧，一下子就把空间占满了。接着就是总统走了进来，我听到安迪相机快门打开的声音。安迪老伙计，好样的！

总统先是花了点时间，分别与我父母、安迪、罗宾、米兰达和玛雅闲聊了几句。他们都满脸堆笑。然后，她来到了我的床前。

"阿普丽尔，你现在感觉怎么样？"

"他们说我很快就可以出院回家了。"我应道，不太确定是不是要重演昨天的对话。

"这一击可是险中要害啊。"

我本想抖抖机灵,说点俏皮话,但还是马上打消了这些念头,转而回应道:"可不是嘛。简直不敢想象有人会做这样的事。"我在引导着对话,这个习惯可真是难改啊。不过这种情形,对世界上最有权力的人来说,也是司空见惯吧。

"你的家人和朋友们都来了,这真好!"她指着我那群静悄悄站在一旁的亲友说道。我的心里突然泛起一阵内疚感,我尽力不去理会这其中的因果。"而且你知道的,美国人民也在挂念着你,这真好!"

"谢谢您,总统女士阁下。"我们再度握手,然后拍摄就结束了。

"这样就完了?"我问道。

"他们就需要这么多。你刚才可是想引导对话,有胆量啊。"

"习惯了!对不起。"

她笑了起来。"抱歉今天就到这里了,不过可有得忙了,你或许想象得到。"

"当然啦。"我说,然后她开口道别,不到一分钟的工夫,她就离开了。

她走后,房间里便响起了各种忙碌声。每个人都在整理故事,这可是他们后半辈子的谈资。同时,24小时的禁令结束,安迪忙着在手机上播出视频。几秒钟后,视频就公开了。那可是一整段视频，从我走进人群发表演讲，到马丁从人群里挤出来准备攻击我时，我那一两声尖叫；再到他砸向我的那一刻，皮肤变暗几度，整个人变成一团，还有相机砸向他的画面。然后有大约 15 秒的时间，视频里只有声音，没有图像，直到扭打声、喊叫声、跑步声渐渐消退。最后是我躺在担架床上说："即便在有史以来如此可怕的日子里，即便我们想到的都是人性最恶的一面，我依然为生而为人而感到骄傲！"

这是一段时期以来，我们制作的最好的视频。联邦机构发出声明是卡尔造成了贝拉科特的死亡之初，视频也恰时播出。总统探视的照片也起了相当好的作用，她充满关切地俯身问候躺在病床上的我。我们是对的，还不仅仅是对的！在这一刻，防御派完全输掉了这场战斗。一个小姑娘被他们的人刺伤了背部，躺在了医院的病床上，发生这样的事后，人们不可能将其视为合法的运动。现在一切都结束了。

当然，这只会让他们更加丧心病狂。那些深信我是人类叛徒的人不会打消这样的信念，而如果打败我的唯一方式是直接攻击的话，那他们还会有其他手段。

第十九章

我被袭后的日子里,每件事都挺大的。这样说很糟糕,可没我什么责任。真的,我做得越少,对我(以及我的理念)的讨论就越多。我现在已经有自己的代言人了,他们都在四处宣扬我的观念。我渐渐康复了(尽管我的伤并不重),防御派那边想方设法提出的每一个重要论点都不堪一击。另外,我知道我和米兰达之间的关系,即便我没有险遭暗杀,也肯定会变得奇怪。但至少发生这样的事之后,我便可以假装我任何古怪的行径都源于不堪重负,源于我认识到真的有人想置我于死地,他们的意愿是这般强烈,竟然真的会亲自动手。

当然,还有几件事让我不太开心。首先,我不能回公寓去,所以也不知道卡尔的手怎么样了。我相信是有安全的方式可以回去的,可我不能回去。险遭刺杀的一个好处就是,可以理直气壮地拒绝回公寓,没人会勉强你。我自己不会回去,也不让任何人去我的公寓。这样,就没人知道我卧室的窗户被打烂了。至少,除了美国政府,还没人知道这个秘密,而政府让我保守这个秘密,我相信自有其原因。

安迪早就在曼哈顿玫瑰山街区买了套不错的房,他让杰森同住,我想是为了方便他俩继续弄他们的播客。出院后,我暂住在他家的客房里。大约一周后,罗宾替我找了个新地儿,可我怎么也不想一个人住,于是就赖在安迪那儿。我又赚了不少钱,赚钱的方式仍是如此荒唐,虽然与我呆呆的好友以及他更呆的室友住一块儿,并不是我想要的消费方式,不过我就住那儿了。

另一个不爽的事,在767序列的解题过程中,我失败了一次又一次。我非常沮丧,以至于都厌恶睡着了。但是每晚,我依旧会围着飞机绕圈圈,爬引擎,在机翼上行走,尝试打破窗户。我读了所有能找到的跟飞机有关的资料。好不容易,我终于想明白了,那些六角形就是我们需要解开的密码,于是我费力地记住它们,画下来给玛雅看,可我们还是破解不了。

与玛雅相处时,她把我视作娇弱的花朵。即便我已经混蛋到偏偏去做她不让我做的事(那就是和米兰达的关系,而且她还不知道),可她现在对我除了客气也没什么了。而且我也清楚没什么能做的了,尽管在这场纠葛中,目前的境况还不赖,可我已经走进了禁区,我能想象从玛雅的视角来看,这场灾难的源头就是我。

我觉得要逃脱这个灾难的唯一方法就是来点前奏,比如送她些花啊,或者写封长长的道歉信什么的。当然,这些看起来都完全不够,所以,我转而做了一个决定。

我跑到"摩纳哥会馆"专卖店,花了1200美元,买了新的夹克、衬衫和牛仔裤,然后回到安迪的公寓里制作了一段视频。文稿是这样的:

大家好!实话对你们讲,我现在十分凌乱。我的身体并没有受什么伤,可是我,而且我认为我们很多人,目前心理上都有创伤。我断了几根肋骨,缝了十几针。可是面对这样的现实,有人想要……(这里得来点感情,我可没在表演)……杀死我……而且还杀害了那么多无辜的人,而这些人只不过是对地球的来访者表现出兴奋和兴趣而已……这样的伤害来得太深。

当然,现在防御派否认与这些袭击有关。这样做没什么错,我也真心认为他们中肯定有不少人永远不会宽恕这样的行为。但是,当言论变得如此煽情,如此愤怒时,有些人会合力误导事态,这并不奇怪。

我的方式没有那么激烈,不过我确实也在引导。

自7月以来,大家都清楚梦境中的所有谜题序列都被发现和解开,只剩最后那个。这些码都得到了完整的汇编,看起来只缺某一种密码,但没人知道到哪里去找。在情况变成这样之前,我已知道梦境里还有一个谜题序列,而且只有我接触得到。我一直在解这个我们把它叫作767的序列。可是都一个多月了,坦白讲,我毫无头绪。我之所以失败是因为我想独自解开这个谜题,我想成为你们都会铭记的英雄,我想维持我的名气和特殊性。因此,

CHAPTER 19 第十九章

我拖累了我们解开梦境的过程。假如我没有封锁这样的信息，也许早在一个月前，我们就解开梦境了，也许这一过程会更快、更安全，也许……（然后视频在这里跳到了下一句台词，因为我不想说完那句话。）

此外，我十分清楚卡尔救了我的命。政府已经发布了初步报告，报告显示袭击我的人，马丁·贝拉科特，当场就死了，而他的内脏器官显然变成了葡萄果冻。虽然这听起来像是个笑话，可我们不得不承认这是个事实。这明显是纽约卡尔做的，纽约陪审团将决定是否起诉卡尔。我完全支持这项法律程序，同时坚信卡尔将免于指控。

一直积极参与的追梦人，我们现在有最后一道谜题要解。我把我们所知的767序列的所有信息都放在颂站里了，说明里有我帖子的链接。卡尔显然也想让我们一起解开这些谜。我很抱歉我花了这么些时间怀着私心扣下了这个信息。我知道不是所有人都会原谅我，我也没有理由期待你们会原谅我。但我希望你们愿意相信：我真的，真的很后悔隐瞒了这个信息。

视频就此结束。这个视频上线后的一个小时内，我在颂站读到了这条线索：

我不知道这有没有用，不过你知道吗？那个六角形排列让我想起了爷爷的手风琴。我不知道手风琴有多少个键，不过我觉得就是那样排列的。

置顶吸引关注……有人会弹手风琴吗？

嗨！有啊！我把我爸给找来了，他会弹手风琴和六角手风琴，他说（我直接引用的原话，因为我完全不懂这个）："这是六角形同构键盘。不管从哪个键开始，如果向右，就是下一个全音，如果向左向上，就是升上去的第三个全音，如果向右向下，就是降下去的第三个全音①。正上方最近的那个键就是高八度的同一个音②。"

到第三条回复出现的时候，这条评论已被置顶，全世界的手风琴手和六角手风琴手都加入了进来。他们迅速着手破解我从梦境中带出来的蜂巢图案，如果红色的六角形图案代表按下的键，那听起来会是什么曲子呢。半小时的工夫，虽然没有人能够肯定地说出该用什么调来弹，但明显的答案是，767一侧的六角形图案代表加拿大歌手卡莉·蕾·吉普森的歌曲《有空电我》。卡尔的音乐品位真是令人惊叹！

安迪和我迅速进行了全面的调查，竭尽所能去了解这首歌及流行音乐大咖卡莉·蕾·吉普森。

记熟《有空电我》的每句歌词后（我本来就记得一大部分），我拉上了安迪家客房的窗帘，躺上了床。那时其实才刚到下午，

---

①比如从C开始，右边的键就是D，左上的键就是F，右下的键就是G。
②比如开始键是C，这个键也是C，只不过高八度。

CHAPTER 19　第十九章

但我和往常一样，已感到疲惫，急着想看一看这条新信息能起什么作用。想睡着可没那么容易，可我迫不及待地想要睡着。我知道可以说全世界都在等待这个答案，而我是全世界唯一一个能够知道这一答案的人。

我开始放空思绪，任由疲惫席卷而来。在反反复复尝试了23次之后，我终于进入梦乡。此刻，我身处一座高级写字楼的高级办公大厅里。整整30分钟后，我站到了一架波音767飞机前，用我那纤细的，有些走调的嗓音唱道：

我对着许愿池许下了愿
别问我 我愿将它藏在心底
许下愿望时，我默念着你
而现在，你就站在我面前

我继续唱着，这倒也没什么。等我唱到副歌部分的时候，那才叫怪呢。副歌部分可是精心制作的，唱的时候想不投入都难。不过好在梦境里始终就我一个人，没有人围观，我尽情地对着一架波音767边扭边唱："你出现在了我的生命里，我是多么渴望着你，我是多么渴望着你，我是多么多么渴望着你。"

在睡梦中，我感受不到疼痛，所以在现实中，把左手臂举过头顶这个动作，我努力了好几个月都没能实现，可在梦境里，我却能像个没事人一样，一副活蹦乱跳的二十岁出头的年轻人模样，轻松地舞动着。

一会儿我就唱完了,我敢肯定唱完了整首歌,没有漏掉一个词(虽然肯定错了几个音),我开始听到轻轻的嘶嘶声。然后,声音越来越大,传来的是电动机或液压发动机的噪声,装载起落架的舱门打开了,机翼和机头处放下来几个巨大的轮子。轮子轻轻接触到停机坪的草地,立刻静止不动,就像一直在那里一样。我终于进去了!

或者说,至少,我走进了放飞机轮的那些小空间。我研究波音767飞机时得知,这些轮舱大到能让一个人待在里面,直到收回轮子,当然在这种情形下还没被压碎就太幸运了。有些人曾经爬进前轮舱企图搭便机。结果表明那简直就是找死。不管怎么说,爬进轮舱是可行的,所以我立刻爬了进去。我去了前轮舱,因为我知道那有一个舱门连接航空电子设备舱,飞机的所有控制设备都在那儿。从那儿进去又有另一个舱门通往飞机内部。我还知道,这两个舱门不仅仅是门。它们是密封的,需要特殊工具才能打开,不过我认为这是我进到飞机里的最佳方式了。进入起轮舱后,我看到了像意大利面一样一根根的管子和线缆,场面十分壮观。要是我是波音工程师的话,我一定很清楚看到的是什么。可惜我不是,所以,借着从敞开的舱口照过来的昏暗光线,我看到的就是一大团乱七八糟的景象,还挺吓人的。

不过要找到舱顶上的舱盖,一点都不成问题。那里没有大量的管子和电线,而且基本上是天花板上唯一的平面,因而很明显。

CHAPTER 19 第十九章

可另一方面，要打开舱盖却十分不易。有十几个平头螺栓把它锁得死死的。这些螺栓不像普通的十字螺钉或一字螺钉，它们表面平平的，就像大头针的平顶那样。

而且舱盖严丝合缝，就连指甲都插不进舱盖的边缘，所以我没有再试。

我在舱里爬来爬去，爬了较长一段时间，我是想寻找……线索，可整个轮舱看起来就是一团乱麻，而且仅此而已。

我又回到舱盖处想把它弄起来，因为我设想着，也许在过去的 20 分钟内，我说不定获得超能力了呢。不过，这一次，我注意到把手上有一些凹凸不平的小字。光线昏暗，我很难辨认出这些字，至少一开始我是这么认为的。最后我才意识到不是因为光线暗看不清，而是因为那根本就不是字，但它们就在那里，可惜只是一堆在我的脑子里构不成字的线条和圆圈。

当你偏离轨道并且梦境的细节开始消退时，就会发生这种情况。可是怎么会这样？我不是唱了歌，而且还起作用了！应该就是这样啊！

"啊！"我尖叫了起来，沮丧充斥着整个空房间。可是没用。我打算踢一脚墙上的管线，振奋一下受挫的我。并不是说我没得到什么去给大家报告的信息。而是说，既然他们已经成功地给了我一条线索，我可不乐意回去告诉他们这是条死胡同！

所以我踢了一脚，不过也只是发出了令人满意的"砰"的一声，但并不足以让我振奋。

舱里的空气闻起来有些陈腐黏腻，于是我判断也许在飞机外面我还遗漏了点什么。也许秘密是在其他轮舱里。

我再次围着飞机打转。我使劲拽了所有我可以拽一拽的单个东西，有几个完全拽不动。我还爬完了剩下的轮舱，没有发现任何可以引起注意或是有用的线索。

我感到灰心丧气，就从飞机处走开了。

走了几个街区后，我转过身看向这个庞然大物。在梦境里，我已经花了无数个小时盯着它看，所以也不指望能看出什么新花样。我确实也没看出什么来，可我的心突然就提到了嗓子眼，我开始全速跑回飞机旁，因为我想到了！

回到前轮舱后，我不得不让我的眼睛先适应几分钟后，才再次看到了把手上那些浅显的凹凸形状。它们可不是梦里用来表达"搞错了"的难以破译的乱写乱画，而是米兰达曾经在哥伦比亚特区那家酒店里教过我的玛雅数制里的点和线。我现在可以肯定，这和机尾代表数字 6 的数制一模一样。

我完全可以选择给自己脸部一拳，让自己醒过来和安迪一起查找这个数制，可是我太想自己单干了。在全世界人花费数月时间共同解开各种序列后，我可不想仅仅成为这个最终序列得以解决的交流工具，我想成就更多，我想让自己的名字出现在那该死的维基百科页面上！

于是我坐在那儿，绞尽脑汁地去想米兰达告诉我的内容。点代表"1"，线代表"5"。所以说，两条线一个点就是 11 啰。我很肯定。两个点,是 2。这个简单,玛雅人知道是怎么回事!

于是,我得到了一串数字:11、2、7、19、4、4、12。可是,我现在该拿这些数字干什么呢?哦,门的一侧有七个表盘,每个表盘有 1 到 19 的数字。天哪,这不是很容易的吗?

我把每个表盘设置到相应的数字上,没想到舱盖直接掉了下来,跌进了轮舱里。而我没来得及躲开,脚下一滑,居然从打开的舱口摔了出去。落下去的时候"砰"的一声撞到了起落架上,我在安迪的公寓里醒了过来。

"该死!"我大叫了起来。

安迪在另一个房间大喊:"你怎么啦?"然后跑进了我的房间。

"哦!我很好!只不过,晕!我进飞机了,然后我解开了序列的下一步,是米兰达告诉过我的玛雅数制,印在轮舱的一个舱盖上。我都打开舱盖了,可是该死的,我居然掉下来撞到头,然后就醒了!"

安迪笑疯了。

"不许笑!"

"太好笑了,阿普丽尔。你好不容易拿到了第一条线索,结果头撞墙上就结束了?"

"我头撞到起落架上了,我谢谢你。我必须回到梦里去!可上帝知道我不能现在又去睡啊!"

我翻了个身,拿起电话,当然是把它设置为"请勿打扰"。我看到一条玛雅发来的信息:"谢谢你做了那个视频。真棒!"

这感觉不错。平静的感觉。

"没事的，阿普丽尔，"安迪说，"你是唯一能接触到这个梦境的人。你有充足的时间。"

我叹了口气。"我知道，我只是……可恶！你知道的！我几乎就要成功了！"

"好啦，你已经接近下一条线索了。我可不是泼你冷水，不过，肯定还有更多线索在那儿。"

第二十章

几周后，我坐在波音767的驾驶舱里乱按着各种键，想让飞机做点什么。日子已经慢了下来。当你认识的所有人（包括美国总统）都在向你重复同样的内容时，你最后就都听进去了。况且，在同一天里两次险遭杀害，然后又花了数周时间承受连绵不断的痛楚，多少也能引发一点点反思。我不仅仅得认真思考一下我曾身处的险境，还得开始思考和面对我总有一天会死这样的事实。

我竭尽全力去适应我退居"幕后"的新生活。我的名字依然家喻户晓，但眼下大部分时间都没流连网络。全世界都知道我是唯一一个能获取密钥的人，这也就意味着我（以及我的团队）在颂站上表现得超级积极，但是我没有接受采访了，也没参加什么新闻活动，甚至连视频都没做了。我把我社交媒体的密码全都交给了罗宾。要是我想发点什么推文，我会把内容发给罗宾，由他编辑并确保内容没有问题，然后再发出去。他会在各类社交媒体上发一些相关内容，让我的页面保持活跃，而我则努力读书，看电视节目，慢条斯理、有条不紊地解767序列。全世界有很多人都在帮我，我压力山大，不过也分散了我的注意力，让我不再一心只想着要重回争斗。

我对关注上了瘾，对愤怒上了瘾，对参与到如此庞大的潮流上了瘾，最重要的是，我完全沉迷于此。袭击过后，形势平息下来。不管怎么说，人们没有那么抓狂了，因为大家达成了广泛共识。人们开始接纳卡尔，就像他们过去一直站在那里，而且会始终站在那里一样。基本上来讲，不需要我了。可上瘾其实并不一定是与具体的事物有关，更多的是一种精神依赖，是大脑系统出了故障，尽管身边有这么些非常了不起的人在支持我，约束我，我还是戒不了。就算是手机里已经卸载了那些应用程序，我还是会用手机浏览器访问网页版推特。

767序列的秘密始终不肯屈服。我走进航空电子设备舱后发现，进入飞机并没有另一个序列在等着，我只是打开了舱盖。可飞机内部如此庞大，而且完全正常。我在梦境和颂站之间来回切换，获得了关于飞机的丰富数据：制造年份、模型（你们知道飞机是有模型的吗？），甚至还有对原型飞机的合理推测。我连续好几小时地研究飞机上的娱乐系统，通过操作飞行模拟器，我对驾驶舱也已了如指掌，我还采访了在波音767飞机上工作过的飞行员、机械师和空乘人员。但都没有用。

不管怎样，罗宾把我摇醒的时候，我正在飞机里忙活着。罗宾把我摇醒？这可不太寻常。在安迪的客房里，他坐在我的床边，穿着一身笔挺的栗色正装衬衫，神情却显得十分慌乱。在他的身后站着安迪和米兰达。这可是相当的不寻常！

"阿普丽尔，我有件很重要的事要告诉你，不过是条坏消息。"

我努力恢复神志，说道："听起来挺糟的，不过肯定很重要。"

他的嘴唇抿成了一条细线。这可不妙。

"防御派解开了767序列。"

"不可能！"我说道，反而觉得轻松下来，"我是唯一能够接触这部分梦境的人。"

"那就是说，能不能接触到，无关紧要啰，米兰达，是这样吗？"

米兰达回应道："我没有对目前那串代码给予足够的重视。但结果它其实是完整的。汇编起来，就是一个完整的程序。程序是有了，可是需要一个密钥。"

"所以代码不都是密钥吗？"我问道。

"从某种方式来讲，是的。我们看得出来除非我们得到了全部代码，否则是没用的。所以，每条代码都和其他代码一样重要。而现在看起来，我们已经有了全部的代码，但程序又要求某种密钥。我们认为那个密钥就在你正破解的767序列中。"

"那要是这样的话，防御派怎么可能得到密钥呢？"

罗宾又接过话头。"不知道，我们只知道他们破解了这个序列，现在正根据得到的信息采取行动呢。我们不知道他们在干吗，只知道他们在行动。"

"他们发表了声明吗？或许只是想吓唬我们。"我现在已经完全清醒了，可对我们的谈话内容仍然将信将疑。

"不是的，我是听彼得·佩特拉威基亲口说的。"他一脸不安地说。

"他为什么会告诉你这个啊？"

"他没有。"突然之间，在场的人没一个敢看着我。"他告诉的是他的经纪人。"

"他的经纪人在你公司？"

"他的经纪人就是詹妮弗·普特南。"

我的脑海里同时蹦出了许多事情，但没一件好事。我缓缓地对罗宾说道："詹妮弗·普特南是我的经纪人。"

罗宾努力迎向我的目光，说："她同时也是佩特拉威基先生的经纪人。"

"继续。"我冷冷地说道，听起来都觉得不像是自己的声音，这让我意识到自己有多么生气。

"她签了你没多久后就签了他，"罗宾说，"在同行还没注意到的时候，她就已经觉察到了卡尔的价值，觉得有必要先网罗相关的客户。为这件事，我跟她吵过，我告诉过她佩特拉威基的观点既恶毒又危险，可她说做我们这行的不是要去判断谁对谁错。她威胁说要解雇我，还要从法律流程上让我不能替你工作。"

"你知道这个情况有多久了？！"我几乎吼了起来。

他本可以解释的，我也看出他想解释来着，可我没让他解释，

CHAPTER 20 第二十章

他只好回答说:"几个月。"

"几个月,"我重复道,"也就是说普特南想让我和佩特拉威基面谈的那段时间……从那几个月就开始了?这样的面谈,一位专业辩手对阵一个 23 岁的平面设计师,让专业辩手总占上风?可那有什么关系呢?反正不管谁赢,钱都会进普特南的口袋?"

我沉默了许久,罗宾张了张嘴本想说点什么,却被我打断,于是便保持沉默。我继续说道:"也就是佩特拉威基先生采用狗哨政治的手法宣传他对极端主义分子的支持,这些人就接着杀害数百人,还想谋害我的那几个月,对吗?但是,嘿,好好找家经纪公司,然后就让我们毕恭毕敬,好好服务客户?就那几个月,对吗?"

"阿普丽尔,很对不起,一旦我开始对你隐瞒——"

"出去!"我尖叫起来。我惊奇地发现我居然没有哭,此刻我应该感到痛心,可现在只剩下一腔怒火。

罗宾的嘴闭得更紧了,脸拧巴着。看起来他都要哭了,不过他没有,只是从床边站起身来。

"如果你需要我——"

我冷冷打断他道:"对不起,我没说清楚,你被解雇了。"

然后又一阵沉默,罗宾转身走出了房间。

我什么也不想干,只想蜷缩起来,回到梦境中去。回到卡尔为我独家打造的梦里去。可是彼得·佩特拉威基已经解开了这个序列,不需要梦境就解开了,这就是说我也可以解得开。

"阿普丽尔,你这样做一点也不冷静。"安迪说。

"什么?"

"罗宾做的一切都是为了帮你。过去六个月,他每日全天候尽职尽责地守着你,从来都没有要求过一声谢谢。我都不确定你有没有对他说过谢谢。"

"做的一切都是为了帮我?彼得·佩特拉威基发起了一场运动,想杀死我的运动。那可是一场会引起全球动荡的运动,安迪!老天,我们可没有工夫说这些。他们已经解开序列了,我们也需要尽快搞明白。"

安迪叹了口气,转身准备走出去。

"你要去哪儿?"我问道,语气里竟有几分指责。

"阿普丽尔,我不知道,"他转过来对我说道,"我要走了。我不知道我回来的时候看到你在这儿,还会不会感到激动。"

"是吗?那我不会留在这儿的。"我还击道。

他看看米兰达,又看看我。"祝你们俩玩得开心。"他脸上露出一种我从未在安迪·斯堪姆特脸上看到过的神态。那是一种恶意讽刺的、厌恶的神态,同时也是非常疲惫的神态。他走出门去。

我想说的是我当时以为我理解了这种神态,可其实我并没有。我没有发现在那场巡回签售活动中,我们仨在路上相处了好几个星期,在那个时候,安迪似乎变得没那么迷恋我了。我们当时都很忙,所以我并没有注意到安迪和米兰达待在一起的时间越来越多。那时的他机智有趣,米兰达也是一样,可安迪没敢采取行动,也许是因为我和他相处多年，他完全清楚如果他采取行动的话，我们的友谊也就完了。然后就有那么一晚，我寂寞难耐，就把他的念想给掐灭了。哦，不，我当时并不知道。

米兰达走了过来，坐到了床沿上，她对我的同情大于不安。

"现在只不过是压力太大了。"

"不仅仅是这样。"我应道。

她靠过来用手臂环抱住我，这个动作让我一下子觉得被困住了，太可怕了！

"我要打电话给玛雅。"我生硬地说。

米兰达叹了口气。"我能理解。"她说道。

"什么？"

"没什么。"她说道，看起来有些畏缩。她比我大，比我高，比我聪明，却怕我。

"关于序列的事，玛雅是我们的专家。我们绝对不能让防御派赢！"

"好吧，阿普丽尔。"

我知道她不会相信我，而回过头看，她确实是对的。我不想拥抱米兰达，我不想有个女朋友，更不想操心其他事情。我的确需要找玛雅说一说，而她正好是我可以用来搪塞米兰达的借口，还是个非常名正言顺的借口，这也就是我会干的事儿。

我下了床，我曾经以为那就是我的床，可此时这种感觉已然消失了。

"米兰达，你能待在这儿确保程序随时可以运行吗？假如我拿到密钥的话。"

"程序现在已经准备好了，"然后她又说，"我觉得……"她说话的口气可太不像她了。在我印象中，她对任何事都有十足把握。

"好的，我需要在我拿到密钥后，可以立即运行程序。要是我没在你附近的话，有没有可能发我一个文件或是网站的邮件，让我可以把密钥输进去？"

没错，我有点无耻地要求这位美丽的天才，这位只想着出一份力却什么也不图的女孩，我让她为我传输一堆代码，好让她对我而言不再必要。她清楚这些吗？哦，当然啦。那她还会做吗？她当然会做了。

"好的，我能办到。"

"我要出去走走。"我说，言下之意是"独自一人"，然后一个字也没说，就把米兰达晾在那儿离开了。

我走出安迪位于 26 街的公寓楼，开始步行，又立即打了电话给玛雅，解释现在的情形。我发现我也在冲她发火，因为要是我像最初那样不公开 767 序列的秘密，防御派就根本没有可能解开这个谜。我真的没有任何理由生气，而且生气也没什么用。我尽量控制自己不那么气冲冲的，因为我现在还需要她。

"密钥怎么可能在梦境之外呢？"我问道。

"我们不知道会这样。序列可能会将你引到已公开的梦境的某个部分。以前也有过因急于求成而忽略了线索的情况。"她回答道。

"可为什么偏偏是防御派的人？"我垂头丧气地问道，虽然明知这个问题没什么用。"他们大约才占全世界人口的2%，怎么可能比我们大多数人先解开？"

"这个观点确实很有道理，阿普丽尔。"玛雅说。

"是吗？"

"是的，我的意思是说，这可能只是巧合，也有可能是另外两种情况的其中一种。一是他们知道这个信息会传出来，想以此来吓唬吓唬我们。另一种可能，他们的思维方式与我们不同，他们看待卡尔的方式也不同，所以他们揭开了密钥。"

"哦，所以说，排外还有好的一面啰，阴谋家的理论也不是完全无用啰？"

"也许是啊。"

不知不觉，我走到了一个公园，但不知道是什么公园。有不少人斜躺在小山丘绿油油的草地上。有个篮球场，还有一些老年人在下象棋。非常具有纽约味道。

玛雅继续说道："防御派都有哪些偏执的想法是你不认同的呢？"

"呃……我吗？比如他们说我是个隐藏的外星人，他们希望我做个DNA测试，他们不认为我的父母真实存在。他们说，我是人类的叛徒。还说，卡尔一直在利用我，我是经过特别挑选的，我受蒙骗成了他们的托儿了。玛雅，这种阴理谋论多了去了。我都不想再去看，因为看了就抓狂。"

"他们认为你是卡尔挑选的，而你却不这么认为？"

"对啊。一想到地球上有接近80亿人，他们却唯独选中了我，这也太荒谬了吧。就好像我是唯一讨喜又容易上当的人，然后就成了他们的推销员一样。"

"阿普丽尔，是这样吗？"

"哪样？"

她没有回应，感觉我们在谈背叛的话题，于是我继续说。

"好吧，没错，卡尔是救了我，没救其他人。"我说道，略掉了好莱坞卡尔的右手还帮我挡了一颗子弹的事，"他们还为我营造了一个梦境，其他人都接触不到。我明白了，我是……"

我说不下去了。

"是的，你就是。"

"上帝，这结论让我他妈的毛骨悚然。从第一天起，防御派就在喋喋不休地说这个，可这是真的，我真的无法接受。"

"你不喜欢外星人选你当他们的使节？你不喜欢他们认为你很特别所以给你独特的信息，还救了你的性命？"她说这话的时候带着些嘲讽，就好像我理所当然地喜欢与众不同一样。

"对啊，没错！我不喜欢！"我突然生气了。我们既然已经提到了背叛的话题，那现在就得面对它。"我现在不喜欢，第一次有这个念头的时候，我就不喜欢。我不喜欢他们救了我而让其他人死去。我不喜欢这些胡说八道都针对我!"我提高了音量,这里是曼哈顿,人们都是对着电话大喊大叫的。

"对不起,你是对的。对不起,我没想到这些,"她停顿片刻后说,"不过,你不是一个人啊,你还有帮手。你还有好朋友啊,都是很好的人。我喜欢安迪,当然,米兰达和罗宾也挺好的。"

到目前为止,糟心事已经够多了,我像泄了气的皮球一样,无奈地说:"玛雅,我不觉得我有。"

"噢!阿普丽尔。"她叹了口气。

"是的,我最擅长的就是怎么把关系搞砸。"

"确实,你是这样的。"她应和道。

这几个词本该让我更加负担深重的,可不知是什么原因,反而让我轻松不少。然后好一会儿,我俩都没再说话。那一刻,我忘记了自己身处阴谋较量的风暴中心,忘记了我是一个差劲的好友。这挺有趣的。我笑了起来。

"好啦!"我回到刚才的话题,"所以说,卡尔确实选择了我,他们对我和对全世界其他人确实不一样。可这怎么会帮助防御派解开 767 序列呢?"

"阿普丽尔,我不知道。"她有点气馁地说道。我不知道她为何气馁,也许是因为我们过去够亲密,亲密到随便什么都可以聊,而我得重申,这并非我有意为之。"我想也许卡尔选择你不是因为你曾经是谁,而是因为你能成为谁。"

"啊,这话真好听,不过我不知道我是否喜欢我如今这个样子。"

"也许你还会继续变化呢。"

我没有回应。

"阿普丽尔,我从来没有停止过痴迷于……"然后她停顿了。

我耐心地,静静地等她说完那句话。

然而我等不了,因为是我解开的 767 序列!

"痴迷于我?!"我说。

"不不,我不是这个意思。我的意思是说,我以为我可以脱离这件怪事,可自从你离开后,我恰恰投入进去了,我说过我只不过是喜欢梦境,其实我撒了谎。我需要成为其中的一分子。我以为我比你厉害,但其实我和你一样痴迷于此,只不过方式不同而已。"

我没有再打断她,让她一直将这些话说完,因为这些话很重要,可同时也让人痛心。

"好吧,不过那也不是我想表达的意思。我想说,防御派一直在纠缠我,玛雅,他们有 1 千种阴谋论。他们知道我的一切,我的每一个举动,每部视频背景里的每张海报,我所做的所有公开的事,他们都知道!"

"然后呢?"

"第六排,"我说,"我飞去见詹妮弗·普特南以及做午夜脱口秀的时候,也就是第一周的时候,我坐的第六排。我升了舱,因为我原来的位置有人坐了,那人的票也是那个位置。那是我生平第一次坐商务舱。那架波音767，第六排。"

"就像波音767尾部显示的那个玛雅数字6？"

"是的，当时我座位前的电子显示屏是坏的。或者说，我以为它是坏的。上面有一串奇怪的代码！"

"奇怪的代码，是……"

"奇怪的，像是十六进制代码。"

"可是防御派的人是怎么知道的呢？我们怎样才搞得到呢？"

"因为我他妈的发了推文，玛雅！可恶！"

第 二 十 一 章

　　有人看向我了，这可不妙，因为人们很容易就能认出我。我加快脚步朝着安迪的住处往回走，尽可能地走得快一些，我的肩背依然僵硬，还伴有阵阵刺痛，走到12街的时候，我突然拐进了一间咖啡店。这地方挺漂亮的，有两三个吧台位和一些两人位。约有六个学生模样的人在喝拿铁咖啡，面前放着手提电脑。

　　"你们好！我是阿普丽尔·梅，我现在需要一台手提电脑。"我说道。

　　我赌对了，的确有那么一个人，一个20岁上下的小伙子，把他的电脑递给了我，那态度不仅仅是愿意，而且非常荣幸的样子。

　　不一会儿，我就看到了之前发的推文：

　　　　@可能不是阿普丽尔：在去洛杉矶的路上，升到商务舱！可我面前的屏幕是坏的，我要退这部分钱！

那时候的日子真是简单。

飞机上的那块电子显示屏的确显示了代码，而我立刻就认出是十六进制码。这就是密钥了吗？有不少字符呢。于是，我把这张照片点开放大，照着把代码打出来。约5分钟后，终于打完了，我把邮件发给了米兰达和玛雅，但愿不会惹出什么情感纠葛来。

会是密钥吗？

虽然我不知道它是什么，也不知道该怎么用，可我觉得这就是密钥。

然后我分别给她俩发了短信："查看邮件"。玛雅先回的我："这是十六进制码，我已经进行转换了，你想猜一猜是什么吗？"

我："一句歌词？"

玛雅："昨夜他们爱过你，打开房门，耍些手段，可人儿。"

我："当然得是鲍威[①]了。"

玛雅："确实是！"

米兰达回复的信息差不多，不过还提到她把这个代码输入颂

[①]大卫·鲍威（1947—2016），英国传奇摇滚歌手。

站最新版本的完整汇编代码中了。"我把结果发给你了,不复杂,但阿普丽尔,我们需要先谈一谈。"

结果的确不复杂,就是新泽西州的一个地址和七个字:"只能阿普丽尔来"。

在那一刻之前,我已经下定了决心,一旦我们确定破解了谜题,就给总统打电话。可现在,对我的大脑来说,打不打电话已经构不成一个问题,流程已经不起作用了,我得按照吩咐去做。我厌倦了做出重大的决定,尤其厌倦了在做决定时搞砸一切。

可现在我得到的信息是做点别的,我一边在考虑怎么做,一边呢,不由自主地幻想在这条路的尽头等着我的会是什么。我的私心说,这可是能与卡尔背后的智慧生物面对面的机会,更确切地说,在我脑海里浮现的是活生生的卡尔。一想到卡尔和彼得·佩特拉威基先见了面,我都忍不住想吐。噢,其实不太准确:相比之前的所有念头,这个念头更让我怒火中烧。

一边是总统对我的请求,总统无疑是权威的化身,她一直对我很坦诚,一直信任我。另一边是卡尔,他改变了我的人生,救过我的命,而且除了救我谁也没救。噢,卡尔这个谜。我的迷惑……我的身份。

我退出了登录的所有账户,向借给我电脑的小伙子表示谢意。他想合个影,我们便拍了一张。我告诉在场围观的所有人我有点赶时间,不过,谢谢他们观看我的视频!就这些已经用了快半小时了。

米兰达又发来短信:"你要去吗?你要是去的话,一定要让我们知道。"

我可不认为我有得选,或者至少我不想这么认为。我终于欣然地面对自己的成就。我知道卡尔是好的吗?不,我认为他们是好的,我希望他们是好的,我感觉他们是好的。可是我不知道他们好不好。我只知道我选了这一边,而这一边也选了我。

我的手机响了,是玛雅打来的。我没接。

然后是"嗡"的一声,来了条短信:"我把密钥输进去了,我看到结果了。你不能一个人去!"

我没理会,她也没罢休。

"阿普丽尔,也许你可以一个人去,但别现在就行动。我们可以慢慢来。"

可是防御派的人都已经在路上了,谁知道他们会捣什么乱呢。她没有放弃,继续发来短信:"阿普丽尔,给我打个电话,跟我说一说。"

电话又响了起来,我静了音。我在做我必须做的事情。虽然没什么意义,可我还是盯着屏幕,因为那上面有三个小点表明玛雅正在写些什么给我。最后发来的是一堆文字:

你都不知道你有多执迷于这件事。对米兰达和罗宾来说,你不是一个普通人。他们不认识以前那个还不出名的阿普丽尔·梅。你让他们做什么,他们有说过不吗?听我说,阿普丽尔。在这样的关系中,你始终是有权力的一方,太多权力了。我看到过你和他们在一起的样子,他们把你偶像化了。这就是名气的作用。真没劲!你现在遇到的人不可能在你身边还能保持常态。他们两人都觉得,哪怕是靠近你,都是一种特权。

这是自然而然会发生的情况,不是你有意为之的。可是当他们让你去做这些……坦白说很危险的事情时,这并不代表他们赞成这是个好主意。他们只不过不能对你说不。阿普丽尔,我懂你。可是请相信我。别去!我叫你别去,是因为我爱你。

我从头到尾读了四五遍。玛雅从未对我说过"我爱你",她知道那会把我吓跑的。我若不回复的话,那将是我做过的最辜负人的一件事,而我没有回复。

第二十二章

"你确定是这儿?"司机问我。我压根不需要查看手机就可以确认,因为在过去的 30 分钟里,我不时地在用谷歌街景研究这个地方。我甚至还找到了一份地产清单。这里是一个仓库。目前空置着,处于待出租状态。要租的话,每月大概 1.5 万美元的租金。等我亲眼看到时,发现这居然是个很大的仓库。

"没错!谢谢!"

我没有看到彼得·佩特拉威基的踪迹,也没看到任何该围着他转的摄像人员,我不知道是该放下心来呢,还是该担起心来。说到相机,我可一个都没带!我只有两部手机和一个"以防万一"的便携充电宝。

我想了很久卡尔到底要什么。信息上说"只能阿普丽尔来",不过很明显这指的是到现场的人。按往常来讲,卡尔像是希望我不管去哪儿,都带着观众。我是如此确信即将发生的事情会是历史性的事件,于是我发起了一个既相当蠢又十分天才的号召。

我开始直播了！

脸书的系统非常棒，观看的人数几乎是无限量的，如今多高的收视率都可以应付。我猜想，最糟的场景可能就是把系统给搞瘫了。不过，这是我想要的最好的场景，我要创下有史以来观看人数最多的直播纪录，做一次在线观众数量最多的分享，分享史上最伟大的时刻之一。

"我是阿普丽尔·梅，我很高兴地宣布我已经解开了767序列。对于那些之前没有关注过我的人，我这里解释一下，我们所知道的梦境序列都已经解开有一段时间了，全世界都在等最后一个终极序列的答案，不过这个序列只出现在一个梦里。"

说这些话的时候，我从路边走到了一扇用链条锁着的铁丝网门前。

"我不知道我为什么是唯一做过这个梦的人，就像我不知道7月13日纽约卡尔为何把我从马丁·贝拉科特手中救出来一样。"

我小心翼翼地把手机的摄像镜头尽可能地朝向自己，尽量不暴露我所在的位置。仓库很大，有三层，是木头结构，窗户很大，但基本上都用木板封住了，还有几个巨大的装货门。其中一面墙的底部散放着一些木头。在我和装货门之间有一圈铁丝网和一片停车场，地面已被顽强生长的小草所覆盖。

"在解开767序列后，我们得到了一个密钥，把密钥输入从梦境中得到的其他序列代码组合中后，获得了一条要我来这儿的指引，就在花园州①。得到的信息还特别指示我必须独自前来，所以我照办了。"

我戳了戳铁丝网。铁丝网上方安装了一道带刺的铁丝，门上的铁链锁锁得死死的。我一边沿着铁丝网往前走，一边朝着规模越来越大的观众自言自语道："我该怎么进去呢？"

然而，转过拐角后，我发现了铁丝网上的一处缺口。此时此刻，我决定透露点真相，但并不是全部的。

"要知道，不久之前，我们接到消息称另一伙人也解开了这个序列，也在来这儿的路上。老实说，这就是我匆匆赶来的原因。虽然我答应过一些人不会这样做，但是你们也看到了，我并不是第一个到这儿来的人。"我向观众们展示了在杂草丛生的地上散落着的一些铁丝网片。

我从铁丝网的缺口处爬了进去，朝仓库走去。途中，我没说什么话。我确信防御派的人一定就在附近，说不定已经和卡尔对峙上了。

终局到底是个什么样子，我曾经想了很多，老实讲，我梦想会是个大奖。不是一辆新车或是 100 万美元什么的，而是卡尔馈赠于我的某种礼物，比如永生、飞船或者世界和平之类的。而我内心有种预感，如果我没赶上终局，就会有一些无知可怕的排外者趁机搭上去往卡尔母星的免费飞船之旅，去展示人类是多么可

---

①新泽西州的昵称。

怕。这些话我没有大声说出来，主要是因为我知道想要所有人都能如我这般猜测卡尔的来意，那是白日做梦，同时也是因为我曾向自己承诺过，在公开讲话时，要完全忽视防御派的存在。

所以，我只是低声说了一下我们是如何解开767序列的，有哪些人做出了贡献，包括手风琴手，了解玛雅数制的所有人，教我新式波音767内部工作原理的工程师们，当然，还有玛雅，我决定把帮助我解开最后一个线索的功劳归功于她。毕竟是她告诉我要从防御派的角度来思考问题的。

靠近仓库后，我看到在其中一个巨大的装货门旁有一个一人高的小门。门开着，其中一个活页都被拉出门框了，门前摆着一堆衣服。这儿看起来像是最容易的入口，也像是最危险的入口。但我还是觉得时不我待，于是我走上前去。门口的衣服看起来又脏又湿。我吓呆了。我的心一阵狂跳，我突然想尿尿了。不管你是不是一个人行动，不管你之前是不是被追杀过，要潜入一座废弃的建筑物，还是会觉得挺吓人的。我相信而且依然相信大部分防御派的人都不会真的伤害我，可是我也看到了大部分人不代表所有人。再一次，我打开了直播，观看人数在不断增加。

然后，我就闻到了葡萄果冻的味道，是那堆衣服散发出来的，仓库的入口处都是这样的味道。那会是谁的呢？会是彼得·佩特拉威基吗？

"噢，天哪。"我惊呼道，难以控制自己的情绪。我尽快把镜头转开了。"我想……"我说道，然后停顿了片刻，让自己平复下来。"我想刚才有人想进去，可是卡尔不想让他们进。我想……我想他们是死掉了。"

我没有勇气让自己说得更多。我甚至都不愿意去细想，所以我只是静静地看着入口，尽量不去看脚边的那堆脏东西。他们想走进去的那一瞬间，卡尔就把他们给干掉了，现在轮到我了。可是是卡尔让我来的，我现在的一切都源于我相信卡尔。

我尽量小心翼翼地绕过那堆脏物，进了仓库。

仓库里很暗，我的眼睛隔了好一会儿才适应过来。这个仓库很大，空荡荡的。只有很少的几扇窗户没有被木板封起来，有几缕光线透了进来，光线里有灰尘在飘荡。地面是混凝土的，散落着一些纸张和树叶，还有一些金属钻头和螺栓钻入过的痕迹，我想可能是以前用于生产什么东西时留下的。

"嗯，好像是一个空仓库，而且很大。"我平静地直播道，心里有些失望。这座建筑物的第一层，一整层都是通的，里面什么也没有。不过，有一座金属板条楼梯通往第二层，那一层看上去有几间带窗户的办公室，可以俯瞰到仓库的地面。

"我准备走楼梯上去，看看那些办公室。"

我走在楼梯上的时候，楼梯咔咔作响。我左手紧紧抓住楼梯的栏杆，右手坚持录播我的行进过程。网络连接很稳定，我在用高清画质向全世界直播。

这时，我口袋里的另一部手机，没有用于直播的私人手机，发出了"嗡嗡"的振动声。我赶快把它掏了出来，发现是米兰达打来的。难道她没在看直播吗？难道她不知道我现在不能接电话吗？我正打算接听电话时，却听到远处飘来了一段旋律。

"你们听到了吗？"我朝着直播屏问。

宝贝，我要和你千年相守，在这样的流金岁月里，再无其他。

这是仓库里出现的第一个反常迹象。哦，伙伴们，是条可靠的线索哦。我不再关注其他事情。"是首歌，是大卫·鲍威的《流金岁月》。"我对着直播说，然后加快了脚步。此刻，看直播的观众已经有几百万了。

我本来以为直播可能会断掉，要么是因为卡尔使用超自然力量进行干涉，要么是全球服务器不堪重负，可显然直播还在继续中。音乐声也越来越响。

手机上出现了短信通知，显示米兰达发来了消息："阿普丽尔，快出来！"

我看到了手机屏幕上闪现的通知，可我的大脑拒绝接收这样的信息。她什么意思？我向上看去，已经快到了。通道一侧有间小办公室。里面有一张桌子，鲍威的声音就是从那儿传出来的。

我等待着奇迹的发生，等待着我的大奖，然而另一条短信出现了："快跑！"

而与此同时，我还站在原地。

我亲爱的宝贝,不要哭,别伤了我的心。去做吧,没关系,不过你得再聪明一点。

就在我呆呆地看着短信的时候,又来了一条短信:"那个地方是假的,不是真的,是错的!"

我转过身正好看到身后的超重金属门"砰"的一声关上了。

我的宝贝就在那里,就这样迷路了。就一次,我求求你,救救她幼小的灵魂。

见鬼,你知道我有多蠢!

第二十三章

本章会有一些暴力场面的细节描写。快到的时候我会告诉你，如果你选择跳过这章，我不会觉得被冒犯的。

我立即冲到门边，用力捶门，可门纹丝不动。我大叫道："搞什么鬼啊！"

没有任何回应。

伴随着《流金岁月》的音乐声，我似乎听到了跑下通道的脚步声。我还没有回过神来，到底发生了什么事，直到我看到在靠近文件柜的地上，放着六个威路氏葡萄果冻的大塑料罐，里面空空如也。看到这一情景，我想他们的预期效果达到了：那就是，让我觉得自己就是个彻头彻尾的傻瓜！

"呃，"我因害怕而有些呼吸急促，我对着直播说，"情况突然不妙了。有人告诉我这是个骗局，并不是真的终局，而我现在呢，被锁在新泽西州的一间仓库里了。米兰达，我相信你一定

CHAPTER 23　第二十三章

在看直播,请报警,让警察派人过来,因为我被困在这里了。还有,要是他们能把刚刚绑架我的那伙人给抓起来,那就太棒了!"

我在房间里四处搜索了一番,没找到任何可用作撬杆的东西。我抡起办公椅砸了几次门,然后又用办公桌的一个金属抽屉试了试,可门上连凹痕都没留下。

最后,我听《流金岁月》都听得烦了,于是我试图关掉那个小小的音乐播放器,歌声就是从那传出来的。可不管我按哪个键,就是关不掉。

"在全世界的每座城市,我们每一个都必须用金子点一点。我亲爱的宝贝,不要哭,别伤了我的心。去做吧,没关系,不过你得再聪明一点。"大卫·鲍威唱道。

我在做这些的时候,也保持着直播状态,偶尔还评论两句,因为彼时我觉得还是相当安全的。我已经把消息传遍全世界了,虽然我很害怕,也因没见着卡尔而极度的失望,又或者还有其他什么感触,不过我还没有闻到烟味。

米兰达又发来了一条短信:"真对不起。上帝啊,阿普丽尔,都是我的错。代码被篡改过。代码是放在颂站的开放页面上的,任何人都可以编辑,而我恰恰没有注意到有人编辑过了。"

我给她回了信,回的时候还保持着直播状态:"没关系,我没事。要是我没那么冲动,没那么蠢,我们也会发现的。是我催的你。"

我把椅子放回桌子后面,把手机架在一个较好的位置上,这样的角度拍出来，让我看起来没那么糟。

"嗨，我知道你们大部分人都已经明白了，我很抱歉今天耽误了你们所有人的时间。我希望要是你们觉得没什么事的话，我们就一起再待一会儿，等警察破门而入，把我从这个阴森森的房间里解救出去。因为，老实说，你们是我最好的朋友。

"哦，我指的可不是你们中的某个人。当然，也不是我认识和关爱的具体某个人。不是尽力做我朋友的某个人。不是我的哥哥，不是我的母亲，不是我误导过、撒谎过、劈腿过的某个人。是你们，我一无所知的大众，你们是我最好的朋友。

"你们知道这是为什么吗？是因为你们的喜欢。一个人的喜爱怎比得上一亿人的，后者哪怕只是随意的问候，那都是无法相提并论的。这种不太可能的、没人性的支持浪潮。我所说的没人性不是指责你们不是人类，而是说没有人天生就能够处理、能够理解这样的情形。名气就像毒品，当我坐在这间充斥着烟味的小房间里，困在一个不知道是哪个混蛋设计的陷阱里时，我知道今天早些时候我……我真的过分了。

"是我不好，我伤害了这个世界上我最在意的一些人，就因为我对关注度欲罢不能。我做了好些对我自己而言，对我朋友而言，对我的健康而言，对我的世界而言都有害的事情，这样我就可以得到更多的权力，因为我以为我需要那样的权力去做一些有益的事情。可是，我反而做了好些蠢事。我现在正在直播，所以我没法编辑，也没法撤销这一切。最后，感谢你们的聆听。我现在真的很恨我自己,也真心谢谢你们愿意做我的朋友。"

从直播的聊天区来看,每个人似乎都接纳了我的独白,虽然现在人数已经下降了许多,可实际上,我还是能在一些聊天记录一闪而过之前,看到其中的一些内容。

一般,直播的时候我都会瞄着聊天区,虽然不可能每个字都看得到,但至少清楚人们在说些什么,要是有人想让你看到一些内容,他们会一遍遍地复制粘贴,好引起你的注意。现在,在一大堆祝福语和贴心话中,我意外地看到了一个词,而且是反反复复地出现:"歌词。"

我向上滚动聊天记录,看看这到底在指什么。

金尼·迪:后面的歌词是什么来着?用金子点一点?我知道那首歌,绝对没这词。

然后是几条针对这个留言的回复:

罗杰·奥格登:我反反复复听了12遍。听起来像是"在全世界的每座城市,耶稣都必须用金子点一点"。可这是什么鬼?不过阿普丽尔当时在说话,所以很难听清楚。

"我看到聊天区有些人在说《流金岁月》的歌词不一样了,那我现在不说话了,你们都好好听一听。"

我们一次又一次地证明，成千上万的人共同去解一个谜题，绝对胜过一个人单枪匹马的努力。可天哪，那我就得整整 5 分钟不说话！

这时，我的私人手机响了，是罗宾打来的。我不想接听，因为会打扰到大家听歌词。于是，我继续刷着聊天区。有些人正在转写歌词，这样或多或少地就无法实时阅读到全部内容。可我还是看到了这个：

莱恩·哈里斯：伙计们，声破天①上的版本，歌词也变了！大家可以去听一听。

"大家注意了，显然这首歌不止这一个版本。声破天上的歌词也是这样。去听听看吧，我接个电话。"

"阿普丽尔，谢天谢地（你接电话了）！我在朝你那儿去的路上。米兰达已经报了警，好救你出来。你能离开那个房间吗？"

"什么？我不太清楚呢。我试过砸门，不过没有成功。"

"不行，你不能一直困在那儿。你在直播上说有烟味？"

"是啊。"我之前以为是旧香烟的味道，可现在罗宾提起后，我发现闻起来像是木头烧起来的味道。而且，在我开始思考这个问题之后，我发现烟味似乎更浓了。不过，一想到在一个废弃仓

---

① 即 Spotify，全球最大的流媒体音乐服务平台。

CHAPTER 23 第二十三章

库里被活活烧死,出现一些焦虑感也是在所难免的,这或许是我的错觉?

"罗宾,我现在突然有些担心。"我回答道。

"闻起来还像是烟味吗?"

"是的,也许是更像烟味了?"

"阿普丽尔,把电话挂了,找找看有没有办法离开那个房间,我马上打电话给消防队。"他斩钉截铁地命令道。

我挂断电话,在房间一通搜索。

房间里有个金属文件柜,柜子上摆着一个赤陶罐,以前也许装过什么活物。那张桌子,明摆着我根本举不起来。我拉出来的抽屉,现在躺在房间的一角。还有就是一张办公椅、一台小巧的 iPod 装置、一堆空空的果冻罐。没一样看起来能派得上用场。一般仓库的墙上都挂得有撬棍,可装修这地方的设计师,把这项都给略去了。

我看向窗外,看着有点雾蒙蒙的,我想,会不会是烟更大了。

按阿普丽尔·梅惯有的风格,我决定把我的批判性思考任务转交给观众。

"呃,"我说道,又接上了直播,"我现在有点担心我是不是被困在一座正在燃烧的建筑物里了?"我笑了起来。"这其实一点也不好笑,可我不知道为什么就是笑了。烟好像越来越大了。混蛋!混蛋!"

我差点就在镜头前彻底地惊慌失措了,好在罗宾给我的另一个手机又打来电话，我才没有完全失态。

"罗宾，完了，完了！"

他立刻回复说："阿普丽尔，有没有办法可以离开那个房间？"

他这一问可把我吓得屁滚尿流。"我觉得没有呢。"

"试一试，想尽一切办法试一试。我刚到。消防队也在路上了，很快就会过来，这栋楼真的起火了。"

"火有多大？"

"非常大，警察正在想办法进去，可是目前还不行。"

"这儿有扇窗户，距混凝土地面可能有六米多高，就只有这个了。"

"我帮你联系一位警官。"我听到他奔跑起来后传来的飒飒风声，我不禁想起这些日子以来，我们做起事来是多么高效利落，就像我们安排的电视采访时间表一样井井有条。

"嗨，待营救的年轻女士在电话的另一头。"我听见罗宾这样说道，当然不是对着手机在说。

"你好，是阿普丽尔吗？"一个陌生男子的声音传了过来。

"我是。"

"你现在感觉怎么样？"

"还好，烟……"我开始咳嗽起来，真的一下子就慌了。

"你能看到烟是从哪儿来的吗？"

我环顾了一下四周，第一次看到了浓烟从门底下传了过来。我把情况告诉给了警察。

CHAPTER 23 第二十三章

"找到任何你能找到的东西,把那条缝给堵住。裤子、衬衣,什么都可以。现在烟就是你的敌人。"我把卫衣脱了下来,塞住门缝,塞得死死的。

我又拿起电话,听到警官说:"要是你能找点什么捂住你的脸,可能也可以防防烟。"于是,我脱下衬衣,绑在脸上,像强盗那样。我不知道这样做有没有用,可我现在已经是半裸的状态了。

"阿普丽尔,听我说,我们要把你弄出来。不过,你现在身处楼的高处,也就是说,相比底层,那里的烟会更浓。你能下到底层吗?"

"我被锁在房间里了,门是金属做的,我砸不开。不过这儿有个窗户,离地面有六米多高。"

"阿普丽尔,去门边,用手背碰碰看。"

我照做了。我的手一碰到门,就猛地缩了回来,并没有被烫伤,可是那种有热度的感觉还是吓到我了。

"挺……挺烫的。"我说道,尽量壮起胆子。

"好的,阿普丽尔,我们正在想办法进去,可是入口要么几乎都被封住了,要么就是火势太大了,我们无法进入。我们在找新的入口。里面的烟怎么样?"

"不太妙。"

"阿普丽尔,当你打破窗户的时候,可能会有很多烟钻进去。也就是说,一旦你打破窗,就得尽快跳出来。你跳的时候,要用手把住窗沿,把身体放低一些,然后再跳。尽量脚先着地,不过要避免锁住膝盖了。你一到下面,我再跟你通话。"

"当我打破窗户的时候。"我说道,我的语气不是提出疑问,而是在确认。

"是的。"他都没有试图说服我,也没有告诉我这样做的必要性,他说话的口吻就好像这是件很自然的事情,就像我吸气一样。"你有没有什么东西可以用来打破窗户的?"

我看了看,从桌子上卸下来的金属抽屉还躺在门边的地板上。还有个陶罐。这个选择有点怪。金属抽屉还是陶罐……我会用哪个工具来砸窗,然后把自己扔下去,不管这一跳是不是能活命?

可是,我也许不用这样做,我的大脑告诉我。卡尔会来救我的,他以前救过我,两次!他现在在哪儿呢?好莱坞卡尔的手在哪儿呢?他为什么会让我到这儿来呢?一股挫败感涌上心头,那感受是如此的强烈,我几乎叫出声来。

"阿普丽尔,你还好吗?"

我咳了起来,答道:"还好。"

"你能打破窗户吗?"

"能。"

"好的,不要挂电话,烟太浓的时候,就需要打破窗户了。"

"我怎么知道那是什么时候?"

他停顿了一下,然后说:"到时候你就知道了。"

我从窗口往外望去,外面烟很大,我已经看不到远处的墙了。不过,偶尔看得到红光闪烁。

我抓起正在直播的手机。真不敢相信我还在直播中。现在已经暴涨到有 1 千多万人在观看了。迄今为止最多的观看人数！原来，实况转播这种谋杀未遂的场景，竟是获取浏览量的妙招！而我只戴个胸罩，穿条紧身牛仔裤，不过这样的直播好像也无妨。

我想，在这样的生死关头，我不去在意自己的外貌举止是否端庄也是情理之中吧。

我咳了好几次了，但还没有完全失控。为了分散自己的注意力，我对着屏幕说："大家好！关于大卫·鲍威的歌词，你们调查得怎么样了？"那个播放器还在不停地播放音乐。

各种评论如潮水般涌了进来，而且新的评论出现得太快以至于都来不及看。我向上翻动让屏幕停下来。有些人殷勤地表达对我的同情，有些人指责我设了这个骗局，从他们的评论中，我可以确认这个话题已经转移到颂站上去了，当然，设立颂站的目的就是讨论这样的事。还有人去尝试用金子接触卡尔，白金、黄金、24K 金，可什么也没有发生。

我就坐在那儿一条条地读这些评论，慢慢地，烟越来越浓，我的眼睛都呛出眼泪了，肺部也觉得火辣辣的。时不时地，我会回答一个问题，或是回复一下"我真是个要关注度都不要命的婊子，居然拿自己的性命来作假"，或者"帕克，你这么说，人真好"，诸如此类的话。这时，我感觉到墙上传来了热度，我便挪到了桌子背后。窗外的烟一直呈现出火红的颜色，我开始呼吸困难，几乎吸两口气就要喘一下。

我拿起私人手机。"嗨,是警官吗?"我不由自主地连续干咳了六七下。

"嗨,阿普丽尔。消防队已经到了,不过我们还需要给他们一些时间。你破窗后,烟很快就会进去,所以你得搞快点。"他说这些话的时候都没有停顿。

"好的。"我声音沙哑地回答道。

"好的,我需要你现在就行动。烟是你最大的敌人。"

"好的,我现在就准备跳窗了。"我说。突然,我意识到这也许就是我的遗言了。

"好的。"警官回答。

于是,我把两部手机塞到牛仔裤的口袋里,一把抓起抽屉,砸向窗户。浓烟立刻涌进了房间。紧接着,我喉咙痛得撕心裂肺,那种感觉就像是气管里全是小小的细针在扎,忍不住一阵咳嗽,让我不由得又吸进了一大口烟。我咳得更厉害了。我意识到我吸进去的已经不再是真正的空气了。

我本以为会有时间把玻璃渣清理一下,可事实上完全没有。我只好把衬衣从脸上抓了下来,铺在窗框边凸起的玻璃残渣上,至少作点防护。我右边屁股一下子坐在了衬衣上,感到玻璃还是扎破了衬衣,扎破了牛仔裤,扎破了我的皮。

我甚至开始感到恶心。我急急忙忙地把身体调低,缩成一团,这样的话,我与地面的距离之间缩短了足足一米五,然后我跳了下去。于是,张牙舞爪还偏向一边的我,便坠入了空中。我感受到了突如其来的热度,受小房间保护而未感受过的火焰热度,在我砸到地面的那一瞬间,我看到浓烟开始消散了。

我左脚先着的地,然后是左手,然后我的头重重地撞到了混凝土地面上。不知什么缘故,我居然没有摔得不省人事。我还在咳嗽,肺里依然满是可恶的烟粒。我喘了几口气,情况没有变得更糟。我的大脑可以辨别出我不会再窒息了,然后我开始意识到了一个更为紧迫的问题——从我的胳膊和腿上传来了彻骨的疼痛。

下面没什么烟,于是我看到了火光……我目光所及之处,火舌肆意地吞噬着每一个垂直的表面。在脑震荡引起的一阵眩晕中,有几处疼痛同时呼叫着我的注意,其中,腿部的痛感最是强烈。我用尚好的右胳膊把自己支了起来,勉强坐着。我查看了一下下半身,脚踝以上的部分,断得厉害。血已经开始浸透我的裤腿。

"这该死的瞎扯淡啊!"我大叫了起来。

我忽然意识到正在观看直播的所有人都听到我说这些话了,虽然他们看到的画面只是我裤袋里漆黑的一团。即便此时此刻,我心心念念的居然还是观众。

我把手伸进裤袋,把两部手机都取了出来。"没事,我没事,我的意思也并不是说我完全没事。我伤得很重,但还没死。我们就把握这个事实——我还没死——就行了。"我能感到热浪向我逼近,更多是从上面和右侧袭来,左侧还好。于是,我开始朝左侧挪动。仓库里充斥着持续不断的轰隆声。

然后我脑子里突然蹦出来生平最蠢的一个想法。"全世界的所有人！伙伴们！随便接触某一个卡尔是没用的，是每个卡尔，要同时接触！"

我猜想还没有人想到这一点，真不愧是我啊！不过，我拥有其他人没有的优势，那就是观众！比观看美国职业橄榄球最高赛事或是超级明星的人数还多！比知道首位登月宇航员尼尔·阿姆斯特朗的人数还多！

直播页面显示观众数已超 7 亿了。有数量这么庞大的观众，你有什么干不了的？呃，有时候……真是什么都干不了。

我听到警察在我的另一部手机里呼喊我的名字。我拿起手机，又咳了一阵才开口说："我腿断了，不过下面的空气好多了。"

"你还能动吗？"

"不太容易。"火焰的呼呼声太大，我几乎是用吼的。

"快移到后墙去，那儿的火小一点。"

"啊，那是我喜欢的新火型。"我说，把警官都逗笑了。

就在这当口儿，米兰达打来了电话。嗯，这一定很重要。"我有个电话打进来了，我待会儿再跟你说。"对这位正在努力营救我的应急专业人士，我居然这么说。

"这儿情况不妙。"我接起米兰达的电话说。

"我知道，阿普丽尔，我在看直播，玛雅也在这儿。"

"我知道我们需要做什么。我们需要用金子同时接触所有卡尔。就像上次用碘那样，不过这一次是同时对每一个卡尔这样做。事实上，我也不知道我为什么要跟你们说这些，我更应该告诉看直播的人才对啊。"

我拿起直播手机。"你们好,我不知道这样是否能帮到我。也许会吧,或许这也是我们做最后一个步骤的最佳机会,要是你们有谁此刻正在卡尔边上,或是请你们转告这会儿正在卡尔边上的人,请拿点金子接触一下卡尔,可以吗?我们认为,一些首饰都行。我真的很想知道最后的结局,在我……,呃,你们知道的。"

我拿起另一部手机,现在是玛雅在听,我对她说,"好了,至少像那么回事。"

"其实,你也就这一次领先我们一步而已。"玛雅说。

我笑了,却咳嗽了起来。

"米兰达用你给的密钥把真正的代码解开了。结果正是金的原子符号的 64 倍。"

"哦,我猜,卡尔显然是想把他的观点传播出去。"

"阿普丽尔,在好些地方,公众是接触不到卡尔的。亚洲就有 15 座,一直都有军警把守,都好几个月了,所以并不是随便一个人都能走过去,放点金子在卡尔上面的。"

我不知道该如何回应这样的情况。卡尔已经给了我们指示,可我们却无能为力。也许要等到几年后,等签个什么条约之类的,才能让所有人都参与进来,还得试试看,也许永远都行不通。也许这些卡尔就一直在那里了,等着地球上的所有人把劲儿往一处使,来做这一件无聊的、简单的小事情。

我回到直播的画面,尽量靠近麦克风,好让人们在大火的呼啸声中听清我在说什么。"大家好,我又回来了,嘿,我可不想说这事没什么希望。不过全世界有 64 个卡尔,其中百分之二十多有军警看守。如果目标是用金子同时接触所有的卡尔,老实说,我认为这是在考验我们。卡尔希望我们合作,希望我们团结一致,共担风险,共同做出选择。"

我想咳嗽,所以休息了一下。

"我现在困在一座熊熊燃烧的楼里。好似我们所有人都困在这个星球上。老实说,我感到开心。在过去的几个月里,我遭遇过一些很可怕的人,但同时我也遇到了很多很棒的、有思想的、慷慨的、善良的人们。我相信这就是人类。如果说卡尔在考验我们,那这最后的测试就是最难完成的。不知你们是不是也这样认为,在这个星球上发生的最有意义的故事,就是自人类接管地球以来,人们越来越团结了。是的,没错,我们一直都有搞砸一些事情,是的,人类社会曾经有过几次巨大的后退,可看看现在的我们!我们比以往任何时候都更像同一个物种。或许有人反对这样的观点,他们也许永远都会反对,但历史上有没有过那样的时刻,在那一刻,卡尔让我们做的事情有可能实现吗?让许许多多的政府为了一个未知的结果同时采取一样的行动?或者至少允许民众去采取那样的行动?"

又一阵咳嗽。

"我不知道。我想,现在有 8 亿人在观看,如果我们现在都做不成的话,以后怕也做不成。所以,让我们一起尝试去做点什

CHAPTER 23　第二十三章

么吧！谢谢你们！谢谢你们一起去做这件事！"

然后，我做了一件任何理智的直播主播都不可能做的事，在观众人数达到顶峰的时刻，我结束了直播。

我再次跟米兰达通话，喊叫着："我想会有些用。"

玛雅在电话里说了点什么，可是大火燃烧的声音太大，我听不见。我开始感到呼吸困难。虽然浓烟还不算太糟，可我已经开始喘气了。我在想，是不是温度过高导致我快要休克了。而事实上，是因为火焰在消耗楼里的氧气，可我当时并不了解。

实在是太热了！灼人！可我无处可逃，感觉热浪从四面八方扑了过来。要知道在骨折的情况下，动动手脚可一点也不好玩，我只能坐在原地。

"安迪在吗？"我叫道，突然想和他说话了。

"没有，他现在拿着我的一只耳环在纽约卡尔那儿呢。"米兰达说。

"伙伴们，对不起，就这样吧。"

于是我挂断电话打给安迪。

"你还好吗？"他在电话里问。

"不怎么好，有发生什么吗？"

"没有，阿普丽尔……"

"我明白的，安迪。你已经尽力了。我知道你会永远生我的气，不过没关系，永远不要生自己的气就是了。你是对的，没有人可以阻止得了我。"

"阿普丽尔，你绝对不能放弃！"他的声音在颤抖。

"我不会的。"我喘着气，然后安迪突然惊叫了起来，像是受了什么惊吓。

"你怎么了？"我问。

"那只手……"突然传来一声巨大的爆裂声。

电光火石间，一阵雷鸣般的噼啪声从我头顶上传来。尽管火焰的呼呼声一直回荡在我的脑海里，可这声巨响瞬间淹没了所有燃烧的声音。我向上看去，还在想也许……也许我会得救。可是穿过烟幕，一阵火光和木材呼啸而下。

如果你不想看血腥的画面，那你可能真心想跳过这一部分，因为有块燃烧着的木梁，可能有一吨多重，正好穿过了我头顶的空间，砸到了我脑袋右侧的发际线上，力道之大，甚至都没有把我给砸开了去，而是直接砸了进去，就像一把刀掉进了一杯水里。

木梁把我的头盖骨砸碎了，溅出一小块脑花。

然后我的右脸被扯了下来。

木梁距离我身体只有几厘米远，然后撞向了我的右腿，正好砸在脚踝上。我从未体验过这等剧痛。火焰开始蔓延，我裸着的躯干上，皮肤开始燃烧，我知道情况糟透了。

而此时，我仍旧该死地保持了几秒钟的清醒，毫无疑问，这一点点时间也足够让我确信我快要死了。

我理解这样的事实，但理解不代表接受，除开疼痛，我还能感受怨恨、恐惧、沮丧和仇恨。我尖叫了出来，然后失去了意识。

第二十四章

　　我站在梦境中的大厅里。进入梦境后，每个人都是先身处大厅，在一座华丽的现代写字楼里，有方块地毯、熟悉的音乐、接待处，所有这一切都完全一样。然而，这次站在桌旁的，并不是那个亮闪闪的小机器人，而是卡尔。我已经习惯了他一只手的样子，突然看到他两只手都在，反而有些不习惯。他戴有头盔的脑袋都快蹭到天花板了。他看上去凶巴巴的，不知道是不是因为我现在满脑子预想的都是各种危险，或是因为我才看到自己的身体被劈得支离破碎，又或许是我的世界已经因为卡尔而被完全扯碎以至于再也拼不起来了，再或者是因为那么多人在7月13日丧生，而我却幸免于难。也有可能，只是因为卡尔本来的样子就怪吓人的。

　　我看向自己的身体，害怕会看到烫伤或是各种伤口，可是，我竟然完好无损。我穿着一件丝质衬衣和一条紧身小黑裙，像是要去一家朝九晚五的企业公关部上班似的。

　　"卡尔？"我开口问。

"你的身体伤得很重。"那一堆巨大的铠甲并没有活动,不过声音很明显是从铠甲里发出来的,洪亮又清晰。如果要让我猜一猜性别的话,我会说是男性,不过我很高兴不用去猜。卡尔的声音仍在办公室坚硬的墙壁间回荡。

"所以说,我还……没死?"我惊道。

"现在还没有。"

这回答可不怎么能够安慰人。我想跟着对话的逻辑脉络,弄清楚之前发生了什么,当下又将发生什么,可我是在和卡尔对话啊,这一刻,我已经设想了那么久,于是我干脆直接跳过了其他想问的事,脱口问道:"你们为什么来这儿呢?"

"三个问题。"

"什么?我不懂。"

"这是你们讲故事的传统方式。况且,你的身体要是不尽快接受干预的话,也许坚持不了多长时间。"这显然激发了一个疑问,可我并没有上钩。

"你们为什么来这儿呢?"我再次问道。

"来观察。"我等他说下去,因为我一直就是这么猜想的,所以说,这个回答不怎么令我满意。

"你能解释一下吗?哦,还是这又算一个问题了?是不是这样又算一个问题了?"鉴于我如此擅长"首次接触"的场景,我沮丧地咕哝了一句结语,"……废话怎么这么多!"

要是卡尔对我的小抓狂有所反应的话,那也是不易察觉的。

CHAPTER 24 第二十四章

"我们必须了解你们对我们是何反应。不接触是没法知道的。这只是一个计划的开始。"然后,为了避免我过于担心是否用光了提问机会,他告诉我:"你还可以问两个问题。"

我非常地想问那个计划是什么。他们之前是否经历过?人类有危险吗?我们是不是像蚂蚁、野生大猩猩,或是真菌一样被他们研究?

我的脑子里正在进行一场激烈的辩论。我非常想问关于自己的事情,为什么选择了我,为什么救了我那么多次。顿悟都是短暂的,近来我有过太多次这样的教训了。此刻我明白,尽管整件事与我有关,但它更是一个超越了个体范畴的大事。

"我们怎样才算达标呢?"我一本正经、坚定不移地问道。

"我没懂。"卡尔说。

"你们来观察我们,考验我们的反应。我们通过你们的测试了吗?"

"我没懂。"卡尔再次说道。

我努力重新组织语言,又问道:"你们觉得我们人类怎么样?"

"很好。"卡尔回答。

然后,我们便沉浸在这样的时刻里,很久很久。我原以为他还会说些什么,可他没有。

"我想这很重要。"

我本想问一问卡尔从哪儿来或是怎么来的,可是在没有大量知识背景的情况下,甚至可能需要物理学高学历的前提下,问这类问题很可能是没什么用的。而且这是最后一个问题了，于是，我停止了纠结，问了一个完全关于我的问题。

"你们是特意选的我吗？"我问道。

然后，我就身处23街的地铁站了，手里拿着自己的地铁卡，车站空荡荡的，因为夜已深。我知道这是回到了什么时候，是我遇到卡尔的那一晚。我走到闸口刷卡，红灯亮了。我记得那一晚后，这张卡我用了几十次都没问题。我之前都从来没有想过这一点。我虚幻的身体转身离开了地铁站，而我的思维已经兴奋不已。人行横道信号灯亮了，我穿过23街。一辆出租车朝我狂响喇叭，就好像我不该过马路似的。我向上看了看。出租车行驶方向的灯的确是绿灯，而我这个方向的人行道信号灯是亮的，可过23街的交通信号灯却是红灯。如果交通信号灯是红灯……那人行横道信号灯不应该亮啊……

我又回到了梦境中的大厅。真相带给我巨大的冲击。卡尔，或者说卡尔们，或者说与卡尔相关联的智慧生物阻止了我坐上那趟地铁。他们让我不得不掉头走了回来，还千方百计地确保我不会沿着23街的另一边走。

"从那时就开始了吗？你……你们在我拍第一部视频之前就已经选了我吗？"

"我们选了你。"

一阵漫长的沉默。我抬头凝视卡尔，意识到这个信息的分量，不禁哭泣起来。地球上有几十亿人呢。确切来说，我没什么特别的。

"为什么呢?"

"阿普丽尔·梅,你的故事才刚刚开始。"卡尔答道。然后,梦就结束了。

第 二 十 五 章

大家好！我是安迪·斯堪姆特。阿普丽尔让我来接着写完这本书，因为，嗯，在写这部分的时候，她已经不在我身边了。我不喜欢做这件事，可我明白她为什么想让我来写，所以我写了。

我已读完了前面所有的内容，而且很认同。我认为阿普丽尔写得很不错，我认为这本书帮助了她，同时我也认为这本书将会帮助尚存人间的我们。虽然，老实说，她现在的境况似乎好些了。

不管怎样，让我们从我站在 23 街那天开始说起吧。当时，我正拿着一只金耳环抵着纽约卡尔的臀部，同时正和阿普丽尔通着话。不过，我很快就发现自己是多余的了，因为有大约 50 个人急匆匆地跑来，把自己带的黄金首饰都贴上去了。于是我走到一旁，好听清楚阿普丽尔在说什么。我当时觉得对于发生在阿普丽尔身上的事，我该负百分之百的责任。我在想，要是我之前没有丢下她不管，她也不会在霍博肯的一间仓库里吸入浓烟，葬身火海了。

这是我有过的最糟的感觉，尽管阿普丽尔告诉我不要这样去想。可我的情绪实在难以平复,在向你们转述这个故事的同时,我仍心如刀割。

那时,我从卡尔身边走开了,越来越多的人围着他。阿普丽尔正在和我说着话。骤然间,我就听到了各式各样的大呼小叫。我转过身,看到了卡尔跑掉的那只手,有垃圾桶的盖子一般大,正全速跳跃着掠过街道。我用了全速这个词,可实际上我并不知道这只全速奔跑的手是有多快,反正很快!

看到的人都从卡尔身边跑开了。那几十个伸出手去把各种小饰物放到卡尔表面的人,全都吓得叫了起来,四散开来。

那只手在人群中穿梭,飞速地移动,最后毫无声息地正好卡进了纽约卡尔的右手腕中。所有人要么逃走了,要么就呆呆地看着。我突然意识到已经没人在用金子触碰卡尔的表面了,于是我便拿着米兰达的耳环冲了过去,把耳环紧紧地贴在了卡尔的腹部。

我还没来得及确认我是不是触碰到了卡尔的肚皮,只见他举起了右胳膊,手捏成拳头状,就好像正拽着上方空间里的某个点一样。过了好一阵儿,我才回过神来,好在后来网络上播出了不少视频,记录了当时的情景。我恍然明白了过来,不过当时发生的一切已经很明显了:卡尔抓住了宇宙中的某个点,然后把自己扯入了空中。非常快!整个动作一气呵成,留下了一片空白,而我正好被吸入卡尔刚刚站立的空间中。然后,伴着一声巨大的爆裂声,我被轰到了一排公用电话亭上,肩部先撞了上去。后来我才得知那爆裂声是声爆。卡尔以比音速更快的速度离开了。我站在那儿，揉着被撞痛的肩，仍在思考着到底发生了什么。我猜是我们遵从了梦境的最后一条线索，是全球各地的人，同时拿着一块金子触到了每一个卡尔。现在卡尔走了，可阿普丽尔还困在那座楼里。我打电话给罗宾。

"安迪……"他泣不成声。

"卡尔走了，也许他过去帮忙了。"

他非常艰难地说出了下一句话："房顶，塌了。"

我听后，不知道该说些什么，只是说道："卡尔过去了。也许已经在那儿了。"

他说，"是的，安迪。"我完全知道他说的什么意思……那就是我被骗了，他知道实际上发生了什么，那就是阿普丽尔死了。

上帝，这段太难写了！

阿普丽尔发出请求之后，全世界的公民都跑去相应城市的卡尔那儿。个别城市的卡尔因为有军警守卫，现场还发生了小规模的骚乱。但人群没有散去，反而围得更紧，这一切都发生在几分钟之内。我敢说，这样的行动，在未来的任何时候，都不可能实现。

纽约卡尔升空那一刹那，全球各地的其他卡尔也都消失了。事后，物理学家们仔细研究了这一现象，企图解释每一个卡尔其实就是同一个卡尔。在好莱坞卡尔的手出状况时，他们就已经开始这样设想了。现在似乎是百分之百地证实了。

卡尔苏醒的那一瞬间，人们就不再拥有梦境了。那些正在做

CHAPTER 25　第二十五章

梦的人，梦境一下子就没了，大部分人甚至连醒都没醒。有时候人们当然也会想起梦境，但梦境似乎已经完全结束了。

后来，我们等着官方发现阿普丽尔的尸体。

奇怪的是，数周过去了，没有任何发现。阿普丽尔的家人来看了我们所有人。我不知道这样的拜访会不会让他们好受些，我是更加难受了。把最好的朋友的死归咎于自己，已让我感觉相当的糟糕，我完全不敢想我是如何毁掉了这些人的生活。新闻（这当然是国际新闻）上的专家称，像这种程度的仓库大火，尸体是不可能被烧没的，因为温度不会达到那么高，这结论不错！

很多电视台想邀请我上新闻去发表演讲。玛雅、米兰达、罗宾和我，没人愿意这样做。出事后的第一周，有媒体守在我的住处外面，所以我连家门都没出。每次都是杰森下楼帮我取快递。我就待在我的房间里看一看推特，守着新闻。

可是，没什么新闻，人们谈论的都只是我们已经知道的事情。最后，我们每个人都分别收到了总统发来的吊唁信，经此提醒，我们才觉得该悼念了，即便我们并不确定该悼念什么。

我再一次接到罗宾打来的电话时，已是几星期后了。

"警方抓到那些家伙了。"我俩淡淡寒暄几句之后，他告诉了我这个消息。

"网上没看到呢。"

"消息还没公布。我一直和纽约警察局保持着联系，他们告诉我今天实施抓捕。"他的语气里既没有开心,也没有难过,更没有胜利。他说话的腔调就像在告诉我他在迪拉德百货公司买了一双新鞋。

"是些什么人?"我想也许真相能对我有所帮助。

"一共有三个人,是在匿名聊天室认识的。一个会编程,一个很蠢,另一个则很聪明,也很投入,他是真的想杀掉阿普丽尔,要么就是真心想阻止她,也有可能就为了在世上留个名。那个会编程的吹嘘他可以更改代码,让代码在输入后生成任何指定的内容。防御派的人找到密钥后,在他们的聊天室里,就开始肆无忌惮地策划。那个主谋让编程的行动,把吹牛变成现实。他侦察到了那个仓库,于是把地址给了编程的那位。代码修改成功后,他和他的同伙就等候在那个仓库了。老实说,我认为阿普丽尔出现的时候,他们还是挺吃惊的。那个领头的放了火,然后跑掉了。有一次,他在其中一个聊天室里炫耀了一番,而聊天室里另一个防御派的人报了信。FBI就是这样找到他们的。不过他们不知道是否可以控告这几个人谋杀,因为没找到尸体。"

去到仓库的那两个家伙最后被处以最高刑罚,罪行包括绑架、非法监禁、纵火、蓄意谋杀、共同策划谋杀以及其他指控。不过,不包括谋杀罪。

他平铺直叙的时候,我一直静静地坐着。

"我很高兴警察抓到他们了。"

"是啊。"

CHAPTER 25 第二十五章

"阿普丽尔最后跟我说的其中一件事就是,要是我生她的气,她觉得没关系,但是她不想让我生自己的气。"我告诉罗宾。

"是啊。"他回答道。

彼得·佩特拉威基却逍遥法外,事实上,他与这次绑架也没什么关系。但是阿普丽尔被袭击以及卡尔消失,相当于宣告了防御派运动的结束。"七一三"事件还不足以让其偃旗息鼓,但这一次,这场运动就此终结。也许是因为卡尔的撤退,人们不再有目光所及的威胁,也许是因为梦境的结束,也许是因为他们策划谋杀阿普丽尔的方式太阴险、太狡诈了,又也许是因为阿普丽尔的直播,在顶峰时期,同时有十亿多观众在线观看。

不管原因为何,在卡尔消失后的一个月里,彼得·佩特拉威基开始与防御派运动保持距离,声称这场运动的走向已不再是他推崇的方向。卑鄙小人必为人所不齿,为人所鄙视。他移居到了加勒比海地区,听说在捣鼓某个听起来就不太靠谱的加密货币初创公司。

当然,最恐怖的那群人并没有散去。阴谋论依然泛滥。没人能够解释我们的脑子到底怎么了,竟然会有那样相同的梦境,而且要是人们能找到一个令自己害怕的原因,他们肯定会去找的。

仅仅一个月,我们这个小团体就散伙了。我不知道是不是因为再没有什么可以把我们联结在一起,或者是我们都因为内疚或悲伤(或者两者都有)而相互排斥。总之,突然之间,米兰达就回伯克利了,罗宾回了洛杉矶,玛雅开启了某种朝圣之旅,在一个地方待不了几天就会离开，只有我还留在纽约。我傻傻地觉得我想让阿普丽尔能够找到我，我想让她知道我在哪儿。此外，我知道为了我的心理健康，最好的方式就是维持我现有生活的稳定。这样挺好的，这样我就不会总在玛雅或米兰达面前哭泣，要知道我看到她们的大部分时间都在哭。

但这些天来，罗宾、米兰达、玛雅和我，始终都通过一个消息群保持着联系，我们从未让这个群沉寂，而且，没错，这个群还一直保留着阿普丽尔的账号。

一天，我发了一条消息："总有人想让我说点什么。"

"你想说吗？"玛雅回复道。

"上帝啊，不想！他们从来不告诉我该说些什么，而我又不知道该说什么。"

"安迪，你有很多可说的啊。"米兰达写道。

"他们并不是真的想请我，他们只不过是因为找不到阿普丽尔。"

过了很久，玛雅才回复道："我一直在读阿普丽尔的书。她有一本罗丹的传记，开头是这么一句话：'名气，说到底，不过是新名头所汇集的全部误解的总和。'我想这句话她读过很多遍。卡尔一直像块画布，人们将自己的价值观、希望和恐惧都投射在这块画布上。现在，阿普丽尔也成了这样的画布。"

"那为此我该做点什么吗？"我回道。

"不用，我只不过认为我们应该意识到这一点，既然现在阿普丽尔没在场说不了什么，人们就会借她的口说出他们想说的话。我知道你一直在盯着推特了。"

的确是这样的。有人会乱引用阿普丽尔说过的话，或者声称阿普丽尔就是那样认为的，或者宣称阿普丽尔就会那样去做，而我会时不时地提醒人们摆正位置。玛雅说得对，我明白。

"这事还没完。"

"永远不会完，我们在这个世界的身份认同问题，始终都存在。"

"那我该不该去跟威斯康星大学谈谈呢？"

"你能给他们讲一些会让他们感觉好受点的话题吗？"

我花了很长很长时间才决定下来："还不能。"

"没关系。"她回得很快。

然后，我便开始思考假如我真要说点什么，我会说些什么。我可不会去参与有线新闻，那让人如坐针毡，但也许我可以在公开场合与谁对话一下，或是做一个简短的演讲。可这样的内容，我又不能放到我们的油管频道上，我心里总有股奇怪的感觉，我总觉得在阿普丽尔死后，这个频道就像是一个神圣空间，应该被封存起来。

一旦我开始思考说什么后，写下来就只是一小步了。于是我这么做了，那一晚，我写下了一段话。那一年，我做了不少各式各样的演讲，每一场我都以下面这段话来结尾。

一年前，我目睹了全世界的人爱上了我最好的朋友。我们以为这样的经历会很有趣，我们以为这样的经历会显得我们傻兮兮的，可另一方面，这样的爱让她分裂，将她重组，将她变成另一个人。阿普丽尔和我，曾经在一个酒店房间里一起策划将她从一个人转变为另一个人的故事。这个策划奏效了。奏效是因为这是一个伟大的故事，一个适合她的故事。只是，我们都没想到她真的成了过去的一个故事。对阿普丽尔而言，名气暗藏的险恶并不是改变她的罪魁祸首，那是她自己的选择。她选择不再把自己当作一个真实的人，而是当作一个工具。如果不利用每个机会去使用、打磨、完善或是加强这个工具，那她就会让这个世界失望。阿普丽尔是一个普通人，可我们却让她深信她既超越常人，又不如常人。也许是她自己让自己相信的，也许是卡尔让她相信的，也许是我，也许是彼得·佩特拉威基，也许是有线新闻。可接近尾声时，连我都忘了，在大部分日子里，阿普丽尔·梅都是一个普通人。她曾经对我说过，她和我们所有人一样，脆弱得就像空气。

我不知道阿普丽尔到底发生了什么。但我知道她真的只是一个单纯的人。她只是想讲述一个能把大家团结在一起的故事。也许每一天她做得都不够完美，还犯了不少错，可当我们所有人都更认为自己不是某种文化的一员，而是一场战争中的武器时，我不觉得我们每个人都是清白的。

对我而言，她的寓意清晰无比，而且我永远不会忘记。我们都是独立的个体，但更为重要的是我们能够团结在一起，如果这

CHAPTER 25 第二十五章

样的团结得不到保护和珍惜,那我们将去往邪恶之地。

写完后,我依然觉得痛苦万分,我哭了,失魂落魄,但我感觉到了某种意义。我回信给威斯康星大学,说我愿意做一个30分钟的演讲,然后与他们确认了时间和行程。我打电话给罗宾问他是否愿意做我的预约经纪人。他说:"行。"

我很想说这样的结局对罗宾来说是最难以承受的,可我不想争论谁更伤心。出事后,他辞了职,与外界隔绝,所以我很愿意能给他点事情做,以某种方式让他振作起来。他比我们更加自责。当然,我们都很自责。要是我们再聪明一点,再快一点,再有说服力一点……可罗宾知道正是他的消息,还有他的背叛,不管是多么轻微,都促使阿普丽尔赶去了那个仓库。

我不想说什么"最糟的就是不知道",因为要是警方从那个仓库里挖出了阿普丽尔残缺不全、烧焦了的尸体,那才真叫糟呢,尽管我们都觉得帮不上忙。就这样,整个世界依然离奇。阿普丽尔曾是个巨星,而现在她是死是活都没人知道。她的推特成了纪念碑。她发的最后一条推文"来看我的脸书直播!有大事发生了!"成了史上点赞数最多的推文。我不止一次地想:要是阿普丽尔知道了,最后这么烂的一条推文居然有这么多的点赞,肯定会当场石化吧。

时光推移,没有人真的知道该如何继续。我四处旅行,在不同的地方一遍一遍地歌颂她。在人前演讲与发推文或是制作视频,实在是太不一样了！一间容纳 5 千人的讲堂，与我放上网可能产生的浏览量相比，观众人数可以说是微不足道。但通过现场的方式，我们都不得不停留在同样的思想意识中长达一个多小时，这样的链接让人感觉很好，而且我发现自己还挺擅长的。有几场演讲，阿普丽尔的父母也出席了。

又是几周过去了，似乎，我们再也无法知晓阿普丽尔到底发生了什么，也不知道卡尔是否已经与我们了结了关系。

我还记得主流新闻报道中不再出现相关消息的第一天，再也没有关于阿普丽尔·梅、梦境、卡尔或审判凶手的消息时，苹果刚发布了新款虚拟现实装备；研究实验室发生了一连串盗窃案，其中一起是一群猴子逃走了，跑到了巴尔的摩的大街小巷。总有一天，阿普丽尔·梅将变为明日黄花。这恐怕也是阿普丽尔害怕面对的。可当这样的情形最终开始发生时，我惊讶于自己感到了解脱。

几个月后，我端坐在桌前写几封邮件，关于那些荒唐的财富，我该如何理财之类的，就在这时，我听到了敲门声。这不太对啊，要进这栋公寓楼，得主人家按下开门键才行，也许是给邻居送包裹的走错门了吧。

然后我的手机发出了"咻"的一声。我在走去门口的路上按亮了手机，看到锁屏上显示的通知时，我整个人僵住了。

阿普丽尔·梅

滑动回复

我不知道自己盯着屏幕看了有多久,只记得打开这条信息的时候,我的心跳到了嗓子眼。

这条信息只有两个字:

"咚咚"

致　　谢

　　我以前从未写过小说，甚至花了很久才发现我可以写小说。因此，我要感谢的有几十万人。首先要感谢的是我的兄长约翰·格林，他不停地鼓励我，写作并非一件不可能完成的任务，写作就是现实生活中他人对很多人写的真心话罢了，最终，我相信了他。我要感谢我的妻子凯瑟琳，她一直喜爱我写的东西，而且她表达这种喜爱的方式既让我相信，又让我觉得合情合理。我要感谢费尔·康登，他帮我认识到了我的部分行文很糟糕，同时也帮我意识到我的大部分写作还是不错的。我要感谢盖伊·布兰得利，他曾经告诉过我，如果我最终从事不了化学专业，也许可以搞搞写作。我要感谢许多人在过去的四年中对我说过这样的话："你写了多少就发给我多少，我发誓我会实话告诉你是否写得烂。"这些人包括：作家社①的帕特里克·罗斯福斯、休·豪伊、阿曼达·赫特

---

①位于美国纽约的一家文学社，代表各个职业生涯阶段的各类作者。

尔和约迪·雷默。

但是，也许更重要的是，要不是有一群非常酷炫又非常给力的人喜欢我制作的视频、推文、转载、发帖和播客，我就不会踏上一段奇妙的旅程，不会坐拥第三级的名气，也就没法写出这本书。Nerdfighteria①以一种真真切切的方式创造了这一切。

为了写好这本书，我必须做不少十分有趣的研究。为此，我要感谢莎拉·海格、梅根·罗杰克以及劳伦·麦考尔，因为他们就读的学校和阿普丽尔、玛雅及安迪是同一所，他们让我跟他们混了一天，帮助我理解他们的生活是怎样的。我要感谢NYCAviation.com 的小费尔·代尔纳，关于波音767的内部细节，他和我聊了整整1小时。我要感谢杰西卡和米蒂私信我有关救护车和现场急救员礼仪的知识。我要感谢凯文·吉西，帮助我搞清楚了在维基百科的操作中，哪些事是可行的，哪些是不可行的，而且是确实不可行的。布伦特·温斯坦和娜塔莉·诺瓦克是我多年的好友，也是好莱坞经纪人，所以我想我该感谢他们给予我的深刻见解，同时为有所冒犯而道歉。我同样要感谢@cmdrSprocket，我在推特上求助一个关于录制死亡场景的电视节目可取的播客名时，他建议取"调查谋杀"这个名称。

我还进行了一些比较难、比较吓人的写作尝试，写很多与我有着不同生活经历的角色，所以我要特别感谢通读了这份手稿的

---

①主要基于在线的一个社区亚文化。

人，他们帮我避免了偏见，更准确地呈现了那些与我不一样的人。为此，我非常感谢艾希莉·C.福特、阿曼达·赫特尔、玛丽·罗比内特·科瓦尔和盖比·邓恩。

我还要感谢我的父母，他们就像阿普丽尔的父母一样，总是让我感到快乐和有价值感，在我做一些他们认为荒唐的事情时，也总能忍住不说。我还要感谢我在蒙大拿州以及其他地方的朋友和同事，他们太好了，一直支持我，鼓励我，安慰我。

在我开始写作之前，我也不太清楚编辑的作用，所以我非常感谢玛雅·齐夫在写作路上给予我的指导，在我无论遇到大小问题时给予帮助，使我不至于崩溃。玛雅的建议和想法对这本书极有价值。此外，我还要感谢玛丽·贝丝·康斯坦特，我高中毕业班最优秀的毕业生，因为宇宙中的某种神奇力量，她竟然也是本书的文字编辑。玛丽多次帮我解惑。当然，我要感谢杜登出版社的所有人，他们让这本书付印并最终送到了读者的手中。

我还想感谢每一个人，感谢你们向朋友说"你应该读一读这本书"。我可不介意是不是我这本，我只是希望大家能相互提醒对方，书是多么棒的东西！我还要特别感谢书店的工作人员，感谢他们每天都帮顾客找到他们喜爱的书，他们这样的专业人士比起电脑程序可在行多了，你们懂的。